너새니얼 호손 단편선

클래식 보물창고 22

너새니얼 호손 단편선

펴낸날 초판 1쇄 2013년 7월 10일
지은이 너새니얼 호손 | **옮긴이** 한지윤
펴낸이 신형건 | **펴낸곳** (주)푸른책들 | **등록** 제321-2008-00155호
주소 서울특별시 서초구 양재천로7길 16 푸르니빌딩(양재동 115-6) (우)137-891
전화 02-581-0334~5 | **팩스** 02-582-0648
이메일 prooni@prooni.com | **홈페이지** www.prooni.com

ISBN 978-89-6170-334-5 04840
＊잘못된 책은 구입한 곳에서 바꾸어 드립니다.

ⓒ (주)푸른책들, 2013
＊이 책 내용의 일부 또는 전부를 재사용하려면 반드시
(주)푸른책들의 서면 동의를 얻어야 합니다.

이 도서의 국립중앙도서관 출판시도서목록(CIP)은 서지정보유통지원시스템 홈페이지(http://seoji.nl.go.kr)와
국가자료공동목록시스템(http://www.nl.go.kr/kolisnet)에서 이용하실 수 있습니다.
(CIP제어번호: 2013006933)

표지 그림 | 허버트 드레이퍼 作 '포푸리'(1897)
보물창고는 (주)푸른책들의 유아, 어린이, 청소년, 문학 도서 임프린트입니다.

Short Stories of Nathaniel Hawthorne

너새니얼 호손 단편선

너새니얼 호손 지음 | 한지윤 옮김

보물창고

차례

큰 바위 얼굴

어느 늦은 오후 해질녘에 어머니와 아들이 오두막집 문가에 앉아 큰 바위 얼굴에 대해 이야기하고 있었다. 큰 바위 얼굴은 몇 킬로미터나 떨어진 곳에 있었지만 햇빛을 받아 반짝이는 그 얼굴은 선명히 보였다. 일단 큰 바위 얼굴이 무엇인지에 대해 설명하는 것이 순서일 것 같다. 높은 산들 사이로 큰 골짜기가 하나 패여 있었는데, 수천 명이 마을을 이뤄 살 수 있을 만큼 큰 골짜기였다. 사람들은 그 골짜기의 완만한 언덕이나 평지를 골라 땅을 경작하고 아늑한 농가를 지어 살기도 했고, 깊은 숲이 에워싸고 있는 가파르고 험한 언덕의 어딘가에 외딴 오두막집을 짓고 살기도 했다. 대부분의 사람들이 옹기종기 마을을 이루어 모여 살았다. 마을 사람들은 산 위쪽의 수원지로부터 흘러내리는 물을 길들여 마을 쪽으로 물길을 튼 후 방직 공장을 지어 그곳에서 일했다. 골짜기 사람들은 이렇게 다양한 방식으로 살아

갔다. 하지만 그들에게 공통점이 하나 있었는데 모두들 큰 바위 얼굴과 친숙하다는 점이었다. 그리고 그들 중 어느 한 명은 이 거대한 자연의 선물을 이웃보다 훨씬 더 완벽하게 받아들이고 있었다.

큰 바위 얼굴은 대자연의 작품이었다. 그가 자신의 신비로운 능력을 마음껏 발휘하여 산 한쪽 절벽에 화려한 무늬를 새겨 넣은 것이다. 멀리서 보면 사람 얼굴과 비슷했는데 마치 거대한 거인이나 티탄(*그리스 신화에서 올림포스 신들이 등장하기 이전에 세계를 지배하던 거인족의 신. 이하 *표시─옮긴이 주)이 자신의 얼굴을 본떠 새겨 놓은 것 같았다. 30미터는 족히 되는 넓고 둥그런 이마와 길고 우뚝 선 콧대가 일품이었다. 그리고 이 얼굴의 커다랗고 두툼한 입술이 한 마디라도 내뱉었다가는 골짜기 이쪽 끝에서 저쪽 끝까지 천둥 같은 소리를 내뿜을 것만 같았다. 하지만 실제로 가까이 다가가서 본다면 그 거대한 얼굴은 사라지고 그저 육중한 바윗덩어리들이 이리저리 서로 뒤엉켜 포개져 있을 뿐이었다. 하지만 뒤로 물러선다면 그 거대한 얼굴들은 다시 서서히 얼굴을 드러냈다. 더 멀리 멀어질수록 그 바윗덩어리는 사람의 형상에 가까워졌다. 거기에 주변의 구름과 산안개가 그 위로 살짝살짝 드리워지기라도 하면 이 얼굴은 마치 살아 있는 사람처럼 보이기까지 했다.

어린아이들이 큰 바위 얼굴을 보며 자라는 것은 행운이었다. 세심하게 조각된 듯한 이목구비는 설명할 수 없는 고귀함을 풍겼다. 그 바위는 '큰 뜻으로 온 인류를 사랑하리라. 그리고 모든 것을 용서하리라.'와 같은 어떤 거룩하고 따뜻한 메시지를 내뿜고 있었다. 그런 얼굴은 바라보는 것만으로도 가르침을 주기 마련이다. 사람들은 골짜기의 땅이 이토록 비옥한 이유가 그 얼굴이 인자한 미소를 지으며 언제나 이곳을 돌보고 있기 때문이라고, 햇볕이 계속해서 내리쬘 수 있도록 구름을 달래 주고 있기 때문이라고 믿었다.

이야기를 시작할 때 말했듯이 한 모자(母子)가 오두막집 문간에 앉아 큰 바위 얼굴을 바라보며 이야기를 나누고 있었다. 아이의 이름은 어니스트였다.

"어머니."

아이가 그 거대한 얼굴이 뿜어내는 미소를 받으며 말을 시작했다.

"저 얼굴이 말을 할 수 있으면 얼마나 좋을까요? 다정하게 생겼으니 목소리도 아주 다정하겠지요? 저렇게 생긴 사람을 만나면 깊이 사랑하게 될 것 같아요."

"오래전부터 전해져 내려오는 예언이 실현된다면 애야, 언젠가는 저렇게 생긴 사람을 만날 수 있을 게다."

어머니가 대답했다.

"예언이요? 무슨 예언인데요, 어머니? 말씀해 주세요!"

귀가 솔깃해진 어니스트가 어머니를 졸랐다.

어머니는 자신이 이 아이보다도 어렸을 때 자신의 어머니에게서 들은 이야기를 시작했다. 옛날이야기가 아니었다. 앞으로 일어날 일에 관한 이야기였다. 이 이야기가 얼마나 오래되었냐면, 예전에 이 골짜기에 살았던 원주민들조차 그들의 조상에게서 들은 이야기라고 했다. 그리고 그 조상들은 이곳의 계곡물과 나무들 사이에서 속삭이던 바람에게서 전해 들었다고 한다.

예언은 이러했다.

'앞으로 언젠가 이 골짜기에서 태어난 아이 하나가 그 시대의 가장 위대하고 높은 인물이 되며, 어른이 되었을 때 그 아이의 얼굴은 큰 바위 얼굴과 똑같을 것이다.'

이 예언을 믿는 이는 비단 노인들뿐만이 아니었다. 젊은 사람들도 이 예언을 믿었다. 사람들은 모두 이 예언이 실현되기를 바랐다. 골짜기 사람들은 세상 소식에 항상 관심을 기울이며 그런 인물이 나타났다는 소식을 기다렸다. 어떤 사람들은 ─ 세상을 조금 더 많이 경험했거나 아니면 기다리다 지쳤거나 아니면 세상에 그런 얼굴은 없다고 믿거나 혹은 자신이 이웃들보다 훨씬 더 잘나거나 고귀하다고 믿는 ─ 그것이 그저 미신일 뿐이라고 결론짓긴 했지만 말이다. 어쨌든 고대의 예언이 말한 그 위대한 사람이 아직 나타나지 않은 것만은 사실이었다.

"어머니, 어머니! 저 죽기 전에 꼭 그 사람을 만나고 싶어요!"

어니스트는 머리 위로 손을 들어 박수를 쳐 가며 소리쳤다.

어니스트의 어머니는 다정하고 사려 깊은 사람이었다. 그녀는 어린 아들의 순수한 희망에 실망을 끼얹을 수가 없었다. 어머니는 이렇게 말해 주었다.

"그러면 좋겠구나."

어니스트는 어머니에게 들은 이 이야기를 잊지 않았다. 큰 바위 얼굴을 볼 때마다 어니스트는 그 이야기를 떠올렸다. 이 아이는 그렇게 자신이 태어난 오두막집에서 어린 시절을 보냈다. 아이는 효자였다. 작은 두 손으로만 어머니를 도운 것이 아니었다. 아이는 온 마음으로 최선을 다해 도왔다. 아이는 자주 생각에 잠기는 것 말고는 여느 아이들과 다를 바 없이 행복하고 평범한 유년 시절을 보냈다. 그렇게 조용하고 따뜻하며 겸손한 소년으로 성장해 갔다. 들판 위에서 일을 하느라 그을린 그의 얼굴은 그 어떤 대단한 학교에 다니는 또래 소년들보다 더 빛이 났다. 소년은 선생님이 없었지만 큰 바위 얼굴이 소년의 선생님이었다. 하루 일을 끝내고 나면 소년은 몇 시간이고 큰 바위 얼굴을 바라보았다. 소년은 그 거대한 얼굴이 자신을 알아봐 주고, 존경을 담은 자신의 눈빛에 응답하여 다정한 격려의 미소를 보내고 있다고 느꼈다. 큰 바위 얼굴이 어니스트에게만 특별히 더 다정한 얼굴을 하지는 않았겠지만, 우리는 이것이 그저 소년의 착각이라고 생각해서도 안 될 것이다. 큰 바위 얼굴을 향한 소년의 애정과 신뢰는 궁극적으로 다른 사람들이 보지 못하는 것을 볼 수 있게 했다. 그래서 모두에게 고루 돌아가는 사랑임에도 소년은 더욱더 많은 양과 더 특별한 부분을 받아들이고 있었다.

이 무렵 골짜기에는 예로부터 예언되었던 큰 바위 얼굴을 닮은 위대한 사람이 드디어 나타났다는 소문이 돌기 시작했다. 오래전 고향을 떠나 먼 항구 도시에 정착했던 한 남자가 돈을 모아 큰 상인이 된 것이다. 그의 이름은-진짜 이름인지 그가 성공한 후에 지은 이름인지는 알 수 없었지만-개더골드(*'금을 모으는 자'라는 뜻.)였다. 그는 영리하고 민첩한 사내였다. 세상이 행운이라고 부르는 것들을 자신의 것으로 만드는 어떤 신비한 힘 덕분에 그는 평저선(*배의 밑이 평평한 구조의 선박으로 대량 화물을 운반하는 데 사용되었다.) 선단을 소유한 희대의 거상이 되었다. 세계 여러 나라들이 그에게 더 막대한 부를 쌓아 주기 위해 의기 투합이라도 한 것 같았다. 북극권의 어둠과 그림자에 잠겨 있는 북방의 나라들은 모피를 보내왔으며, 더운 아프리카에서는 강물에서 걸러 내 모은 사금과 숲에서 모은 코끼리 상아를 보내왔다. 동방의 나라들은 숄과 향로와 차, 빛나는 다이아몬드와 순수의 빛을 발하는 굵은 진주알들이 줄지어 보내왔다. 바다 또한 땅에게 뒤지려 하지 않았다. 바다는 개더골드에게 기름을 짜서 팔라며 거대한 고래들을 바쳤다. 어떤 물건이건 그의 손에 들어가면 황금이 되었다. 전설 속 미다스 왕처럼 그가 손을 대기만 하면 모든 것이 금세 누렇게 번쩍이는 금이 되거나 혹은 금화 더미로 변했다. 전 재산을 세는 데에 백 년도 넘게 걸릴 정도로 부자가 되자 그는 그동안 그리워했던 자신의 고향으로 돌아가 여생을 보내기로 결심했다. 그는 유명한 건축가를 보내어 자신이 가진 부유함에 걸맞은 궁전을 짓기 시작했다.

이미 말했듯 이 골짜기에는 사람들이 오랫동안 기다리던 예언 속 인물이 바로 개더골드 씨임에 틀림없다는 그리고 그의 얼굴 생김 또한 큰 바위 얼굴과 완전히 똑같다는 소문이 돌았다. 개더골드의 부친이 살고 있던 다 쓰러져 가는 농가가 헐리고 그 자리에 화려한 건물이 들어서기 시작하자 이제 사람들은 마법에라도 걸린 듯 의심의 여지 없이 소문만 무성하던 그 이야기를 기정사실화했다. 건물의 대리석 마감은 눈이 부실만큼 하얀 빛을 발하며 번쩍였다. 햇빛이라도 비치면, 개더골드 씨가 마법의 손을 얻기 전 어린 시절에 눈으로 만들었던 집처럼 스르르 녹아 버릴 것 같은 새하얀 집이었다. 높다란 기둥들에 둘러싸인 현관은 화려하게 장식되었고, 바다 건너 온 화려한 무늬의 나무로 만든 현관문이 달렸다. 현관문은 온갖 장식들로 뒤덮혔다. 커다란 방마다 바닥부터 천장까지 창문이 뚫렸고 통유리를 끼웠다. 사람들은 그 유리가 너무 깨끗해서 공기보다 투명하다고 했다. 궁전의 내부를 볼 수 있는 사람은 거의 없었다. 하지만 사람들 사이에 떠도는, 사실에 가까운 소문들에 의하면 내부는 외관보다 훨씬 더 훌륭해 다른 집이라면 철과 놋쇠가 달려 있는 곳이 모두 금과 은으로 되어 있다고 했다. 개더골드의 침실은 사방이 번쩍이기 때문에 보통 사람이라면 눈이 부셔 잠도 제대로 자지 못할 것이라고들 했다. 그리고 어쩌면 개더골드 씨 같은 부자들은 오히려 그런 번쩍임이 없는 곳에서 잠을 자지 못할 것이라고 떠들었다.

얼마가지 않아 저택은 완공되었다. 실내 장식가들이 멋진 가구들을 나르고 흑인과 백인으로 이루어진 하인 집단이 들어가는 것을 본 사람들은 이제 곧 개더골드가 입주할 거라고 짐작했다. 사람들은 그가 어느 날 황혼이 질 무렵쯤에 화려한 금의환향을 할 것이라고 말했다. 우리의 친구 어니스트 또한 예언대로 위대하고 고귀한 사람을 드디어 볼 수 있을 것이라는 사실에 설레었다. 그는 아직 소년이었지만 개더골드처럼 돈이 많다면 사람들의 어려움을 보살펴 줄 방법이 천 가지쯤 된다는 것을 알고 있었다. 큰 바위 얼굴의 미소만큼 다정한 미소를 지으며 자비로운 천사처럼 말이다. 어니스트는 믿음과 희망으로 들떴고 사람들의 말을 굳게 믿었다. 곧 산 절벽의 경이로운 얼굴을 꼭 빼닮은 사람을 실제로 보게 될 것을 믿어 의심치 않았다. 소년은 늘 그랬던 것처럼 골짜기 위를 바라보았다. 그리고 큰 바위 얼굴이 자신에게 미소로 응답해 주고 있다고 상상하며 여러 기대에 차 있었다. 곧 덜컹이는 바퀴 소리가 들려왔고 그 소리는 구불거리는 길 위를 따라 빠르게 가까워졌다.

"저기 오신다!"

그를 기다리며 모여 있던 사람들이 일제히 소리쳤다.

"저기 위대한 개더골드 씨가 오신다!"

곧 고급 마차 한 대가 위용을 드러냈고 그 안에는 자신의 미다스 손으로 물들여 놓은 듯한 누런 피부의 노인이 창밖으로 고개를 반쯤 내민 채 앉아 있었다. 좁은 이마에 눈은 작고 날카로웠다. 눈가에는 주름이 가득했으며 원래도 매우 얇았을 입술이 힘을 주고 있어 더 얇게 보였다.

"큰 바위 얼굴이랑 똑같아! 예언이 이루어졌어! 드디어 전설속의 위인이 왔어!"

사람들이 소리쳤다.

어니스트는 그런 사람들을 보며 어리둥절했다. 큰 바위 얼굴과 닮은 얼굴이 아니었다. 길가에는 멀리서부터 온 거지 노파와 두 아이가 있었다. 그들은 달려오는 마차를 보자 손을 내밀며 슬픈 목소리로 자비를 베풀어 달라고 간청했다. 그러자 마차 창밖으로 노란 갈고리 손-그렇게 많은 부를 긁어모은 바로 그 손-이 나오더니 땅 위로 구리 동전 몇 개를 떨어뜨리고 지나갔다. 개더골드라는 이름이 민망스러울 정도였다. 외려 스캐터코퍼(*'잔돈을 떨어뜨리는 사람'이라는 뜻.)라고 불러야 할 것만 같았다. 하지만 놀랍게도 사람들은 여전히 열성적으로 환호하고 있었다. 그를 향한 믿음이 하나도 변하지 않은 것 같았다.

"큰 바위 얼굴이랑 똑같으셔!"

어니스트는 사람들의 이런 소리를 들으며 노인의 고약스런 얼굴로부터 고개를 돌려 서글픈 표정으로 골짜기 위쪽을 바라보았다. 밀려드는 안개에 둘러싸인 채 지고 있는 태양의 황금빛 물감에 물들여지고 있는, 자신의 영혼에 깊이 새겨진 그 장엄한 얼굴을 보니 기분이 한결 나아졌다. 저 인자한 입은 어떤 말을 해줄까?

'그 사람은 올 것이다. 두려워 마라, 어니스트. 그 사람은 올 것이다.'

세월이 흘렀다. 이제 어니스트는 청년이 되었다. 그는 골짜기 사람들에게 주목받는 청년은 아니었다. 그의 삶에는 특별한 것이 전혀 없었기 때문이다. 특별한 것이 하나 있다면 하루 일과를 마친 후엔 늘 혼자 조용한 곳으로 가 큰 바위 얼굴을 보며 명상을 하는 것뿐이었다. 사람들은 그것을 어리석은 일이라 생각했지만 어니스트는 친절했으며 항상 부지런하고 일을 성실히 하는 청년이었기 때문에 딱히 비난하지 않았다. 사람들은 젊은이의 스승이 바로 저 큰 바위 얼굴이라는 것도, 큰 바위 얼굴이 발하는 감정들이 청년의 마음의 그릇을 키우고 그 안을 넓고 깊은 성심으로 채우고 있다는 사실을 알지 못했다. 사람들은 청년이 책보다 그곳으로부터 더 훌륭한 지혜를 배운다는 것을 그리고 타인의 잘못된 삶들을 교훈 삼아 더 훌륭한 인생을 살아가고 있다는 것을 알지 못했다. 하지만 이것은 어니스트 본인도 마찬가지였다. 다른 사람에 비해 자신이 더 고귀한 생각과 감정을 가지고 있다는 것을 그 역시 알지 못했던 것이다. 소박한 영혼—어머니에게 처음 예언에 대해 들었을 때만큼이나 소박한—을 지닌 이 젊은이는 여전히 골짜기를 내려다보고 있는 그 웅장한 얼굴을 올려다보며 그를 닮은 사람이 왜 아직까지 나타나지 않는지 궁금할 뿐이었다.

이 무렵 불쌍한 개더골드 씨는 죽어 땅에 묻혔다. 신기한 것은 그 사람의 육신이자 영혼 자체였던 재산이 그가 죽기 전에 모두 사라져 버렸다는 것이다. 세상에 남은 것은 오직 쭈글쭈글한 누런 피부에 덮여 있던 해골뿐이었다. 황금이 자취를 감추자 사람들은 몰락한 이 상인의 천박한 이목구비가 산 중턱의 그 장엄한 얼굴을 전혀 닮지 않았다는 데에 동의했다. 사람들은 그가 살아 있었을 때도 이미 오래전에 그에 대한 존경을 거두었고, 그가 죽은 후에는 조용히 그를 잊었다. 그가 지은 아방궁 때문에 그의 이름은 사람들의 입에 가끔씩 오르내렸지만 그 저택은 이미 호텔로 바뀌었다. 여름마다 큰 바위 얼굴이라는 자연의 경이를 보러 오는 관광객들의 숙소가 된 지 오래였던 것이다. 그렇게 개더골드가 자격을 잃었으니 예언 속의 위인은 아직 나타나지 않은 셈이었다.

오래전 이 골짜기에서 태어난 한 소년은 군인이 되어 치열한 전투를 숱하게 치르고 유명한 장군이 되었다. 역사가 그를 뭐라 부르게 될지는 모르겠지만, 전장에서 사람들은 그를 '올드블러드앤드선더(*'피와 천둥의 노장'이라는 뜻.)'라고 불렀다. 전쟁터에 일생을 바쳤던 이 퇴역 군인은 몸이 노쇠한 데다 부상이 악화되자 힘겨운 군인 생활과 끊임없이 들리는 북소리와 나팔 소리에 진절머리를 치며 고향 마을로 돌아가 쉬겠다는 뜻을 밝혔다. 골짜기에 남아 있던 옛 이웃들과, 이제는 장성한 그의 자녀들은 축포를 쏘고 잔치를 벌여 이 유명한 군인의 금의환향을 화려하게 장식하기로 결정했다. 그런데 흥미롭게도 이때 또다시 큰 바위 얼굴을 닮은 사람이 나타났다는 이야기가 돌기 시작했다. 블러드앤드선더의 한 참모가 골짜기에 들렀다가 큰 바위 얼굴을 본 뒤 그 얼굴이 자신이 모시는 장군과 너무나 비슷해 놀랐다는 이야기가 돌기도 했다. 장군을 가르쳤던 교사와 어린 시절 친구들은 기억을 더듬어 가며 그 장군이 어렸을 때도 장엄한 자연의 얼굴과 닮았는데, 자신들이 여태껏 그것을 눈치채지 못했다고 말하기 시작했다. 골짜기는 또다시 동요하기 시작했다. 오랫동안 큰 바위 얼굴에 대한 관심을 거두었던 사람들은 이제 그것을 자주 올려다보며 블러드앤드선더 장군의 모습을 미리 익히기 위해 노력했다.

장군의 귀환이 예정된 날이 돌아왔다. 어니스트는 다른 사람들처럼 일손을 놓고 환영회가 준비되고 있는 숲 속으로 향했다. 근처에 다다르자 배틀블래스트 목사가 앞으로 이 마을에 찾아올 좋은 일들과 사람들을 이렇게 모이게 한 그 위인에 대한 축복을 비는 축사를 하고 있었다. 숲 속의 빈터에 자리가 마련되었다. 빈터는 나무들에 둘러싸여 있었지만 동쪽만은 예외여서 저 멀리의 큰 바위 얼굴을 볼 수 있었다. 장군의 워싱턴 집에서 가져왔다는 의자 위로 월계수를 엮어 만든 푸른 가지들이 아치 모양으로 세워졌고 그 꼭대기에는 그가 수많은 승전지에서 휘날렸을 국기가 꽂혀 펄럭이고 있었다. 우리의 친구 어니스트는 이 위대한 손님을 보고 싶어 까치발을 했지만, 목사의 축사와 설교 그리고 곧 있을지도 모르는 장군의 답사를 듣기 위해 모여든 사람들로 인해 발 디딜 틈조차 없었다. 게다가 보안을 맡은 자원병들이 가만히 있는 사람에게도 총과 검을 겨누며 주위를 주고 있었으므로 억지로 나서는 것을 싫어하는 어니스트는 그대로 조용히 뒷자리에 머물렀다. 그곳에서는 여전히 먼 전장에 있는 블러드앤드선더를 보는 것과 다를 바가 없었다. 어니스트는 이런 안타까운 마음을 달래기 위해 큰 바위 얼굴에게로 눈길을 돌렸다. 큰 바위 얼굴은 마치 그의 신실한 오랜 친구처럼 미소를 보내주었다. 그러는 사이 누군가가 이 잔치의 주인공과 저 산에 있는 얼굴을 비교하는 말을 하기 시작했다.

"똑같아! 머리카락 한 올까지도!"

한 사람이 기뻐 날뛰며 외쳤다.

"정말 비슷하다. 확실하다!"

다른 사람이 소리쳤다.

"닮았어! 블러드앤드선더 장군을 거대한 거울에 비춘 것 같은데!"

세 번째 남자가 외쳤다.

"당연하지! 장군은 의심할 여지없이 이 시대를 통틀어 가장 위대한 인물이라고!"

그리고 곧 이 세 사람은 함성을 내질렀고 이내 그곳에 모인 수천 명의 인파도 일제히 소리를 질렀다. 그 함성이 산자락 수 킬로미터까지 울려 퍼졌다. 이 모든 사람들의 말과 엄청난 열광은 어니스트를 더욱 설레게 만들었다. 그 또한 마침내 절벽의 저 얼굴이 자신과 닮은 인간을 찾아냈으리라 의심하지 않았다. 어니스트는 오랜 기다림 끝에 만난 이 사람이 지혜를 말하고 선한 일을 하며 사람들에게 행복을 안겨 주는 평화의 인물일 것이라 기대했다. 이 소박한 영혼은 비록 전쟁의 용사와 그의 피 묻은 칼로도 자신의 소망이 성취되도록 만들어 줄 것이라고, 그렇게 자연의 섭리는 인류를 축복해 줄 것이라고 굳게 믿었다.

"장군! 장군!"

사람들은 계속해서 장군을 외쳤다.

"조용! 모두 조용히! 블러드앤드선더 장군께서 연설을 시작하신다!"

장군의 만수무강을 기원하는 건배가 끝나자 장군은 감사의 답례를 하기 위해 일어섰고, 비로소 어니스트는 사람들의 어깨 너머로 그를 볼 수 있었다. 어깨에는 번쩍이는 훈장들이 달렸고 상의의 깃은 자수로 장식되어 있었다. 그의 머리 위로는 월계수를 엮은 푸른 가지의 아치가 세워졌고 그 위의 깃발은 그의 이마로 내리쬐는 햇빛을 가려 주는 듯 서 있었다. 그리고 그런 장군의 뒤편 저 너머에 큰 바위 얼굴이 보였다. 정말 사람들의 말대로 두 사람은 비슷했을까? 아니었다! 어니스트에게는 그렇게 보이지 않았다. 장군에게는 전쟁과 풍상을 겪은 후 얻은 힘과 굳센 의지는 있었을지언정 큰 바위 얼굴의 부드러운 지혜나 깊고 넓은 온화한 성심은 찾아볼 수 없었다. 큰 바위 얼굴이 혹시 장군의 냉혹한 권위 같은 것을 지녔다 치더라도, 인자한 자애로움은 그것보다 훨씬 더 큰 특징이었다.

"예언 속의 그 사람이 아니야. 아직도 더 기다려야만 하는 것일까?"

어니스트는 한숨을 쉬며 사람들을 등지고 그곳을 빠져나왔다.

멀리 산 중턱으로 안개가 모이고 있었다. 큰 바위 얼굴의 웅장하고 장엄한 이목구비는 마치 천사가 황금빛과 자줏빛 구름 옷을 두른 채 거룩하고 인자한 모습으로 언덕들 틈에 앉아 있는 것 같았다. 큰 바위 얼굴이 입술을 움직이지 않고도 환하게 미소 지었다. 그 웃음이 빛나고 있다고 느껴졌다. 아마도 서쪽으로 저무는 햇빛과 큰 바위 얼굴 사이를 둘러싼 엷은 공기층이 만들어 낸 모습일 터였다. 하지만―언제나 그렇듯이―이 멋진 친구의 얼굴은 어니스트의 마음속에 단 한 번도 실망시키지 않은 희망을 불어넣고 있었다.

'두려워 마라, 어니스트.'

큰 바위 얼굴이 직접 말해 주고 있는 듯 그의 심장 깊은 곳에서 목소리가 들려왔다.

'두려워 말거라, 어니스트. 그는 올 것이다.'

많은 날들이 빠르고도 평온하게 흘러갔다. 어니스트는 여전히 그 골짜기에서 살았고 이제 중년이 되었다. 그리고 아무도 의식하지 못하는 사이에 그는 사람들 사이에서 조금씩 명성을 얻고 있었다. 그는 언제나처럼 농사일로 생계를 꾸려 나갔으며 언제나처럼 소박한 마음을 가진 사람이었다. 하지만 그는 생각하고 느끼는 일에 많은 시간을 보냈다. 그리고 인생의 소중한 시간을 인류의 행복을 바라는 일에 할애했다. 그는 마치 천사들과 대화를 나누며 그들의 지혜를 전수받은 사람 같았다. 조용히 흐르며 지나는 자리마다 푸름을 번지게 만드는 시냇물처럼, 그가 일상 속에서 행했던 차분하고 신중한 선의의 행동들은 주위를 변화시켰다. 이 겸손한 사람으로 인해 세상은 매일 점점 더 좋아졌다. 그는 자신의 자리를 벗어나지 않으면서도 이웃에게 축복의 손을 내밀었다.

그는 자신도 모르게 설교하는 사람이 되어 있었다. 그가 품은 순수한 생각과 고결한 소박함은 그가 행하는 조용한 선행들을 통해, 그가 하는 말을 통해 사람들에게 전해졌다. 그가 말하는 진실은 듣는 사람들의 삶을 움직였고 새 삶을 만들어 냈다. 그의 말을 듣는 사람은 모두 그의 이웃이자 친구였기 때문에 그 누구도 미처 어니스트가 특별하다고 생각하지 못하는 듯했다. 그리고 그것은 어니스트 자신도 마찬가지였다. 하지만 그의 입에서는 그 누구도 하지 못하는 말들이 흘러나왔다.

시간이 흘러 사람들의 맹목적인 흥분이 어느 정도 가라앉자 그들은 곧 블러드앤드선더의 투지가 불타는 얼굴이 산 절벽의 인자한 얼굴과 비슷하다고 생각했던 것은 잘못이었음을 깨닫기 시작했다. 그리고 그때쯤 다시 신문에 큰 바위 얼굴을 닮은 정치인이 나타났다는 기사가 실리기 시작했다. 그는 개더골드와 블러드앤드선더처럼 그 골짜기 출신이었다. 그는 어린 시절 그곳을 떠나 법과 정치에 몸담고 있던 사람이었다. 그는 부자의 돈과 전사의 칼 대신 혀를 가졌는데 그의 혀는 앞의 두 가지를 합한 것보다 훨씬 더 강력한 힘을 발휘했다. 그의 말은 청산유수여서 그가 하는 말이면 사람들은 모두 철석같이 믿어 버렸다. 그가 말하는 것이라면 틀린 것도 맞는 것 같았고, 맞는 것도 틀린 것 같았다. 그의 혀는 마법과도 같은 것이어서 원한다면 그는 숨 한 번 쉬는 것으로 사람들의 머리에 안개를 뿌리고 한낮의 태양을 흐리게 만들 수도 있었다. 그의 말은 때로는 천둥처럼 하늘을 내리쳤고 때로는 달콤한 음식처럼 속삭였다. 전쟁의 굉음이었고, 평화의 노래였다. 마치 혀에 심장이라도 달려 있는 것 같았다.

그는 대단한 사람이었다. 그는 자신의 혀를 이용해서 크게 성공을 거두었고 세계적으로 유명해졌다. 그는 여러 나라의 왕실과 국정 기관에서 연설을 하기 시작했다. 그의 목소리는 육지를 넘어서 해안에서 해안으로 이어졌다. 그리고 마침내 자신을 대통령으로 뽑아 달라고 국민에게 호소하기에 이르렀다. 사실 그 이전부터 이미―그가 유명해지기 시작하자마자―그의 추종자들은 그가 큰 바위 얼굴을 꼭 닮았다고 말하고 다녔으며, 이런 여론 몰이가 성공하여 이 유명한 정치가는 이제 나라 전체에서 '올드스토니피즈(*'전설의 바위 얼굴'이라는 뜻.)'라고 불렸다. 이런 별명은 그의 정치적 미래에 커다란 도움이 되었다. 교황도 그렇듯이 본명이 아닌 다른 이름을 갖지 않고는 그 누구도 최고의 자리에 오를 수 없는 법 아니던가.

그의 친구들이 그를 대통령으로 만들기 위해 온갖 노력을 다하고 있는 동안 스토니피즈는 자신이 태어난 골짜기를 방문하기로 했다. 물론 그의 목적은 단지 자신의 고향 사람들에게 예의를 차리고 명분을 세우는 것뿐이었다. 작은 시골 마을의 방문이 선거 투표율에 미치는 영향은 그렇게 크지 않다는 것을 그는 알고 있었다. 어쨌든 골짜기에서는 이 유명 정치인을 맞이하기 위한 성대한 준비가 이루어졌다. 기마대가 그를 맞으려고 주(州)의 경계선까지 나갔고, 사람들은 지나가는 그를 보기 위해 일손을 멈춘 채 길가에 모여들었다. 어니스트도 군중 속에 있었다. 우리 모두 알듯이 그는 이미 여러 번 실망했다. 하지만 신뢰와 희망으로 꽉 찬 그의 인품으로서는, 아름답고 선해 보이는 것이라면 무엇이든 믿을 준비가 되어 있었다. 그의 마음은 여전히 열려 있었다. 그리고 여전히 때가 되면 천상의 축복을 볼 수 있으리라 확신하고 있었다. 그래서 그는 여느 때와 다름없이 설레는 마음으로, 큰 바위 얼굴을 닮은 그 사람을 보러 발길을 옮겼다.

요란한 말발굽 소리와 함께 기마대가 커다란 먼지구름을 만들며 다가왔다. 자욱한 먼지구름이 높이 만들어져 어니스트의 눈에서부터 산 절벽의 그 얼굴을 가릴 정도였다. 지역의 모든 유지들이 말을 타고 모여들었다. 군복을 착용한 장교, 위원회 의원, 보안관, 신문사 편집자들이 참석했으며 농부들도 가장 좋은 옷을 차려입은 채 말을 타고 몰려들었다. 휘황찬란한 광경이었다. 기병대 위로 휘날리는 수많은 깃발이 이 풍경을 더욱 화려하게 만들었다. 그중 몇몇 깃발에는 정치인과 큰 바위 얼굴이 서로 형제처럼 마주 본 채 미소를 보내는 멋진 그림까지 그려져 있었다. 그림대로라면 두 인물은 놀랄 정도로 닮았다. 악대의 음악도 있었다. 그들의 힘차고 당당한 연주가 메아리가 되어 울려 퍼졌고, 모든 언덕과 골짜기가 영혼을 울리는 음들로 채워졌다.

계곡 전체가 이 높으신 손님에게 환영 인사를 보내는 듯했다. 가장 웅장했던 순간은 음악이 멀리 산 절벽에 닿아 메아리칠 때였는데, 마치 큰 바위 얼굴이 그 승리의 합창을 기뻐하며 예언 속 인물이 왔음을 확인해 주는 것만 같았다.

사람들은 모자를 하늘 높이 던져 올리며 함성을 질러 댔고, 이런 열광적인 분위기는 어니스트의 심장을 뛰게 했다. 어니스트 또한 사람들과 함께 모자를 위로 던지며 목청껏 소리쳤다.

"골짜기의 위인 만세! 스토니피즈 만세!"

아직 그는 모습을 나타내지 않은 상태였다.

"저기 오신다!"

그때였다. 어니스트 근처의 사람들이 외치기 시작했다.

"저기야, 저기! 스토니피즈와 산의 얼굴을 비교해 봐! 꼭 쌍둥이 같네!"

화려한 행렬 가운데 백마 네 마리가 이끄는 대형 사륜마차가 나타났고, 그 안에 빛나는 정치인 스토니피즈가 모자를 쓰지 않은 큰 얼굴을 드러낸 채 앉아 있었다.

"자네도 얼른 소리쳐. 마침내 큰 바위 얼굴을 닮은 사람이 나타났다고!"

어니스트의 옆에 서 있던 사람이 그에게 말했다.

어니스트도 마차에 앉아 사람들에게 화답을 하는 그의 얼굴을 보았을 때 산 절벽의 얼굴과 닮았다고 생각했다. 넓은 이마와 모든 이목구비가 영웅을 뛰어넘어 거인과 겨루는 듯 담대하고 강인하게 들어차 있었다. 하지만 그의 얼굴에서는, 묵직한 화강암덩어리에 불과한 바위 얼굴에 영혼을 불어넣는 중압감과 위엄 그리고 신성한 자애로움이 느껴지는 거룩한 표정을 찾을 수 없었다. 처음부터 없었거나 아니면 중간에 사라진 것일 터였다. 대신 이 놀라운 능력을 가진 정치인의 퀭한 두 눈에는 장난감이 시시해져 버린 어린애와 같은 혹은 능력은 많지만 목적이 없는 사람처럼 지친 어둠이 드리워져 있었다. 그의 인생에 진실성을 불어넣어 줄 고귀한 목적의 결여로 인해 그는 높은 것을 이루고도 인생이 허무하고 공허했던 것이다.

어니스트의 옆 사람이 팔꿈치로 그의 옆구리를 찌르며 재차 대꾸를 요구했다.

"얼른 말해 봐! 저 사람은 진짜 큰 바위 얼굴을 닮았지?"

"아니. 내가 볼 때는 닮지 않은 것 같아."

어니스트가 담담하게 말했다.

"그건 큰 바위 얼굴이 저분보다 훨씬 못났다는 말이야!"

그는 이렇게 말하더니 다시 스토니피즈를 향해 함성을 질러 댔다.

어니스트는 절망에 사로잡혀 쓸쓸히 돌아섰다. 지금까지와는 다르게, 이번에는 예언이 충족될 수 있었음에도 불구하고 결국 그렇게 되지 못했기 때문에 더욱 슬펐다. 그사이 기마대와 깃발과 악단을 태운 마차들이 그의 앞을 지나갔다. 사람들은 요란하게 그 뒤를 따라갔다. 잠시 후 먼지가 가라앉자 큰 바위 얼굴이 다시금 영겁의 세월을 간직해 온 듯한 장엄한 모습을 드러냈다.

'내가 여기 있노라, 어니스트. 나는 너보다 더 오래 기다렸지만 아직 지치지 않았다. 두려워 말거라. 그 사람은 올 것이다.'

큰 바위 얼굴의 인자한 입술이 이렇게 말하고 있는 것 같았다.

　한 해 한 해가 서로의 뒤를 쫓듯 달리며 빠르게 흘러갔다. 그 세월은 어니스트의 머리를 하얗게 세도록 만들었고 그의 이마와 뺨에 너그러운 주름을 새겨 주었다. 이제 그는 노인이 되었다. 하지만 그의 늙음은 헛된 것이 아니었다. 머리에 내려앉은 흰머리보다 더 많은 지혜를 가졌으며 얼굴의 주름들은 시간이 새겨 준 비문이었다. 그가 살아온 세월이 증명하는 지혜의 전설에 대한 비문 말이다. 어니스트는 이제 평범한 사람이 아니었다. 수많은 사람이 애타게 쫓는 명성은, 그가 추구하거나 바라지 않았음에도 불구하고 어느새 그를 찾아와 있었다. 그는 골짜기에서 조용한 삶을 살고 있었지만 바깥세상에서도 유명했다. 교수들은 물론이고 도시의 많은 사람들이 바쁜 와중에 시간을 쪼개어 어니스트와 대화를 나누기 위해 찾아왔다. 이 소박한 농부에게, 보통 사람들과는 다른 생각과 책에서 얻는 것보다 더 품격 높은-매일 천사와 대화하는 듯한 평온하고도 친숙한 위엄을 지닌-지혜가 있다는 말이 널리 퍼졌다. 현자건 정치가건 자선가건 어니스트는 본래의 온화함과 진실됨으로 손님을 맞았으며 그때마다 머릿속에 떠오르거나 깊이 있는 생각을 그들과 자유롭게 나누었다. 그럴 때면 자신도 모르는 사이에 차분히 내리쬐는 저녁노을을 받는 것처럼 그의 얼굴에 환한 빛이 떠올랐다. 손님들은 그런 충만한 대화의 기억을 가슴에 담고 돌아갔다. 그들은 돌아가는 길 골짜기 어귀에 잠시 멈춰 서서 큰 바위 얼굴을 바라보다가 저런 얼굴을 한 사람을 어디선가 본 것 같다는 생각이 들었지만 명쾌히 떠오르지는 않았다.

어니스트가 늙어 가는 동안 대자연의 자비로움은 이 땅에 새로운 시인을 보냈다. 그 또한 이 골짜기에서 태어난 사람이었다. 하지만 그는 인생의 대부분을 이 낭만적인 장소로부터 먼 곳에서 보냈다. 그는 도시의 소란스러움과 시끄러움 속에서 달콤한 음악을 들려주었다. 하지만 그가 쓰는 시 안에는 이 골짜기의 눈 덮인 하얀 산꼭대기가 자주 드러났다. 그는 큰 바위 얼굴도 잊지 않아서 바위 얼굴에게 바치는 시도 한 편 썼다. 그 시는 큰 바위 얼굴이 그 장엄한 입술로 말하듯 웅장하였다. 시인은 천재였다. 그가 산에 대해 노래할 때면 인류는 어느 때보다 장엄하고 드넓어진 그 산의 품에 안겨 쉴 수 있었고, 어느 때보다 드높아진 산꼭대기로 높이높이 솟아오르는 감각을 느낄 수 있었다. 그가 아름다운 호수를 노래하면 호수 위로 천상의 미소가 뿌려졌고 수면에서 영원히 반짝였다. 시인이 광대한 바다를 노래할 때면 그 깊고도 거대한 가슴이 감동하여 더 크게 일렁이는 듯했다. 이렇듯 세상 만물은 시인의 영명한 축복을 받은 순간부터 더 새롭고 더 멋진 모습으로 부활하였다. 우리 창조주의 창조 작업은 시인이 그것들을 해석하여 노래해 주어야만 비로소 완벽하게 완성되는 것 같았다.

사람을 주제로 삼을 때도 그의 시는 여전히 거룩하고 아름다웠다. 일상의 먼지에 뒤덮인 채 지나가는 남자와 여자도, 철없이 뛰어노는 아이들도, 그의 시적 시선을 받으면 모두 영광을 받아 다시 눈부시게 빛났다. 그는 사람들을 천사의 부류와 연결해 주는 황금 사슬을 가지고 태어난 사람이었다. 그는 우리 인류가 천상의 사람들과 이어져 있다는, 같은 출신이라는 숨겨진 증거들을 찾아 밝혔다. 어떤 사람들은 자연의 모든 아름다움과 위상이 그저 시인의 상상 속에만 존재한다고 비평했지만, 그들은 자연이 가진 것 중 극소량의 가혹함을 통해 세상에 나온 사람이리라. 자연은 돼지들까지 모두 창조한 뒤에 남은 폐물로 그들을 빚었으리라. 그들을 제외한 모든 것에게, 시인의 글은 진실 중의 진실이었다.

이 시인의 노래가 어니스트를 찾아갔다. 어니스트는 평소처럼 일을 마친 뒤 오두막 문 앞 벤치에 앉아 시인의 시들을 읽었다. 그가 오랫동안 큰 바위 얼굴을 바라보며 생각에 잠긴 채 휴식을 취하던 그곳이었다. 시를 읽은 후 영혼에 기쁜 울림을 받은 그는 자비로운 미소를 보내는 거대한 얼굴을 보기 위해 눈을 들었다.

"장엄한 친구시여. 이 시인이 당신과 비슷하지 않겠습니까?"

그가 큰 바위 얼굴을 향해 말했다.

큰 바위 얼굴은 미소를 짓는 듯했지만 대답은 없었다.

시인은 멀리 살고 있었지만 그 또한 어니스트에 관해 알고 있었다. 시인은 그의 인품에 대해 깊이 생각해 보았다. 그리고 누구에게도 배우지 않은 지혜와 인생의 귀결한 소박함으로 가득한 이 사람을 만나는 일이 바람직할 거라는 결론을 내렸다. 그는 어느 여름, 아침 기차에 올랐다. 그리고 오후가 거의 끝나갈 때쯤 어니스트의 오두막으로부터 멀지 않은 역에서 내렸다. 개더골드의 궁전이었던 호텔이 가까이 있었지만 시인은 여행 가방을 맨채 사람들에게 어니스트가 사는 곳을 물었다. 오두막에 도착해 보니 한 노인이 문 앞에서 책을 손에 들고 읽다가 잠시 큰 바위 얼굴을 다정하게 올려다보다가를 반복하고 있었다.

"안녕하신지요. 여행자가 하룻밤 묵고 갈 수 있을런지요?"

시인이 물었다.

"물론입니다. 그렇게 하시지요."

어니스트가 대답했다. 그리고 미소를 지으며 이렇게 덧붙였다.

"큰 바위 얼굴이 낯선 이에게 저렇게 다정한 표정을 짓는 건 처음인 것 같습니다."

시인과 그는 나란히 벤치에 앉았다. 그리고 그렇게 이야기를 시작했다. 시인은 그동안 재치와 지혜가 넘치는 수많은 사람들과 이야기를 나누었다. 하지만 어니스트처럼 자신의 생각과 느낌을 이토록 자유롭게 그리고 위대한 진리를 이렇게 편안하게 말하는 사람은 본 적이 없었다. 사람들이 말했듯 그는 들에서 일할 때도 천사들과 함께하고 집 안의 난로 앞에서도 그들과 함께하는 것만 같았다. 그렇게 그가 천사들과 함께하는 동안 천사들의 고매한 생각을 빨아들이며 거기에 유연하고도 손순한 언사를 갖춘 것 같았다. 시인이 이런 생각을 하고 있는 동안 어니스트 또한 시인의 머리로부터 나와 오두막집 주변의 공기를 기쁘고도 슬픈 아름다움으로 채우는 심상들에 감동을 금치 못했다. 두 사람은 서로 공감했다. 그리고 그렇게 혼자서는 얻을 수 없었던 깊은 의미를 깨달아 갔다. 그들의 정신은 금세 하나의 선율로 조화를 이루었다. 두 사람 중 어느 한 사람의 것이라고도 할 수 없고, 어디서부터 어디까지가 자신의 몫인지 분간할 수 없는 환희의 음악을 만들었다. 그들은 서로를 드높은 생각의 하늘로 이끌었고, 그곳은 이제껏 너무 멀고 희미해 두 사람 모두 가 본 적이 없지만 너무나 동경하여 항상 가고파 했던 바로 그곳이었다.

어니스트는 시인이 이야기할 때 큰 바위 얼굴이 고개를 기울이며 함께 듣고 있는 듯한 느낌을 받았다. 어니스트는 시인의 빛나는 눈을 빤히 바라보다가 물었다.

"손님은 참 대단하신 분 같습니다. 도대체 누구신지요?"

그가 물었다.

시인은 어니스트가 읽고 있던 책에 손을 얹으며 이렇게 말했다.

"이 시를 읽으셨지요. 그러면 저를 아시는 겁니다. 이걸 쓴 사람이 바로 접니다."

어니스트는 다시 한 번 그리고 더 열심히 시인의 생김새를 살폈다. 그리고 큰 바위 얼굴로 고개를 돌렸다가 의아한 표정으로 다시 손님을 바라보았다. 그의 얼굴에는 실망이 깃들어 있었다. 어니스트가 고개를 저으며 한숨을 쉬었다.

"어째서 그리 슬퍼하십니까, 어르신?"

시인이 물었다.

"왜냐하면 나는 평생토록 어떠한 예언이 실현되기를 기다려 왔기 때문이라오. 그리고 사실 이 시를 읽으며 어쩌면 이 시인이 그 예언을 실현해 줄지 모른다는 희망을 품고 있었기 때문이라오."

"그렇다면 제 얼굴이 큰 바위 얼굴과 같기를 기대하셨다는 말씀이시군요. 그리고 개더골드, 올드블러드앤드선더, 올드스토니피즈, 그들 때처럼 실망을 하신 거군요. 맞습니다, 어니스트 씨. 그게 저의 운명입니다. 그 세 사람의 이름 곁에 제 이름도 덧붙여 놓으시고 또 한 차례의 실망한 경우로 기록해 주십시오. 부끄럽고 슬픈 일입니다만 어르신, 저는 저토록 다정하고 거룩한 얼굴이 담길 만한 사람이 아닙니다."

"대체 왜……. 이 생각들은 천상의 영감들이 아닌지요?"

어니스트가 책을 가리키며 물었다.

"신성함이 깃들어 있긴 합니다. 천국의 노래의 메아리를 담았으니까요. 하지만 어르신, 제 인생은 저의 그런 영감과 일치하지 않았습니다. 저는 큰 꿈을 품었지만 한평생을-저 자신의 선택에 의해-부질없고 야박한 속세에 묻혀 살았기 때문에 그것들은 모두 꿈에 머물렀습니다. 제 시들이 자연과 인간의 장엄함과 아름다움과 선함을 더욱 선명하게 나타나도록 도와주었다고들 하지요? 저 자신은 때로-감히 이렇게 말할 수 있을지 모르겠지만-그런 것들에 대한 믿음을 잃곤 합니다. 그러니 온전한 선함과 순수한 진실을 찾고 있는 당신이 제게서 큰 바위 얼굴의 신성한 이미지를 찾을 수 없는 것이 당연합니다."

시인의 목소리는 슬펐다. 그리고 어느새 그의 눈에는 눈물이 고여 있었다. 어니스트의 눈에도 눈물이 차올랐다.

오래전부터 어니스트는 해질 무렵 언제나 이웃 주민들과 대화를 나누어 왔으므로, 그는 시인과 팔짱을 낀 채 이야기를 계속 나누며 사람들이 있는 곳을 향해 함께 걸어갔다. 언덕 사이의 작은 빈터였다. 뒤로는 거무스름한 절벽이 버티고 서 있었으며 딱딱한 절벽면의 바위들은 덩굴식물들이 줄기를 사방으로 뻗어 마치 태피스트리(*다양한 색의 실로 그림을 짜 넣은 미술적 가치가 높은 직물.)처럼 덮고 있는 곳이었다. 풍성한 녹음으로 둘러싸인 약간 솟은 그 땅에, 한 사람이 올라서면 열정적인 생각과 진실된 감정에서 우러나는 몸짓을 할 수 있을 만한 공간이 있었다. 어니스트는 자연이 만들어 준 연단 위로 올라가 온화하고 다정한 얼굴로 청중을 돌아보았다. 사람들은 편하게 잔디에 서거나 앉거나 기대어 있었다. 노을빛이 그들 위로 옅게 내리우고 있었다. 이 빛들은 고목들이 주는 엄숙함에 따스한 화사함을 불어넣어 주었다. 반대편에는 큰 바위 얼굴이 한결같은 엄숙함과 온화함을 간직한 채 오롯이 버티고 있었다.

어니스트가 입을 열고 자신의 가슴과 머리에 담긴 것을 사람들에게 이야기하기 시작했다. 그의 생각과 정확히 일치한 말에는 힘이 있었다. 그의 생각에는 진실과 깊이가 있었다. 그가 살아온 인생과 조화되었기 때문이다. 이 설교자가 말하는 것은 단순한 숨이 아닌 생명의 말이었다. 선한 행동과 고결한 사랑이 그의 인생 안에 고스란히 녹아 있었기 때문이다. 순수하고도 단단한 진주가 그 소중한 숨결 속에 녹아 있기 때문이었다. 어니스트의 설교를 들으며 시인은 그와 그의 인품이 자신이 지금껏 써 온 그 어떤 시보다 더 고귀하다는 것을 알아차렸다. 그는 눈물이 가득 차오른 눈으로 선자이자 현자인 남자를 존경의 눈빛으로 올려다보았다. 백발의 영광을 가진 저 온화하고 다정하고 깊은 얼굴이야말로 예언자나 현자의 얼굴이라 중얼거렸다. 저 멀리에 큰 바위 얼굴이 눈에 들어왔다. 그것은 저무는 태양의 황금빛을 받는 높은 곳에서 어니스트처럼 이마에 안개의 백발을 두르고 있었다. 천상의 은혜로움을 간직한 그의 얼굴은 온 세상을, 온 인류를 품고 있었다.

어니스트가 누군가의 말에 대한 대답을 들려주려고 말을 건네는 바로 그때, 시인은 보았다. 성심으로 가득 찬 그 장엄하고 거룩한 얼굴을 말이다. 시인은 참지 못하고 두 팔을 번쩍 들어 소리쳤다.

"보십시오! 모두 어니스트 씨를 보십시오! 그가 바로 큰 바위 얼굴을 닮은 사람입니다!"

사람들은 어니스트의 얼굴을 보았고 시인의 말이 맞다는 것을 깨달았다. 예언은 실현되었다. 하지만 어니스트는 자신의 이야기를 마치자 그저 시인의 팔에 의지한 채 천천히 자신의 집을 향해 걸음을 옮기기 시작했다. 여전히, 자신보다 더 지혜롭고 훌륭한 큰 바위 얼굴을 닮은 사람이 나타나 주기를 바라며 말이다.

웨이크필드

-한 남자 이야기

오래전에 잡지인지 신문인지 어딘가에 황당한 기사 하나가 실렸다. 어떤 남자-그를 웨이크필드라고 부르자.-가 오랫동안 아내 곁을 떠나 있었다는 내용의 기사였다. 사실 이런 일들은 그다지 드문 일도 아니고 구체적인 이유나 상황에 대한 설명 없이는 꼭 나쁜 짓이었다고 말할 수도 없긴 하다. 하지만 이 사건은 적어도 기록으로 남은 것들 중에서 최고로 기이한, 배우자 유기에 관한 사건이었고 당사자는 인류 역사상 가장 이상한 사람으로 기록될 만한 그런 사건이었다.

웨이크필드 부부는 런던에 살고 있었다. 그런데 어느 날 이 남자는 아내에게 여행을 간다고 말한 후 집을 나섰다. 그리고 집에서 멀지 않은 곳에 따로 집을 얻어 자신의 아내와 지인들을 떠나 20년이 넘는 세월 동안 혼자 살았다. 아무런 이유도 없이 말이다. 그는 매일같이 자신의 집을 관찰했다. 아내도 자주 보았다. 그가 실종된 지 한참이 지나 그가 죽었다는 것이 기정사실화 되었고 그의 재산은 정리되었으며 그의 존재는 사람들의 기억으로부터 차차 지워져 갔다. 하지만 아내가 쓸쓸한 과부의 운명을 받아들인 지 오래되어 버린 어느 날 저녁, 그는 집을 떠난 지 하루밖에 안 된 사람처럼 아무렇지 않게 집으로 들어갔다. 그리고 그렇게 다시 다정한 남편으로서 죽을 때까지 살았다.

이것이 내가 기억하는 사건의 개요다. 선례를 찾을 수도, 앞으로 더 이상 일어날 수도 없는 아주 독창적인 사건이었다. 하지만 내가 봤을 때 이것은 어쩌면 인류의 전반적인 공감을 얻을 수 있는 사건이기도 했다. 우리는 모두 그런 어리석은 일을 하지 않을 것이다. 하지만 그와 동시에, 다른 사람들은 그럴 수도 있겠다 싶게 느끼고 있을 것이다. 적어도 나는 그런 생각을 자주했다. 그리고 그때마다 이 사건을 떠올렸고, 틀림없이 실화일 것 같은 이 사건을 되짚어 보며 이 남자의 성격에 대해 고민하게 되었다. 사람의 마음에 강력한 영향을 미치는 것이라면 그것에 대해 생각해 보는 것이 시간 낭비만은 아닐 것이다. 당신도 나의 이런 여정과 함께하고 싶다면 얼마든지 환영이다. 이 이야기에 대해 당신 나름의 생각들을 해 보아도 좋고 그저 이 남자의 기이한 여행기를 지켜보기만 해도 좋다. 이 사건을 쫓아도 뭔가 깔끔한 결론이 나오지 않겠지만 그의 이야기에는 어떤 교훈이 있을 것이라 믿는다. 생각은 항상 그 자체만으로 깨달음을 주고 괴상망측한 사건에도 언제나 배울 점이 있는 법이니 말이다.

웨이크필드가 어떤 사람이었느냐고? 각자 자유롭게 상상하며 그를 그저 웨이크필드라고 부르면 좋을 것 같다. 그는 인생의 절정기를 보내고 있는 남자였다. 그의 결혼 생활은 뜨거운 애정으로 가득 차 있지는 않았지만 차분하면서도 일상적인 사랑이 존재했다. 그는 변하지 않을, 한결같이 좋은 남편일 것 같은 평범한 사람이었다. 어떤 상황에 처해도 느긋한, 약간은 나태한 그의 성격 때문에 가능한 일이었으리라. 그는 똑똑하긴 했지만 그것을 활발하게 발휘하며 살지는 않았다. 그는 자주 길고 나른한 상념에 잠겼지만 별다른 결과가 있는 것도 아니었고 그런 것에 대한 목표나 열정도 없어 보였다. 그는 자신의 상념을 말로 정리할 만큼의 열정을 갖지 못했다. 그는 상상력이 없는 사람이었다. 그는 냉소적이었지만 불량스럽지 않았으며 방황을 한 적도 없었다. 열성적이거나 혁신적인 발상의 산발적 출현으로 인해 혼란스러운 정신과는 전혀 거리가 먼 남자였다.

이런 그가 기이한 여행을 떠나리라고 그 누가 예상할 수 있었을까? 그의 지인들에게 만약 런던에서 내일 아침까지 눈에 띄는 행동을 전혀 하지 않을 사람이 누구냐고 묻는다면 모두 웨이크필드를 지목했을 것이다. 어쩌면 오직 그의 아내만이 망설였을지도 모르겠다. 그녀는 딱히 남편의 성격을 분석하며 살지 않았지만 그의 무기력한 정신으로 인한 조용한 이기심, 그의 가장 불편한 성격 중 하나인 요상한 허영심, 밝힐 가치가 별로 없는 사소한 비밀을 지키는 정도의 교활함, 딱히 꼬집어 말할 수 없는 어떤 기이함 정도는 파악하고 있었다. 마지막의 이 뭐라 정의할 수 없는 기이함은 어쩌면 존재하지 않는 것인지도 모르지만 말이다.

이제 위이크필드가 아내에게 작별 인사를 하는 부분을 상상해 보자. 10월의 어느 해질 무렵, 그는 어두운색 코트에 유포(油布) 모자를 쓰고 긴 부츠를 신는다. 한 손에는 우산을 들고 나머지 손에는 여행 가방을 든다. 아내에게는 야간 마차를 타고 시골로 갈 예정이라고 말해 두었다. 그녀는 얼마나 먼 곳인지, 가는 목적은 무엇인지, 언제 돌아오는지 묻고 싶었지만 자세한 것을 이야기하기 싫어하는 남편의 성격 때문에 그저 궁금한 표정을 짓는 것으로 대신한다. 그는 왕복 마차로 돌아오지 않을 수도 있으며 며칠 이상 걸려도 놀라지 말라고 그리고 늦어도 금요일 저녁 식사 시간쯤에는 돌아올 것이라고 말한다. 그는 앞으로 무슨 일이 있을지 잘 알고 있었다. 그가 손을 내밀었고 부인도 손을 맞잡았다. 그리고 10년의 결혼 생활 동안 늘 그렇듯 부부는 안부의 키스를 주고받았다. 그리고 중년의 웨이크필드는 일주일쯤 집에 돌아가지 않아 이 착한 아내를 당혹스럽게 만들 작정을 하고 집을 나선다.

부인은 살짝 열린 문틈 사이로 자신에게 미소를 지어 보이고 멀어져 가는 남편의 모습을 본다. 이 작은 순간은 한동안 별 의미 없이 남아 있었지만, 오랜 시간이 흘러 남편과 함께 지냈던 때보다 혼자 지낸 세월이 더 길어졌을 때 아내가 웨이크필드를 떠올릴 때면 문득문득 떠올라 그녀의 눈앞에 어른거렸다. 그녀가 남편에 대해 추측하는 수많은 상황에서, 그 미소는 그녀의 추측들을 온통 기이하고 섬뜩하게 만들어 버렸다. 예를 들면 죽어 관 속에 누워 있는 남편을 상상할 때면 남편의 창백한 얼굴에 그가 작별할 때 보여 준 미소가 그대로 얼어붙어 있었다. 남편이 천국에서 돌아다니는 모습을 꿈꿨을 때는 남편의 축복받은 영혼이 여전히 조용하고도 교활한 미소를 얼굴에 걸치고 있었다. 하지만 정작 이 미소 때문에 그녀는 다른 사람들 모두가 남편이 죽었다고 포기했을 때도 차마 그러지 못했던 것 같다.

어쨌든 우리가 주목해야 할 것은 남편이다. 그가 자신의 정체성을 놓아 버린 채 런던의 거대한 인파 속에 파묻히기 전에 우리는 어서 그를 따라잡아야만 한다. 한 번 잃어버리면 찾을 수가 없게 될 것이다. 우리는 그를 바짝 따라간다. 그는 몇 번이고 쓸데없이 이리 돌고 저리 돌며 거리를 헤맨 다음 미리 준비해 두었던 숙소 앞에 도착했다. 그는 이 작은 아파트로 들어가 벽난로 앞에 자리를 잡는다. 자신의 집에서 길 하나를 건너면 당도하는 곳, 이곳이 여행의 목적지이다.

그는 사람들의 눈에 띄지 않고 그곳까지 도착했다는 사실이 믿기지 않는다. 한 번은 사람들 틈에서 걸음을 늦추자 불빛이 정면으로 내리비췄다. 주변의 다른 발소리들과 명확히 다른, 자신의 뒤를 밟는 듯한 발소리도 있었다. 멀리서 자신의 이름을 부르는 듯한 소리도 들은 것 같았다. 누군가 그를 본 사람들이 분명 자신의 아내에게 이 사실을 알렸으리라. 가엾은 웨이크필드 씨! 자기 스스로가 이 세상에서 얼마나 미약한 존재인지 모르는 사람! 나 말고는 그 어떤 인간의 눈도 당신을 쫓지 않았습니다. 조용히 잠자리에 드시지요, 어리석은 사내여! 그리고 내일 아침 자리에서 일어나면 착한 웨이크필드 부인이 있는 집으로 돌아가 모든 것을 밝히시지요. 단 일주일이라도 그녀의 순수한 마음속에 있는 당신의 자리를 비워 두지 말란 말입니다. 그녀가 한순간이라도 당신이 죽거나, 실종되었거나, 이것이 영원한 작별이라고 생각한다면 당신은 신실한 아내가 완전히 변해 버리는 것을 지켜보며 그 슬픔을 감내해야 할 것입니다! 인간의 사랑에 틈을 만드는 것은 위험합니다. 그 틈이 오래 벌어져 있어서가 아니라 그 틈이 너무나도 빨리 닫히기 때문입니다!

어쨌든 웨이크필드는 자신의 장난－혹은 이게 무엇이건 간에－에 대해 후회를 시작하며 낯선 침대의 고독 더미에 둘러싸여 두 팔을 벌리고 첫 잠을 청했다.

'이건 아니야.'

그는 이불을 끌어당기며 이렇게 생각했다.

'이렇게 혼자 잠을 자는 건 아무래도 아닌 것 같아.'

아침에 그는 평소보다 일찍 일어난다. 그리고 자신이 진정으로 원하는 것이 무엇인지 생각하기 시작한다. 그는 늘 생각이 느슨하고 정리되지 않는 편이었다. 이 특이한 계획을 의도적으로 실행하긴 했지만 그 의도를 스스로도 정확히 정리하지 못했다. 모호한 계획을 세우는 것과 그것을 난데없이 실천하는 것은 모두 정신이 연약한 자의 특징이라 할 수 있겠다. 하지만 웨이크필드는 지금 최선을 다해 자신의 행동을 정리해 보려 한다. 그는 자신이 없는 집이 어떻게 돌아갈지 궁금해진다. 모범적인 그의 아내가 일주일 동안 어떤 모습으로 홀로 지낼지도 궁금했다. 그러니까 웨이크필드는 자신이 중심에 서 있던 영역의 사람과 상황들이 자신의 부재로 인해 어떻게 변화되는지 궁금했던 것이다. 그리고 이러한 의도에는 분명히 그의 허영심이 깔려 있었다. 그는 어떻게 이런 목적을 달성할 것인가? 확실한 건 그저 이 안락한 숙소에 숨어 있기만 해서는 안 된다는 것이었다. 분명

길 하나의 거리뿐이었지만 마차를 타고 밤새 달린 만큼 그는 집에서 멀어져 있었다. 하지만 다시 집 근처로 가서 봐야 한다면 이 모든 계획이 수포로 돌아가는 것이다. 그는 이런 고뇌를 하면서 머릿속이 너무 혼란스러워져 결국 밖으로 나간다. 집이 있는 거리 근처를 지나며 멀리서 슬쩍 살펴볼 생각도 있었다. 그런데 습관—그는 습관에 길들여진 사람이었다.—이 그의 손을 이끌어 무의식중에 집 현관 앞까지 그를 끌고 가 버렸다. 그는 계단에 발을 디디기까지 했다. 어어, 웨이크필드 씨. 지금 어디까지 가시는 겁니까? 하지만 다행히도 그는 결정적인 순간에 정신을 차린다.

그의 운명이 그 순간에 달려 있었다. 그는 뒤돌아 나온다. 하지만 뒷걸음질이 자신을 어떤 운명으로 인도할지 당시에는 상상조차 하지 못했다. 그는 숨을 헐떡이며 집에서 멀리 떨어진 길의 모퉁이까지 내달린다. 그리고 그는 감히 고개를 돌려볼 용기를 내지 못한다.

'혹시 누가 나를 보았을까? 식구들이—정숙한 자신의 아내, 영리한 하녀, 지저분한 심부름꾼 아이—런던의 거리를 헤매며 도망친 자신의 남편이나 주인을 소리 높여 부르고 쫓아 나서지는 않을까? 그렇지만 멋진 탈출이었어!'

그는 용기를 내어 걸음을 멈추고 집 쪽을 돌아본다. 그런데 그 익숙한 건물이 어딘지 변한 것 같아 당혹스럽다. 익숙한 언덕이나 호수 또는 미술 작품을 몇 달 혹은 몇 년 만에 다시 보았을 때 느끼는 그런 낯설음이다. 보통 이런 현상은 우리의 불완전한 기억과 현실이 대조되었을 때 나타난다. 웨이크필드에게 그

하룻밤의 마술은 그런 것과 비슷했다. 그 짧은 시간에 큰 정신적 변화를 겪은 것이다. 하지만 이것은 그에게 비밀로 하자. 그 지점을 떠나기 전에 그는 아내가 창문 앞에서 거리를 내다보며 지쳐 가는 모습을 언뜻 본다. 우리의 교활한 바보는, 그의 눈이 천 명쯤 되는 사람들 가운데 자신을 알아봤을 거라는 생각에 놀라 도망치고 만다. 숙소의 난로 앞에 도착한 그는 머리가 혼란스러웠지만 마음만은 편안했다.

어쨌든 이 긴 기행의 초반은 이런 식이었다. 계획을 하고 실행에 옮기고 나니 그 후의 일은 자연스럽게 진행되었다. 그는 많이 고민한 끝에 붉은빛의 가발을 사고 평소 입던 갈색 정장과 전혀 다른, 유대 인의 헌옷 가방에나 들어 있음직한 옷을 샀다고 가정해 보자. 이제야 제대로 돌아가고 있는 것 같다. 웨이크필드는 이제 다른 사람이다. 새로운 생활이 자리 잡혀 가고 있었다. 예전의 생활로 돌아가는 것은, 그가 이처럼 독특한 상황으로 옮겨 놓은 발걸음만큼이나 어려운 일이 되어 버린다. 게다가 그는 지금 자기 아내의 마음속에서 일어나고 있을 자신에 대한 감정이 나쁠 것이라고 지레짐작하기 시작한다. 그리고 스스로 그렇게 결론을 내리고 상처를 받는다. 그래서 그는 아내가 놀라움과 두려움 때문에 놀라 기절할 때까지는 돌아가지 않기로 작정한다. 부인이 두세 번쯤 그의 눈앞에서 지나갔다. 그는 그때마다 걸음이 더 무거워지고 얼굴은 더 창백해졌으며 이마는 불안하게 떨렸다. 그가 실종되고 3주가 지났을 때였다. 그는 한 약사가 자신의 집으로 들어가는 불길한 조짐을 목격했는데, 그다음 날은 아예 현관에 손님의 방문을 사양한다는 안내판이 내걸렸다. 밤이 되자 의사의 짐마차가 도착했고 웨이크필드의 집 앞에 큰 가발을 뒤집어쓴 근엄한 사람 하나를 떨궈 놓았다. 그 사람은 15분 정도 집 안에서 머물다가 나왔다. 어쩌면 장례식이 준비되고 있는지도 몰랐다. 실로 불쌍한 여인이다! 그의 아내는 이렇게 죽는 것일까? 웨이크필드는 감정이 격렬해진다. 하지만 그는 아내의 곁으로 가지 않는다. 아내의 평화를 해쳐서는 안 될 것 같다며 자기합리화의 늪에 빠져 버린다. 어떤 것이 이토록 웨이크필드를 묶어 놓고 있는 걸까. 몇 주가 지났고 아내는 회복되었다. 하지만 그 위기 이후 웨이크필드의 가슴속에는 안개가 더욱더 짙게 내리깔렸다. 그는 한 차례의 고비를 넘긴 아내가 이제 삶에 대한 마음이 한결 차분해졌으리라고 추측한다. 그래서 아마 그가 조만간 돌아간다 하더라도 그녀의 사랑이 예전과 같지 않으리라고 추측한다. 그리고 곧 그는 이제 예전 자신의 집과 지금 자신의 숙소 사이의 간격이 더욱 멀어졌으며 다시 건너갈 수 없을 거라고 생각한다.

"겨우 길 하나 거리일 뿐인데!"

그는 가끔씩 이렇게 중얼거린다. 어리석은 친구여! 아니요, 완전히 다른 세상입니다! 지금까지 그는 자신이 돌아갈 날을 하루하루 미루고 있었다. 내일은 아니고, 아마도 다음 주, 아니 곧. 어쨌든 조만간 돌아갈 것이다. 불쌍한 친구여! 추방해 버린 자는 죽은 자와 마찬가지로 다시는 집으로 돌아갈 수 없을 것입니다. 내가 열두 쪽짜리 이런 짧은 글 대신 큰 2절판 책을 한 권 쓸 수 있었다면! 그렇다면 우리의 통제 너머에 있는 힘이 우리의 모든 행동에 얼마나 강한 영향을 미치고 있는지, 얼마나 강인하고도 필연적인 결과를 만들어 내는지 말할 수 있을 텐데요! 웨이크필드는 이제 주술에 걸려 버렸다. 우리는 그가 10년 동안 자신의 집 주변을 맴돌지만 집의 문턱을 넘지 않는 모습을 그리고, 그의 심장은 아내에 대한 그리움으로 가득 차 있지만 정작 그녀의 심장에서의 그는 차츰 시들어 가는 모습을 가만히 지켜볼 것이다. 여기서 짚고 넘어가야 할 점은 그는 이미 자기 행동의 기이함에 대해 무감각해진 지 오래였다는 사실이다.

이제 굉장한 장면을 보게 된다! 런던 거리의 사람들 속에서, 이제 꽤나 나이를 먹었고 무심한 사람들에게는 평범하지만 예리한 사람의 눈에는 보이는, 얼굴 전체에 평범치 않은 운명의 글씨가 쓰인 사람이 지나간다. 그는 야위었다. 좁은 이마에는 깊은 주름이 생겼고 작고 흐리멍덩한 눈은 불안하게 주변을 살핀다. 하지만 어쩐지 자신의 내면을 들여다보고 있는 듯한 느낌을 주기도 한다. 그는 고개를 숙인 채 세상에 자신을 드러내기 싫다는 듯 어설픈 자세로 걷는 중이다. 지금 이 특징을 알아볼 수 있을 만큼 그를 관찰해 보라. 그러면 당신은 그 상황들—자연의 평범한 피조물을 가끔씩 특이한 사람으로 만들어 버리는 상황들—이 여기에 그런 특이한 사람을 하나 만들어 놓았음을 깨달을 것이다. 이젠 조심조심 보도 위를 걸어가는 그에게 잠시 시선을 떼고 반대 방향으로 눈을 돌려 보자. 저무는 달과 같이 생의 후반을 살고 있는 한 통통한 여인이 손에 기도서를 들고 건너편의 교회로 향하고 있다. 오랜 과부 생활만큼이나 차분한 태도였다. 원망 같은 것은 이미 사라졌거나 가슴 가운데 너무 깊이 박혀 그 어떤 기쁨과도 바꿀 수 없게 되었으리라. 아까 그 남자가 이 여자의 옆을 지나다가 우연히 부딪힌다. 서로의 손이 닿고, 사람들에게 밀려 그녀의 가슴팍이 그의 어깨에 부딪힌다. 둘은 마주선 채 서로의 눈을 빤히 들여다본다. 10년이 지난 뒤에 웨이크필드는 그렇게 아내를 만난다!

사람들이 지나가며 그 둘을 갈라놓는다. 과부는 침착하게 아까와 같은 걸음으로 교회로 향한다. 하지만 교회 현관 앞에서 멈춰 서서 어리둥절한 눈빛으로 뒤를 돌아본다. 하지만 곧 다시 기도서를 펼치며 교회 안으로 들어간다. 남자는 어떻게 됐을까? 바쁘고 타인에 무관심한 런던 사람들마저 멈춰 서서 돌아볼 만큼 얼굴에 당혹감을 뒤집어쓴 채 숙소로 달려간다. 그리고 문을 잠그고 침대에 몸을 던진다. 그동안 쌓인 감정들을 쏟아 낸다. 그의 약한 정신이 격한 감정에 의해 잠시 힘을 얻는다. 갑자기 자신의 인생의 불행한 기이함을 깨닫는다. 그는 격렬하게 소리친다.

"웨이크필드! 웨이크필드! 넌 미쳤어!"

맞는 말일 것이다. 그런 특이한 상황 때문에 그는 완전한 고독 속에서 지냈다. 사람 자체를 봐서도, 그의 삶을 봐서도, 그는 절대로 제정신인 사람이 아니었다. 그는 스스로 꾀를 짜내어 아니, 그저 어쩌다 보니 세상과 단절되고-추방되고-죽은 자들 세상에도 합류하지 않은 채 산 사람들의 세상에서 자신의 위치와 권리를 포기해 버렸다. 그렇다고 그의 인생이 은둔자의 인생은 아니었다. 그는 예전처럼 도시의 소란스러움과 더불어 살았다. 문제는 다른 사람들이 그를 인식하지 못했다는 것이다. 비유적으로 말한다면 그는 항상 아내와 집 근처에 있었지만 집 안의 온기도, 아내의 사랑도 느낄 수 없었다. 이것이 바로 그 어디에도 없는 웨이크필드만의 운명이었다. 그는 인간의 연민을 고스란히 느끼며 여전히 사람들의 세상에 속해 있었지만 정작 자신은 세상에게도, 타인에게도 아무런 영향을 미칠 수 없었다. 이러한 상황들이 그의 감성과 정신에 개별적으로 혹은 전체적으로 어떤 영향을 미쳤는지 알아보는 것은 흥미로운 연구가 될 것이다. 하지만 웨이크필드는 자신의 운명이 이렇게나 달라졌음에도 불구하고 그 사실을 인지하지 못한 채 자신이 예전과 똑같은 사람이라고 생각했다. 물론 이따금씩, 문득문득 그는 진실을 보는 듯했다. 그리고 그럴 때면 여전히 이렇게 외쳤다.

"나는 곧 돌아갈 거야!"

그는 자신이 이 말을 지난 20년 동안 계속 되풀이하고 있다는 사실을 인지하지 못했다.

어쩌면 나도 그 20년이 처음 웨이크필드가 계획했던 일주일보다 그다지 길지 않다고 여길 수 있을지도 모르겠다. 어쨌든 그는 이 일을 자기 인생사의 주요 사건들 중 잠시 있었던 간주 정도로 생각한다. 시간이 조금 더 지난 뒤 그가 정말로 자신의 집 거실로 돌아가겠다고 결정하고 실행에 옮기면, 그의 아내는 중년이 된 웨이크필드를 보고 기뻐 손뼉을 칠 것이라고 생각한다. 이런 착각을 하다니, 신이시여! 만일 시간에게 우리 인간이 늘 저지르는 어리석은 행동을 기다려 주는 성질이 있다면 우리 모두는 심판의 그날까지 젊은이로 머무를 수 있었겠지요. 그렇지 않습니까?

실종 20년이 되던 해의 어느 날, 웨이크필드는 여전히 자신의 집이라 믿고 있는 그 집을 향해 평소처럼 걸었다. 바람이 불고, 도보 위로 소낙비가 쏟아지기 시작해 그가 우산을 펴기도 전에 이내 그치고 마는 그런 가을밤이다. 웨이크필드는 집 근처에 멈춰서 2층의 거실 창문을 통해 아늑한 벽난로가 붉고 따뜻한 빛을 발하며 타닥타닥 타오르는 광경을 지켜본다. 천장에 착한 웨이크필드 부인의 괴기스런 그림자가 나타난다. 모자, 코, 턱 그리고 두툼한 허리가 형체를 만들고 있다. 그림자는 높이 타올랐다가 또 가라앉는 불의 움직임에 따라 늙은 과부의 것이라고 하기엔 지나치게 활발히 너울거리고 있다. 순간 소낙비가 내리기 시작한다. 거친 바람과 함께 내리는 그 비는 금세 웨이크필드의 얼굴과 가슴팍에 빗방울들을 휘몰아친다. 가을 추위가 그의 몸속으로 파고든다. 몸을 따뜻하게 해 줄 난로가 저 안에 있다. 아내는 침실 장에 간직해 둔 회색 코트와 옷가지들을 가지고 달려올 것이다. 그런데 왜 여기 서서 이렇게 젖은 채 떨어야 한단 말인가? 아니다. 웨이크필드는 그런 바보가 아니다. 그는 현관 앞 계단을—힘겹게!—올라간다. 그 계단을 내려온 뒤 20년이 흐르는 동안 다리가 뻣뻣해졌다. 웨이크필드는 그 이유를 모른다. 잠시만, 웨이크필드 씨! 당신에게 남겨진 하나뿐인 집으로 향하고 싶습니까? 그럼 무덤으로 가셔야지요! 문이 열린다. 안으로 들어가는 그의 얼굴에는 아내를 희생시키며 지속해 온 장난을 예고했던 그 미소가 비친다. 그는 한 여인을 얼마나 잔혹하게 골탕 먹였던가! 어쨌든 웨이크필드의 편안한 밤을 기원해 본다!

이 행복한 사건—그렇다고 가정하자.—은 미리 계획하지 않은 순간에만 일어날 수 있었던 사건일지도 모른다. 우리는 이 친구를 따라 현관 문턱을 넘지는 않을 것이다. 그는 우리에게 많은 생각할 거리를 남겼다. 그중 일부는 교훈처럼 지혜를 품고 하나의 상징으로 남을 것이다. 우리의 이 수수께끼 같은 세상은 겉으로는 매우 혼란스러워 보이나 개개인의 삶의 체계에 맞게 적당히 길들여지고, 그 체계들은 타인의 체계들에 혹은 전체의 체계에 길들여진다. 그리고 거기에서 한 발짝만 잘못 디뎌도 우리는 영원히 집으로 돌아가는 길을 잃을 수 있다. 우주의 유배자가 되는 것이다. 웨이크필드가 그랬던 것처럼 말이다.

데이비드 스완
-그가 잠든 사이에 일어난 일들

우리는 우리의 삶과 운명을 결정짓는 사건들 중에 아주 극소수의 사건들만 인지한다. 셀 수 없는 사건들이 우리의 삶에 닥쳐오지만 현실에서는 아무런 결과를 내지 못하고 지나가거나 우리를 향해 다가오다가 그냥 되돌아간다. 우리가 만약 우리에게 다가오는 이런 사건들을 모두 알아볼 수 있다면 희망과 절망과 환희와 공포들이 한꺼번에 덮쳐 와 우리는 단 한순간도 평온을 유지하며 살 수 없을 것이다. 이 사건들은 우리를 스치고 지나가면서도 혹 아주 가까이까지 다가왔음에도 불구하고 우리에게 그어떤 희미한 빛이나 그림자조차 남기지 않고 사라진다. 그러므로 우리는 그 사건들이 다가왔었다는 사실을 전혀 인지하지 못한다. 이런 사실은 데이비드 스완이라는 한 젊은이의 하루 중 아주 짧은 찰나의 장면 하나만을 들여다보아도 알 수 있다.

고향을 떠나 큰아버지가 식품점을 하고 있는 보스턴 시로 가기 위해 길을 나선 스무 살의 데이비드 본인 말고는, 이 젊은이의 이전 삶은 별로 중요하지 않다. 그는 뉴햄프셔의 중산층 가정에서 태어났고 평범한 학창 시절을 보냈으며 길맨튼 아카데미에서 고전을 전공하였다. 어쨌든 그가 스무 살이었던 그해의 여름날을 들여다보자. 그는 아침이 밝은 후부터 정오까지 쉬지 않고 걸었으므로 피로와 더위에 지친 상태였다. 그는 근처 나무 그늘에 앉아 쉬며 역마차를 기다리기로 했다. 저 앞에 마치 꼭 그를 위해 만들어 놓은 듯한 작은 단풍나무 숲이 보였다. 쉬기 좋은 안락한 터도 있었고, 아직 아무에게도 발견된 적 없는 듯한 맑은 샘도 하나 있었다. 그는 샘물에 입술을 적셨다. 그의 첫 키스였을 수도 있겠다. 그다음 그는 몇 장의 셔츠와 바지 한 벌이 들어 있는 줄무늬 면 보자기에 싼 꾸러미를 머리맡에 놓고 풀밭에 드러누웠다. 나무들이 햇살을 가려 주었고, 전날의 많은 비 덕분에 길은 먼지 없이 말끔했으며, 풀밭은 데이비드의 침대보다 더 폭신했다. 옆의 샘터에서는 자장가와 같은 물소리가 소근거렸고 나뭇가지들은 그의 머리 위에서 꿈결처럼 바스락거렸다. 그렇게 깊은 잠이 비밀스러운 꿈을 숨긴 채 데이비드 스완에게 다가왔다. 이제 우리는 데이비드가 상상조차 하지 못했던 사건들을 보게 될 것이다.

그가 나무 그늘 아래에서 깊은 잠에 빠져 있는 동안 사람들은 걷거나 말을 타거나 또는 여러 종류의 마차를 타고 그가 누워 있는 곳을 오갔다. 어떤 사람들은 좌우를 살피지 않고 곧장 걸음을 재촉하여 데이비드가 거기에 있는 것조차 알지 못한 채 지나갔다. 어떤 사람들은 자신만의 상념에 잠겨 이쪽을 슬쩍 바라보았을 뿐 데이비드를 자세히 들여다보지 않았다. 어떤 사람들은 깊이 잠든 그를 보고 웃으며 지나가기도 했고, 가슴속에 미움이 가득 찬 몇몇 사람들은 데이비드를 향해 자신들의 화를 내뿜고 가기도 했다. 한 중년의 과부는 주위에 사람들이 없는 것을 살핀 뒤 그 단풍나무 그늘 아래로 고개를 숙이고 잠자는 데이비드를 들여다보며 참 잘생긴 젊은이라고 중얼거리다가 가기도 했으며, 한 금욕주의 목사는 데이비드를 취해 길가에 정신을 잃고 쓰러진 술꾼으로 정의하고 그날 밤 해야 할 설교에서 한 예로 들어야겠다고 마음먹고 지나갔다. 하지만 데이비드에게는 비난이든 칭찬이든 조소든 무관심이든 아무 상관이 없다.

그가 잠든 지 몇 분쯤 되었을까. 훌륭한 한 쌍의 말이 이끄는 고동색 마차 한 대가 경쾌히 달리다가 데이비드가 잠자고 있는 곳 근처에서 갑작스레 멈추어 섰다. 굴대가 빠져 한쪽 바퀴가 빠졌던 것이다. 큰 사고가 아니었기 때문에 마차를 타고 보스턴 시로 돌아가던 나이가 지긋한 상인 부부는 약간 놀랐을 뿐이다.

마부와 하인이 바퀴를 수리하는 동안 부부는 뜨거운 햇살을 피해 나무 그늘로 들어섰다. 그리고 그들은 끊임없이 물이 솟는 샘과 그 옆에서 곤히 자고 있는 데이비드를 발견한다. 잠을 자고 있는 사람에게서 느낄 수 있는, 어떤 인간에 대한 경이로움을 느낀 상인은 관절염이 있음에도 불구하고 최대한 조용히 발걸음을 옮겼다. 상인의 아내도 데이비드를 깨우지 않기 위해 입고 있는 실크 드레스를 조심스럽게 잡고 걸음을 옮겼다.

"깊이도 잠들었군."

늙은 신사가 낮은 목소리로 말해다.

"저렇게 깊이 잠이 들다니. 수면제 없이도 저런 잠을 잘 수 있다면 내 전 재산의 반을 내주어도 아깝지 않겠군. 몸이 건강하고 걱정이 없으면 저럴 수 있겠지."

"게다가 젊잖아요."

부인이 대꾸했다.

"몸이 건강하고 마음이 편해도 늙으면 저렇게 잘 수는 없지요. 깨어 있을 때도 젊은 사람들만 못하는 것처럼, 잠을 잘 때에도 우리는 젊은 사람에게 비할 수가 없지요."

노부부는 이 낯선 청년의 얼굴을 보면 볼수록 점점 더 마음이 갔다. 길가의 단풍나무 그늘은 마치 청년의 주위에 비단 장막을 드리워 이곳을 비밀의 방처럼 만들었다. 햇빛 한 줄기가 청년의 얼굴에 내리는 것을 발견한 부인이 나뭇가지 하나를 옆으로 움직여 빛을 가려 주었다. 이런 작은 친절을 베풀고 나니 부인은 자신이 마치 이 청년의 어머니라도 된 것 같은 기분을 느꼈다.

"이 아이가 여기에서 잠자고 있는 것은 하느님의 뜻인 것 같아요."

부인이 남편에게 속삭였다.

"조카에게 실망한 후에 이 아이를 발견하도록 하느님이 우리를 이곳으로 인도해 주신 것 같아요. 죽은 우리 헨리와 닮은 것 같기도 해요. 깨워 볼까요?"

"깨워서 뭘 하려고? 우린 이 아이에 대해 아무것도 몰라."

상인이 주저하듯 말했다.

"저 빛나는 얼굴! 저 순수한 모습을 봐요!"

부인은 여전히 침착하면서도 들뜬 목소리로 대답했다.

이런 속삭임이 오가는 사이에도 잠자는 청년의 가슴은 두근거리지도 않았고, 얼굴에 다른 표정이 나타나지도 않았다. 하지만 행운의 여신은 지금 그의 몸 위로 허리를 굽혀 황금 더미를 부어 주려 하고 있는 중이었다. 이 늙은 상인은 외아들을 잃어버렸다. 그의 재산을 상속받을 유일한 사람이라고는 먼 친척들뿐이었다. 이런 경우에 사람은 가끔 마술사보다도 기이한 행동을 하는 경우가 있다. 그래서 잠에 푹 빠진 이 가난한 청년을 깨우고 큰 행운을 선사하는 것이다.

"깨우면 안 될까요?"

부인이 다시 한 번 간절하게 물었다.

그때였다. 뒤쪽에서 하인의 목소리가 들렸다.

"주인어른, 마차 수리가 모두 끝났습니다요."

노부부는 깜짝 놀라 얼굴이 붉어졌다. 잠시지만 이 어이없는 상상을 했다는 사실에 서로에게 의아해하며 황급히 자리를 떠났다. 상인은 마차 의자에 깊이 몸을 묻고 앉아 노인 실업가들을 위해 훌륭한 양로원을 설립할 계획에 대한 구상에 다시 몰두하기 시작했다. 데이비드는 여전히 달콤한 낮잠에 빠져 있었다.

마차가 떠나고 얼마 후 예쁜 소녀 한 명이 춤추듯 경쾌한 걸음걸이로 다가왔다. 그녀의 작은 심장도 어떤 설렘에 의해 그녀의 발걸음만큼 콩닥콩닥 뛰고 있을지도 몰랐다. 아마도 이런 발랄한 동작-이렇게 표현해도 괜찮을까?-이 그녀의 신발 리본을 풀리게 만들었을 것이다. 실크-실크가 아닐지도 모르지만-리

본이 풀어진 것을 알아챈 소녀는 길 옆 단풍나무 그늘에 들어서다가 샘 옆에서 잠자고 있는 청년을 발견했다. 소녀는 자신이 신사의 침실에 들어왔다는 것 때문에 얼굴이 발갛게 물들었다. 그녀는 발끝을 들고 살그머니 도망가려고 했다.

그때였다. 잠자는 청년에게 절박한 위험이 닥쳤다. 괴물 같은 커다란 왕벌 한 마리가 그의 얼굴 위에서 윙윙거리며 맴돌고 있었던 것이다. 벌은 나뭇잎 사이를 날아다니는가 하면 새어 드는 빛 위를 날며 번쩍 나타났다가 번쩍 사라지기도 했다. 그늘진 곳에 숨어 보이지 않다가 어느새 그 벌은 데이비드의 눈가 위에 내려앉으려 했다. 벌에 쏘이는 것은 상당히 위험한 일이다. 순수한 만큼 용감한 성격을 가진 이 소녀는 손수건으로 재빨리 이 침입자를 공격해 단풍나무 그늘에서 쫓아 버렸다. 이 얼마나 귀여운 장면인가!

공중에서 날아다니는 용과 맞서 싸워 그를 구하는 멋진 일을 해낸 소녀는 자신의 일을 끝내고 빨라진 숨결과 조금 더 붉어진 얼굴로 이 낯선 젊은이를 슬쩍 바라보았다.

'어쩜, 잘생겼어!'

소녀가 생각했다. 그리고 그녀의 얼굴은 더 빨개졌다.

어째서 행운의 꿈 같은 것이 그의 머릿속에서 강하게 피어올라 잠에서 깨워 눈앞의 그녀를 볼 수 있게 만들지 않는가? 적어도 이 소녀를 환영한다는 표시로 그의 얼굴에 작은 미소만이라도 띠게 할 수는 없었는가?

여기 그녀가 왔다. 그의 소울메이트가 온 것이다. 데이비드가 막연하지만 간절히 열망했던 바로 그 운명의 짝이 찾아왔던 것이다. 그녀만이 그가 진실로 사랑할 수 있는 여인이었다. 그녀에게도 가슴 깊이 사랑할 수 있는 사람은 오직 그뿐이었다. 지금이 순간 바로 그 소녀가 샘물 옆에서, 그의 곁에서, 얼굴을 붉힌채 있었다. 지금 이 기회를 놓쳐 버린다면 이런 행복의 빛은 일생 동안 두 번 다시는 없을 것이다.

"아, 정말 깊이 잠들었네."

소녀가 가만히 중얼거렸다. 그렇게 그녀는 떠나갔다. 올 때만큼 가벼운 걸음걸이는 아니었다.

사실 이 소녀의 아버지는 근처 마을의 부유한 시골 상인이었다. 그리고 그는 데이비드 같은 젊은 일꾼을 구하고 있던 중이었다. 만약 데이비드가 그 소녀와 서로 알게 되었다면 그는 그녀의 아버지 가게의 점원이 되었을 것이다. 그렇다면 모든 것이 순조롭게 이루어졌을 것이다. 이런 행운─그중에서도 최고의 행운─은 데이비드에게 몰래 다가왔다가 그의 몸을 스치고 지나갔다. 그는 이 사건을 전혀 알아차리지 못하고 놓쳐 버렸다.

소녀의 모습이 더는 보이지 않게 되었을 무렵 두 사내가 단풍나무 그늘 아래로 들어섰다. 두 사람은 음흉한 얼굴에 모자를 비스듬히 써서 더욱 험상궂게 보였다. 그들이 입은 옷은 낡았지만 멋스러웠다. 이 사람들은 악마가 제공하는 것이라면 무슨 일이든 다 하는 2인조 악당이었다. 그들은 지금 이 나무 그늘 아래에서 카드 게임을 한판 벌이고 승패에 따라 다음번에 얻을 이익에 대한 몫을 결정하기로 했다. 하지만 그들은 샘터에 잠들어 있는 데이비드를 발견했다. 둘 중 하나가 자신의 동료에게 속삭였다.

"쉿! 머리에 베고 있는 저 보따리가 보여?"

다른 악당이 고개를 끄덕이고 그 보따리를 슬쩍 흘겨보았다.

"틀리면 브랜디 한 잔을 쏘지. 분명 돈지갑이 있거나 많은 잔돈들이 한데 모여 옷가지 어딘가에 감춰져 있을걸. 만약 거기가 아니라면 바지 주머니라도 말이지."

첫 번째 악당이 말했다.

"하지만 깨어나면?"

두 번째 악당이 물었다.

첫 번째 악당이 조끼 한쪽을 젖혀 단검을 가리키며 머리를 끄덕였다.

"깨면 깨는 거지!"

두 번째 악당이 중얼거렸다.

둘은 이런 상황을 전혀 인지하지 못하고 있는 데이비드를 향해 다가갔다. 하나는 데이비드의 가슴에 단검을 들이댔고 그동안 다른 하나는 머리맡의 짐을 뒤졌다. 둘은 혐오스러운 데다 주름이 많고 게다가 죄책감과 불안감으로 인해 허옇게 질린 얼굴을 들이대며 자신들의 희생자 위로 몸을 숙였다. 만일 이때 데이비드가 눈을 뜬다면 당연히 그들을 악마라고 생각할 것이다. 아니, 만약 그들이 시냇물 위를 들여다본다면 그들 스스로조차도 수면에 비친 모습이 본인이라고 믿지 못했으리라. 하지만 데이비드는 여전히 어머니의 품속에서 잠들었을 때보다 더 평온한 얼굴로 잠들어 있었다.

"아무래도 보따리를 빼내야겠어."

두 번째 악당이 귓속말로 말했다.

"그래, 움직이면 바로 찔러 버릴게."

첫 번째 악당이 대답했다.

하지만 바로 그 순간이었다. 개 한 마리가 땅에 코를 대고 냄새를 맡으며 단풍나무 그늘로 들어왔다. 악당들과 잠에 빠져 있는 데이비드를 번갈아 바라보았다. 그러고는 샘으로 가 물을 핥아 마시기 시작했다.

"젠장! 잠깐 멈춰. 분명 저 개의 주인이 주변에 있을 거야."

악당이 말했다.

"우리도 목이나 축이고 그냥 가자고."

다른 악당이 말했다.

단검을 가진 자는 그 무기를 자신의 품속에 집어넣고 가슴팍에서 권총을 끄집어냈다. 하지만 그것은 진짜 총이 아니었다. 그것은 주석으로 된 잔을 병 주둥이에 붙여 막은 술병이었다. 그들은 각자 조금씩 목을 축이고 그곳을 떠났다. 그들은 자신들이 성공하지 못한 악행에 대해 농담을 하며 큰 소리로 웃으며 걸어갔다. 그들에게 이 사건은 그저 하나의 추억거리가 될 만한 실패한 작전이다. 얼마 후면 그들은 이 일을 잊을 것이다. 인간의 모든 선악을 기록하는 천사가, 영원히 지워지지 않는 글자로 그들의 영혼에 살인죄를 기록해 두었다는 것은 꿈에서조차 상상하지 못하면서 말이다. 데이비드 스완은 여전히 고요한 잠에 빠져 있었다. 죽음의 그림자가 드리운 어둠도, 그 그림자가 물러갔을 때 부활한 생명의 빛도 그는 인지하지 못했다.

데이비드는 여전히 잠을 자고 있었지만 이제 많이 옅어졌다. 한 시간 가량의 달콤한 잠이 오전에 쌓였던 피로를 말끔히 날려 버렸다. 그는 이제 몸을 뒤척이기도 하고 꿈속에 나타났던 누군가에게 얼핏얼핏 낮은 잠꼬대를 하기도 했다. 그런데 그때 멀리서 수레바퀴 소리가 길을 따라 들려왔고 그 소리는 점점 더 커지다가 곧 데이비드의 엷어져 가는 잠의 안개 속으로 뛰어들었다. 역마차가 도착한 것이다. 그는 벌떡 일어나 정신을 차렸다.

"여기요! 한 명 탈 자리 있어요?"

그가 크게 소리쳤다.

"위층에 자리가 있소!"

마부가 대답했다.

데이비드는 자신을 대신해 이 꿈같은 운명의 그네뛰기를 모두 견디어 낸 샘에게 작별 인사조차 하지 않고 마차에 뛰어올라 보스턴 시를 향해 경쾌하게 달려갔다. 부의 환상이 샘물 수면에 황금빛을 던지던 것도, 사랑의 영혼이 샘물 소리에 맞추어 부드럽게 한숨 쉬던 것도, 혹은 죽음의 망령이 그의 피로 샘물을 붉게 물들일 뻔했던 것도 그는 알지 못했다.

자고 있을 때도, 깨어 있을 때도, 이렇게 우리는 앞으로 우리에게 일어나려는 일들의 가벼운 발소리조차 듣지 못한다. 이 세상에는 눈에 보이지도 않고 예견할 수도 없는 사건들이 항상 우리의 앞에 놓여 있다. 그리고 동시에 예측할 수 있는 규칙들 또한 번듯이 존재한다. 세상 모든 일이 신의 손길에 달려 있다는 사실을 믿어야지 어쩌겠는가?

히긴보텀 씨 살인 사건

담배 상인으로 각지를 돌아다니며 사업을 하는 젊은이가 있었다. 그는 이날 모리스타운(*미국 뉴저지 주 북부에 위치한 도시.)에서 셰이커 교파의 부제와 큰 거래를 성사시킨 뒤 샐먼 강 근처에 있는 파커스폴스로 이동하기 위해 출발한 참이었다. 그는 녹색의 작은 짐마차를 몰았는데, 마차 양옆에는 담배 상자가 그려져 있고 뒷면에는 금빛 연초 줄기를 들고 있는 인디언 추장과 담배 파이프가 그려져 있었다. 상인은 체구는 작지만 매우 영리한 암말을 몰았다.

상인은 장사 수완이 좋은 데다 특히 양키(*미국 북동부, 특히 뉴잉글랜드 지역 사람들을 속되게 일컫는 단어.)들의 환심을 잘 사는 뛰어난 장사꾼이었다. 이왕 베일 바에는 무딘 면도기보다 날카로운 면도기에 베이는 게 낫다고 하는 양키들의 성질을 잘 이해하고 있는 듯했다. 특히 코네티컷 강 주변의 예쁜 아가씨들이 그를 좋아했는데, 뉴잉글랜드의 시골 아가씨들 대부분이 파이프를 좋아한다는 것을 알고 있던 그가 그녀들의 호감을 사기 위해 향이 좋은 담배들을 선물했기 때문이다. 이야기를 계속 읽다 보면 알겠지만 이 상인은 호기심이 많고 꽤나 수다스러웠다. 그는 언제나 새로운 소식을 궁금해했으며 새로운 소식을 전하는 것에 대단한 즐거움을 느꼈다.

아, 그의 이름은 도미니커스 파이크다. 어쨌든 그는 모리스타운에서 아침 일찍 식사를 마치고 길을 떠났는데 그가 이 외딴 숲길을 11킬로미터 정도 가는 동안 대화 상대라고는 오직 자신과 자신의 작은 회색 암말뿐이었다. 아침 일곱 시가 다가오면서 그는 도시 상점의 점원이 아침 신문을 보는 것처럼 아침 수다를 떨고 싶어 입이 근질거리기 시작했다. 그런 그에게 기회가 하나 생겼는데, 그가 언덕 아래에 녹색 마차를 세우고 담배에 불을 붙이다가 문득 고개를 들어 보니 웬 남자 하나가 언덕을 넘어 그쪽으로 걸어오고 있는 게 아닌가. 남자는 짐 보따리를 막대에 묶어 어깨에 짊어지고 있었는데 결연한 걸음이었지만 꽤나 지쳐 보였다. 아침부터 걷기 시작한 것이 아니라 밤새 걸었던 사람 같았으며 앞으로도 하루 종일 계속 걸어야만 할 사람 같았다.

"안녕하십니까. 어딜 그렇게 열심히 가시는지요. 파커스폴스에는 별일 없지요?"

상대가 대화를 할 수 있을 만한 거리까지 다가오자 도미니커스가 말을 걸었다.

파커스폴스가 오늘 이 상인의 목적지였기 때문에 그렇게 물은 것이다. 남자는 눈까지 오는 회색의 넓은 모자챙을 조금 더 끌어내리더니, 어쩐지 음울한 목소리로 자신은 파커스폴스에서 오는 길이 아니라고 대답했다.

"음, 그러면 당신이 출발한 곳에서는 어떤 일이 있나요? 딱히 파커스폴스가 궁금했던 것은 아닙니다. 어떤 곳의 소식이라도 좋지요."

도미니커스 파이크가 다시 물었다.

질문이 다시 돌아오자, 인적 드문 숲에서는 별로 만나고 싶지 않은 험한 인상을 지닌 이 여행자가 잠시 망설였다. 이야깃거리를 찾고 있거나 아니면 이야깃거리는 있는데 말할지 말지를 고민하는 것이리라. 그러더니 결국 이 여행자는 마차의 발판에 올라서서 도미니커스의 귀에 대고 은밀하게 속삭였다.

"별로 대단한 일은 아니지만……. 킴볼턴의 히긴보텀 씨가 어젯밤 여덟 시쯤 자기 집 과수원에서 살해됐다는군요. 아일랜드 인과 흑인에 의해 말입니다. 두 사람이 히긴보텀 씨를 배나무 가지에 매달아 놓았는데 아침까지 아무도 발견하지 못할 테지요."

그는 이런 끔찍한 이야기를 도미니커스의 귀에 털어놓자마자 아까보다 더 빠른 걸음으로 다시 걷기 시작했다. 도미니커스가 스페인산 시가를 건네며 자세한 이야기를 물어보았지만 더 이상은 들을 수 없었다. 상인은 휘파람을 불어 말을 움직였다. 그는 언덕을 오르며 히긴보텀 씨의 슬픈 운명에 대해 생각했다. 그는 담배－장담배, 타래담배, 여성용 꼰담배 등－사업을 하며 히긴보텀 씨에 대해 들어 본 적이 있던 터였다. 그런데 도미니커스는 이 소식이 퍼진 속도를 깨닫고 깜짝 놀랄 수밖에 없었다. 킴볼턴은 그곳으로부터 지도상 거리로만 해도 96킬로미터나 떨어져 있는 마을이었다. 살인 사건은 전날 밤 여덟 시에 일어났고, 도미니커스는 그다음 날 아침 일곱 시에 이 소식을 들은 거였다. 히긴보텀 씨의 가족이 배나무에 매달려 있는 시신을 발견한 것이 그때쯤이어야 맞는 시간이었다. 아까 그 남자가 자신에게 이 소식을 전했던 장소까지 오기 위해서는 동화 속에 나오는 마법의 장화라도 신었어야 했다.

"나쁜 소식엔 날개가 달렸으니까. 그런데 이건 기차보다도 빠른데? 대통령의 명령을 전하는 전령으로 일해도 되겠군."

그는 의아했다. 하지만 이 혼란스러움은 자신에게 소식을 전한 사람이 사건이 일어난 날을 하루쯤 착각했을 거라고 결론을 내리자 어느 정도 해소되었다. 아무튼 이제 우리의 젊은 친구는 자신이 지나는 길에 있는 모든 여관과 시골의 가게들에 이 소식을 전했다. 이 끔찍한 소식에 놀란 청중들에게 스페인산 시가를 권하는 것도 잊지 않았다. 그런데 어디를 가든 자신 말고는 이 일을 아는 사람이 하나도 없는 데다 사람들이 자세한 정황에 대해 오만 가지 질문을 해 대는 통에 그는 이야기를 하며 저도 모르게 이렇게 저렇게 살을 붙이게 되었고 그러다 보니 결국 그럴싸한 하나의 완벽한 사건이 완성되었다.

그러던 중 한 가지 딱 떨어지는 증언까지 나왔는데, 소식을 들은 사람 중 히긴보텀 씨의 상점에서 일했던 사람이 있었던 것이다. 그는 히긴보텀 씨가 늘 해질녘이면 돈과 상점의 중요 서류를 들고 귀가를 하는데 항상 과수원을 통과하여 귀가했었다고 말했다. 그런데 이자는 히긴보텀 씨의 참사를 그다지 슬퍼하지 않았다. 도미니커스도 들어 짐작은 하고 있었지만, 이 점원은 히긴보텀 씨가 지독히도 못된 영감이었다는 사실을 슬쩍 내비추었다. 그는 히긴보텀 씨의 유산이 킴볼턴에서 학교를 운영하는 예쁜 조카딸에게 상속될 가능성이 높다는 사실도 말해 주었다.

그는 사람들에게 이 소식도 전해야 하고 동시에 장사도 해야 했기에 시간이 많이 지체되었다. 그래서 파커스폴스에 8킬로미터가량 못 미친 곳에 자리한 여관에서 하룻밤을 묵기로 했다. 그는 저녁을 먹은 뒤 바에 앉아 최고급 시가에 불을 붙이며 사람들에게 이야기를 풀어 놓기 시작했다. 이 이야기가 오늘 하루 동안 얼마나 부풀려졌던지 그가 이야기를 끝내는 데 30분이나 걸렸다. 바에 있는 사람들은 전부 스무 명이었는데 그중 열아홉 명이 이 소식을 순순히 받아들이며 흥분했다. 하지만 스무 번째 사람이자 방금 말을 타고 도착한 늙은 농부는 이야기를 듣는 동안 내내 구석에 앉아 파이프만 피워 댈 뿐이었다. 이야기가 끝나자 그는 천천히 몸을 일으켜 자신의 의자를 끌어 도미니커스 앞에 와 앉았다. 그리고 그의 얼굴 정면에 대고 도미니커스가 난생 처음 맡아 보는 지독한 연기를 뿜어내며 이렇게 말했다.

"맹세할 수 있나? 킴볼턴의 히긴보텀 지주가 그저께 밤에 자기 집 과수원에서 살해당한 뒤 배나무에 매달린 채 어제 아침에 발견되었다는 이야기 말일세."

마치 조사를 벌이는 시골 보안관 같은 말투였다.

"저는 들은 것을 말했을 뿐입니다, 어르신. 직접 보지는 못했으니 확실히 그렇다고 맹세할 수는 없겠지요."

도미니커스가 들고 있던 반쯤 피운 시가를 아래로 내리며 대답했다.

"하지만 나는 맹세할 수 있네. 히긴보텀 지주가 그저께 밤에 죽었다면 오늘 아침에 나와 흑맥주를 함께 마신 건 망령(亡靈)이라는 것을 말이네. 나는 그와 이웃사촌지간이고, 오늘 아침 내가 말을 타고 나오는데 나를 불러 세우더니 자기 가게 안으로 불러 술을 대접하며 작은 심부름까지 하나 부탁했지. 안타깝게도 그는 자신이 죽은 걸 전혀 모르는 것 같더군."

농부가 말했다.

"그렇다면 사실이 아니네요!"

도미니커스 파이크가 외쳤다.

"그가 죽었다면 내게 말해 주었겠지."

이렇게 말한 뒤 농부는 의자를 끌고 다시 구석의 자기 자리로 돌아갔다.

도미니커스는 할 말을 완전히 잃어버렸다. 히긴보텀 씨가 부활이라도 했다는 말인가! 상인은 이제 이 사건에 더 이상 관여하고 싶지 않았다. 하지만 진 토닉을 마시고 마음을 편안히 한 다음 잠을 청했던 그는 밤새도록 자신이 배나무 위에 목매달아 죽는 꿈에 시달렸다. 도미니커스는 늙은 농부를 피하기 위해(그는 이 농부가 너무나 원망스러워진 나머지 나무에 매달린 쪽이 히긴보텀 씨가 아니라 이 사람이었으면 좋을 것 같다는 생각까지 했다.) 새벽에 마차를 말에 매달고 파커스폴스를 향해 빠른 속도로 내달렸다. 시원한 바람과 아침 이슬이 내려앉은 촉촉한 길 그리고 여름날의 새벽이 주는 상쾌함이 그의 기분을 풀어 주었다. 그는 들을 사람만 있다면 다시 그 이야기를 하고 싶을 정도로 기분이 좋아졌다. 하지만 아무것도 보이지 않았다. 말을 탄 여행자도, 걷는 여행자도 없었다. 그러다가 새먼 강을 건널 때쯤이었는데, 도미니커스의 눈에 한 남자가 보따리를 묶은 막대기를 걸치고 다리를 향해 터벅터벅 걸어오는 것이 보였다.

젊은 상인은 말고삐를 당겨 멈추고 인사를 건넸다.

"안녕하십니까. 혹 킴볼턴이나 그 근처에서 오시는 길이신지요? 그렇다면 히긴보텀 씨 사건에 대해 아는 것이 있으신지요? 그분이 정말 이틀 혹은 사흘 전에 아일랜드 인과 검둥이에게 살해당했나요?"

도미니커스는 서둘러 말하느라 처음에는 미처 보지 못했지만 이제 보니 그는 짙은 얼굴색을 한 흑인이었다. 느닷없는 질문에 적잖이 당황했는지 이 에티오피아계 흑인의 검은 얼굴은 하얗게 질려 버렸다. 그리고 부들부들 떨며 이렇게 외쳤다.

"아니에요, 아니에요! 흑인은 거기 없었습니다! 어젯밤 여덟 시에 그를 죽인 건 아일랜드 인입니다. 나는 일곱 시에 거길 떠났습니다. 그 사람 가족이 벌써 과수원에 가 봤을 리도 없습니다!"

갈색 얼굴의 사나이는 여기까지 말하더니 상당히 지쳐 보였음에도 불구하고 말이 경보하여 달리는 속도만큼이나 빠르게 걷기 시작했다. 도미니커스는 어안이 벙벙해진 상태로 시야에서 사라져 가는 그를 바라볼 수밖에 없었다. 살인이 화요일 저녁에야 일어났다는 말인가? 그럼 화요일 아침에 그 사건을 정확하게 예언한 자는 대체 누구란 말인가? 그리고 히긴보텀 씨의 가족이 아직 시신을 발견하지 못했다면, 저 혼혈인은 50킬로미터나 떨어진 곳에서 과수원에 목매달린 히긴보텀 씨에 대한 사실을 어떻게 알고 있단 말인가? 더구나 그는 피해자가 나무에 매달리기도 전에 킴볼턴을 떠났다고 하지 않는가? 처음 자신이 사건에 대해 물었을 때 화들짝 놀라던 그의 모습과 앞뒤가 맞지 않는 그의 이야기 때문에, 도미니커스는 그자가 살인자라고 소리치고 싶었다. 살인 사건이 일어난 것만은 분명한 듯했다.

"하지만 저 불쌍한 악마는 그냥 보내는 걸로."

상인은 중얼거렸다.

"내 손으로 저자의 검은 피를 보고 싶진 않거든. 게다가 저 흑인을 목매단다고 죽은 히긴보텀 씨가 되살아나는 것도 아니잖아. 그 양반을 되살린다……. 이건 죄악이려나? 어쨌든 그 양반이 되살아나면 나는 또 거짓말쟁이가 되는 거니까!"

도미니커스는 자신에게 이런 생각들을 계속 주입시키며 파커스폴스의 거리로 들어섰다. 잘 알려진 대로 파커스폴스는 세 개의 방직 공장과 철공소 하나가 들어서며 현재 최대의 부흥이 일고 있는 곳이다. 아직 이른 시간이라 공장도 움직이기 전이었고 문을 연 상점도 몇 군데 없었다. 그는 여관 마구간에 내려 말에게 귀리 1갤런(*약 3.7리터.)을 먹여 달라고 부탁한 후 곧바로 여관 주인에게 가 히긴보텀 씨의 소식을 전했다. 하지만 그는 몸을 사렸다. 그는 참사가 일어난 정확한 날짜와 그것이 아일랜드 인과 혼혈인이 함께 공모한 일인지 아니면 아일랜드 인의 단독 소행인지에 대해서 확실히 말하지 않았다. 그는 또한 자신이 직접 확인한 일이라고도 하지 않았으며, 누구에게 이 소식을 들었는지도 말하지 않았다. 그저 여기저기 소문이 퍼져 있어 그것을 전해 들은 것이라고만 했다.

이 이야기는 죽은 나무들 사이로 번지는 불길처럼 순식간에 읍내를 휩쓸었고 곧 마을 사람 모두가 이 이야기를 하게 되었다. 그리고 그러다 보니 누가 처음 이 이야기를 전했는지 또한 아무도 기억하지 못했다. 히긴보텀 씨는 파커스폴스에서 유명 인사였다. 그는 철공소의 공동 소유주였으며 방직 공장의 주요 주주였다. 그곳 사람들은 히긴보텀 씨의 상황이 자신들의 경제적 안위에 큰 영향을 미친다고 생각했으며, 이 소식으로 인해 시내 전체가 크게 술렁였다. 그들은 지역 신문 〈파커스폴스 가제트〉에 '히긴보텀 씨 무참히 살해당함.'이라는 제목을 대문짝만 하게, 모두 대문자로 찍은 다음 다른 지면이 텅텅 빈 채로 원래의 발간 일자를 훨씬 앞당겨 약식으로 발행해 버렸다.

기사는 사건의 여러 세부적인 일을 자세하게 묘사했다. 피해자의 목에 남은 밧줄 자국은 어땠으며, 강도는 얼마만큼의 돈을 강탈해 갔는지 등에 대한 묘사가 자세히 실렸다. 기사는 끝머리에 자신의 숙부가 배나무 위에 거꾸로 매달린 채 돌아가신 것을 알게 된 후 몇 차례나 기절했다 깨어나기를 반복하고 있다는 고(故) 히긴보텀 씨의 조카딸에게도 심심한 위로를 표현하는 것 또한 잊지 않았다. 마을의 한 시인은 그녀를 위로하는 17연이나 되는 시를 썼고, 마을의 행정 관료들은 회의를 열어 히긴보텀 씨와 마을의 영향력을 고려해 이 비보에 대한 전단을 배포하기로 결정했다. 히긴보텀 씨의 살인범을 잡고 약탈당한 돈을 되찾는 사람에게 현상금 500달러를 준다는 내용이었다.

이런 일이 벌어지고 있는 사이 사람들—상점 점원, 하숙집의 여주인, 여직공, 남직공 그리고 남학생들—은 거리로 뛰쳐나와 망자에 대해 이야기하기 시작했다. 그들은 멈춘 공장 기계의 소리를 대신 메우기라도 하려는 듯 끊임없이 저마다의 생각들을 떠들어 댔다. 혹 히긴보텀 씨가 자신이 죽은 후의 명성을 중요히 여기는 사람이라면, 비명횡사해 하늘에서 내려다보면서 이런 사람들의 관심에 기뻐했을지도 모르겠다. 우리의 친구 도미니커스는 이런 상황에 우쭐한 마음이 들어 처음에 주위를 기울였던 것을 까맣게 잊고 마을 공공 수돗가에 올라서서는 이렇게 놀라운 소식을 처음 전한 사람이 바로 자신이라고 천명했다. 모두의 시선을 한 몸에 받은 그는 들판의 설교자 같은 태도로 이야기에 새로운 살들을 덧붙여 가며 신 나게 이야기를 시작했다. 그런데 그때였다. 마을 거리로 우편 마차가 들어왔다. 우편 마차는 밤에도 달린다는 것을 아는 사람들은 새벽에 킴볼턴에서 말을 교체했을 거라는 것도 알고 있었다.

"이제 자세한 이야기를 들을 수 있겠다!"

사람들이 소리쳤다.

마차가 털컹이며 여관 앞 광장으로 들어섰고 수천 명의 주민이 마차로 모여들었다. 그때까지도 이 일에 관심을 두지 않던 사람들까지도 일손을 놓고 소식을 들으러 나왔다. 도미니커스는 맨 앞에 있었는데, 마차 안에선 편히 잠을 자던 승객 두 명이 이 소란에 깨어나 주위에 모여든 사람들을 발견하고 놀라는 모습이 보였다. 사람들이 질문을 퍼붓기 시작했다. 한 사람은 변호사였고 다른 한 사람은 젊은 아가씨였음에도 불구하고 한꺼번에 질문이 쏟아지자 모두 어안이 벙벙해져 버렸다.

"히긴보텀 씨, 히긴보텀 씨 말예요! 히긴보텀 씨 일을 알려 줘요!"

사람들이 외쳤다.

"검시관은 뭐라던가요? 살인자는 잡혔나요? 히긴보텀 씨의 조카따님은 이제 좀 괜찮나요? 히긴보텀 씨! 히긴보텀 씨!"

마부는 말을 얼른 바꿔 주지 않는다고 여관 주인에게 짜증을 부린 것 외에는 아무 말도 하지 않았다. 안에 타고 있던 변호사는 기지가 넘치는 사람이었다. 심지어 잠을 자고 있을 때도 말이다. 그는 이 소동의 원인을 단번에 파악하고 자신의 커다란 빨간색 서류집을 꺼내 들었다. 그사이 도미니커스 파이크는 이 어여쁜 아가씨가 변호사만큼 이야기를 잘 들려줄 것이라는 기대에 부풀어 지극히도 예의 바른 청년으로 분해 그녀가 마차에서 내리는 것을 도왔다. 기품 있고 지혜로워 보이는 이 처녀는 이제 잠에서 완전히 깨어 말똥한 모습이었다. 그녀는 예쁜 입술을 가지고 있었는데, 도미니커스는 저 입에서 살인 사건이 아닌 사랑에 관한 이야기를 듣는 편이 좋겠다고 생각했다.

"신사 숙녀 여러분."

변호사가 점원과 직공들을 향해 입을 열었다.

"어떤 착오가 있었거나 혹은 히긴보텀 씨의 명예에 흠집을 내기 위해 퍼뜨린 거짓 소문일 가능성이 매우 높다는 것을 일단 말씀드립니다. 우리는 새벽 세 시에 킴볼턴을 지났습니다. 만약 살인 사건이 있었다면 분명 무슨 이야기가 있었겠지요. 하지만 저희는 아무것도 듣지 못했습니다. 게다가 저는 이 소문이 사실이 아니라는 것을 증명할 수 있는, 히긴보텀 씨 본인의 증언과 다를 바 없는 증거를 하나 가지고 있습니다. 제가 들고 있는 이 것은 바로 그분이 코네티컷 법원에 제기한 송서(*소송을 시작하는 편지.)입니다. 히긴보텀 씨가 내게 보내오신 것이며 이 편지를 쓰신 시각은 어젯밤 열 시로 되어 있습니다."

변호사가 말을 마치고 편지를 들어 편지에 적힌 날짜와 히긴보텀 씨의 서명을 보여 주었다. 목숨이 질긴 히긴보텀 씨가 이 편지를 쓴 시각에 살아 있었다는 뜻이거나-사람들은 이쪽이 더 가능성이 높다고 생각했다.-그가 이 세상일에 너무 집착한 나머지 저세상에 간 후에도 일을 계속했다는 말이었다. 그런데 문제는 그다음이었다. 예상치 못했던 증거가 하나 더 모습을 드러냈던 것이다. 우리의 담배 상인에게서 모든 정황을 들은 이 젊은 아가씨는, 잠시 옷매무새와 흐트러진 머리를 가다듬은 다음 여관 앞에 서서 조용히 사람들의 시선을 끌어모았다.

"안녕하세요, 여러분. 저는 히긴보텀 씨의 조카딸입니다."

그녀가 말했다.

밝고 환한 표정을 짓고 서 있는 그녀의 모습에 사람들은 웅성거리기 시작했다. 〈파커스폴스 가제트〉에 실린 것처럼 삼촌의 죽음에 혼절을 계속하며 깊은 슬픔에 빠져 있을 거라고 생각한 그 조카딸이라고는 믿을 수 없었다. 일부 날카로운 비판론자들은, 젊은 여자가 자신의 부유한 숙부의 죽음에 과연 그토록 슬퍼할 것인가에 대해 처음부터 의심하기도 했지만 말이다.

히긴보텀 양이 미소를 지으며 말을 이었다.

"보시다시피 이 이상한 이야기는 저와 관련해서 전혀 사실무근입니다. 그리고 저의 사랑하는 숙부님과 관련해서도 그렇겠지요. 자애로우신 숙부님은 저에게는 은인이세요. 그래서 저도 학교에서 아이들을 가르치며 조금이라도 삼촌께 부담을 덜 드리기 위해 노력한답니다. 저는 오늘 새벽에 킴볼턴에서 출발했습니다. 학기 말 방학 일주일간을 파커스폴스에서 8킬로미터 정도 떨어진 곳에 있는 친구의 집에서 보내기 위해서지요. 제가 나올 때 다정하신 숙부님께서는 제가 계단을 내려가는 소리에 깨시곤 저를 방으로 부르셨지요. 그러고는 우편 마차 값으로 이 달러 오십 센트를 그리고 다른 어비로 일 달러를 주셨어요. 그런 뒤 지갑을 다시 베개 밑에 넣고 저와 악수해 주셨어요. 그리고 길에서 따로 아침을 사 먹지 말라며 비스킷을 챙겨 주셨죠. 이처럼 숙부님은 제가 떠날 때 분명 살아 계셨어요. 그리고 제가 돌아갔을 때도 살아 계실 거라고 확신합니다."

이야기를 마친 그녀가 격식을 차려 인사했다. 그녀의 말이 너무나 조리 있고 매끄럽고 예의를 갖췄으며 기품이 넘쳤기에, 사람들은 그녀가 미국 최고 학교의 교사가 될 자격이 충분하다고 생각했다. 하지만 지금까지의 상황은 히긴보텀 씨를 혐오하고 있던 사람들이 그가 죽은 것을 축하하며 기념일이라도 선포할 듯 돌아가고 있었다. 사람들은 자신들이 착각했다는 사실에 극도로 분노하기 시작했다. 공장 사람들은 도미니커스 파이크에게 공개적 망신을 주기로 했다. 그들은 그의 몸에 타르를 칠하고 깃털을 붙일지, 그를 나무 막대에 매달고 온 마을을 순회할지 아니면 그가 이 소식의 최초 전파자라고 외쳤던 시내 수돗가에 올려놓고 물벼락을 맞출지 결정하느라 우왕좌왕했다. 시의 관료들은 변호사의 조언을 받으며 이런 근거 없는 소문으로 지역의 평화를 깬 그를 어떻게 고발할지에 대해 의논했다.

도미니커스는 곧 법정으로든 사형소로든 끌려가게 될 판이었다. 하지만 젊은 아가씨의 조리 있는 말솜씨가 극적으로 그를 구해 주었다. 도미니커스는 그녀에게 짧지만 진심을 담아 인사를 건네고 녹색 마차에 올라탔다. 남학생들이 던지는 진흙덩이를 맞아 가며 그는 그렇게 마을을 떠났다. 그가 아쉬운 나머지 그녀에게 마지막 작별의 눈빛을 교환하려고 고개를 돌렸지만 막 빚은 진흙덩이 하나가 그의 입에 정통으로 박히는 바람에 멍청한 꼴만 보이고 말았다. 날아온 진흙덩이 때문에 온몸이 진흙으로 범벅이 되자 그는 다시 마을로 돌아가 아까 고려된 물벼락이라도 맞혀 달라고 부탁하고 싶은 심정이었다. 지금은 그런 벌이 외려 자비를 베푸는 것처럼 느껴질 것이다.

하지만 이 불쌍한 도미니커스에게도 태양이 빛을 내리쬐었고, 황당한 오명의 상징인 진흙은 물기가 마르자 툴툴 떨어져 나갔다. 그는 유쾌한 젊은이였다. 그는 곧 기운을 되찾았고 자신이 퍼뜨린 이야기가 일으켰던 소동을 떠올리며 웃음을 터뜨렸다. 정치인들이 뿌린 전단지는 전국의 부랑자들을 불러 모을 것이며 〈파커스폴스 가제트〉의 기사는 메인 주에서 플로리다 주까지 퍼져 나갈 것이다. 아마 런던의 신문에라도 실릴지 누가 알겠는가. 또한 이런 히긴보텀 씨의 참변 소식에 수많은 구두쇠 영감들이 자신의 돈과 목숨 걱정으로 불안에 떨지 않겠는가? 그나저나 도미니커스는 젊은 여선생님이 계속 떠올라 미칠 지경이었다. 분노의 도가니에 빠진 파커스폴스 사람들로부터 자신을 보호해 준 히긴보텀 양의 천사 같은 말솜씨와 외모는 대니얼 웹스터(*19세기 뉴잉글랜드의 유명 정치가.)도 못 당할 것이라 확신했다.

도미니커스는 이제 킴볼턴 유료 도로에 진입했다. 일 때문에 다른 곳을 들렀다가 도착하기는 했지만 그는 처음부터 이곳에 들러 볼 작정이었다. 살인 사건의 장소에 가까워지면서 그는 지금까지 있었던 일들을 하나하나 되짚어 보았다. 그러다 마침내 사건 전체에 대한 윤곽이 잡히자 소름이 돋았다. 첫 번째 남자의 이야기를 뒷받침해 주는 일이 생기지 않았다면 그도 그 사건을 거짓으로 여겼을 것이다. 하지만 검은 피부의 남자는 분명 그 소문 또는 그 사실을 알고 있었다. 게다가 갑작스런 질문을 받았을 때 그가 숨길 수 없었던 당혹감과 죄책감은 도저히 그냥 넘기기가 힘들었다.

이런 징조들만 있었던 것이 아니다. 이 소문은 히긴보텀 씨의 평소 성격과 생활 습관과도 정확히 들어맞았다. 그의 집에 과수원이 있었고 그 한복판에 배나무가 있다는 것도 사실이었으며, 그가 늘 해질녘에 그곳을 지난다는 것도 사실이었다. 이런 너무나도 명백한 정황 증거들은 대체 어떻게 설명해야 한단 말인가. 도미니커스는 변호사가 제시한 서명이나 조카의 증언이 이런 정황보다 믿을 만한지 확신할 수 없었다. 길에서 만나는 사람들에게 물어본 바에 의하면 히긴보텀 씨는 정말로 아일랜드 출신 하인을 두었는데, 이 하인은 소개를 받아 고용한 것이 아니라 그저 싼값에 고용한 출신을 알 수 없는 사람이라고 했다.

"인정하지 않겠어. 내가 그 사람을 직접 보고, 그 사람의 목소리를 직접 듣기 전까지는 절대 히긴보텀 씨가 죽지 않았다는 것을 믿지 않을 테다! 목사님이라든가 아니면 믿을 만한 사람에게 확인도 할 테다!"

인적이 드문 언덕 꼭대기를 향해 오르며 도미니커스 파이크는 이렇게 중얼거렸다.

그는 해질녘이 되어서야 킴볼턴 마을에서 400미터 가량 떨어진 통행료 요금소에 도착했다. 10여 미터 앞에서 한 남자가 말을 타고 지나가며 요금소 직원에게 고개를 끄덕하여 인사한 후 마을로 달려가는 것이 보였다. 도미니커스는 요금소 직원과 아는 사이였다. 그는 돈을 내며 평소처럼 날씨 이야기를 꺼냈다. 그리고 채찍 끝을 뒤로 던져 말 옆구리에 깃털처럼 늘어뜨리며 정작 자신이 묻고 싶었던 말을 꺼냈다.

"그런데 혹시 요 며칠 사이 히긴보텀 씨를 보신 적 있어요?"

"봤지."

요금소 직원이 대답했다.

"바로 전에 히긴보텀 씨가 지나갔는걸. 어둡지만 잘 보면 앞에 가는 모습도 보일지 모르는데. 오늘 오후에 우드필드에 가서 보안관 경매를 참관하고 오는 길이라고 하던데. 보통 나하고 악수도 하고 얘기도 하곤 했는데, 오늘은 왠지 '여기 있네.'라는 듯이 고개만 까딱하고 그대로 지나가시더군. 암튼 항상 저녁 여덟 시까지는 집에 들어가시니까."

"네, 그러시다면서요."

도미니커스가 대꾸했다.

"지주가 저렇게 피부가 누렇고 마른 건 좀 의외야. 오늘 밤은 사람이 아니라 귀신이나 미라 같았다니까."

직원이 말했다.

젊은 상인은 눈을 찡그리며 저녁 어스름 너머를 바라보았다. 저 멀리 앞에서 말을 타고 가는 남자의 모습을 어렴풋이 볼 수 있었다. 히긴보텀 씨의 뒷모습 같았지만 땅거미가 내려앉은 후인 데다 말발굽에서 이는 먼지 때문에 그 모습이 희미하고 뿌예 그저 기묘한 형체 같았다. 그는 오싹해졌다.

'히긴보텀 씨가 저승에서 돌아온 건가. 이 킴볼턴 유료 도로를 통해서?'

그는 생각했다. 그리고 고삐를 조절하며 앞의 잿빛 그림자를 일정한 간격을 두고 따라갔다. 그런데 그림자는 어느 굽이진 지점에서 사라져 버렸고 도미니커스가 그곳에 도착했을 땐 말 탄 사람은 보이지 않았다. 그곳은 예배당 첨탑 주변에 상점들과 여관 두 개가 있었다. 마을의 초입이었다. 왼쪽으로 돌담과 대문이 보였다. 목초지가 시작되는 경계선이었다. 그 너머로 풀밭이 있었고 또 너머로는 과수원이 그리고 그 끝에 집이 있었다. 모두 히긴보텀 씨의 땅이었다. 집 뒤로 옛 도로가 있긴 했지만 이 킴볼턴 유료 도로에서 본다면 집은 가장 안쪽에 위치해 있는 셈이었다. 도미니커스는 그 집을 알고 있었다. 그의 작은 암말은 주인이 고삐를 당기지도 않았는데 본능적으로 멈추어 섰다.

"그래, 이 대문 앞을 그냥 지나칠 수 없어! 히긴보텀 씨가 배나무에 매달려 있는지 아닌지를 확인하지 않고는 제정신으로 살수가 없을 것 같아!"

그는 마차에서 뛰어내려 고삐를 대문 기둥에 묶었다. 그리고 마치 악마에게라도 쫓기는 듯 전속력으로 풀밭을 내달렸다. 마침 마을 시계가 여덟 시 종을 울리기 시작했다. 종소리가 한 번 한 번 울릴 때마다 도미니커스는 보폭을 더 크게 하며 속도를 냈다. 그리고 마침내 적막한 과수원 중앙에 희미하게 보이는 운명의 배나무를 발견했다. 늙은 나무의 뒤틀어진 줄기에서 커다란 가지 하나가 뻗어 나와 땅 위에 검은 그림자를 드리우고 있었다. 그런데! 그 가지 밑에서 무언가가 몸부림치고 있는 것이 아닌가!

젊은 상인은 평소 특별히 용감무쌍한 사람이 아니었다. 하지만 그는 앞으로 돌진했다. 그리고 들고 있던 채찍으로 힘센 아일랜드 인을 때려눕혔다. 그리고 히긴보텀 씨―하지만 배나무에 목매달려 있진 않고 올가미에 목이 걸린 채 나무 밑에서 떨고 있는―를 발견했다!

"헉헉, 히긴보텀 씨, 사실을 말씀해 주세요! 대체 언제 돌아가셨던 거죠?"

아직도 이 수수께끼의 답을 모르겠는가? 그러면 어떻게 이 '미래의 일'이 '과거에 그림자를 내비쳤는지'에 대해 짧게 설명하겠다. 세 남자가 히긴보텀 씨의 재산을 빼앗고 죽이자는 계획을 세웠다. 그중 둘이 차례로 용기를 잃고 도망쳤다. 그때마다 이 범죄는 하루씩 미뤄졌다. 세 번째 남자가 살인을 실행하려는 순간, 신의 운명의 부름에 충실했던 이 젊은 청년 도미니커스 파이크가 전설 속의 주인공처럼 이곳에 나타난 것이다.

더 해 줄 이야기는 없다. 그저 히긴보텀 씨가 이 젊은 상인을 크게 총애하게 되었으며 자신의 예쁜 조카딸에게 청혼하는 것도 허락하였다는 것. 그리고 자신의 전 재산을 이 부부의 자식에게 남겼으며 부부에게는 그 이자를 받게 했다는 것. 그리고 이 모든 '나누어 주는 일'이 끝났을 때쯤 노인은 자신의 집에서 평화롭게 죽었으며 기독교식 장례가 치러졌다는 것 말고는 말이다. 참, 도미니커스 파이크는 이 슬픈 행사를 마친 후 자신의 고향에 커다란 담배 공장도 하나 세웠다.

모반(母斑)

지난 세기(*이 작품이 18세기에 쓰였으므로 여기서는 17세기를 뜻한다.) 후반부에 자연 철학의 모든 분야를 아우르며 뛰어난 연구를 남겼던 과학자가 살았다. 그는 이 이야기가 시작되는 시점으로부터 얼마 전에 어떤 화학적 끌림보다 더 강렬한 영혼적 끌림을 경험했다. 그리하여 이 과학자는 실험실을 전적으로 조수에게 맡기고, 실험용 화로 연기에 그을린 얼굴을 깨끗이 씻고, 손에 묻은 산성 물질을 모두 닦아 낸 후 아름다운 여인과 결혼했다. 전기(電氣)를 비롯한 다른 여러 자연의 신비에 관한 과학적 발견들이 인간에게 곧 새로운 세계를 열어 줄 것만 같은 시대였기에, 과학을 향한 사랑과 이성을 향한 사랑이 경쟁하던 일도 흔했던 시대였다.

사람들은 뛰어난 지성, 상상력, 정신력, 심지어 마음의 감성까지도 이런 과학적 발견에 대한 추구로 열병을 앓았다. 그러니 과학자들이 마치 신을 쫓는 열렬한 신도들처럼 과학을 쫓아 과학적 지성의 단계를 계속 발전시켜 나가는 것에 혈안이 된 것은 당연한 일이었다. 그들은 창조의 비밀을 밝혀내려 했으며 어쩌면 새로운 세계를 그들 스스로 창조할 수 있으리라는 믿음을 가지기 시작했다. 우리는 과학자 에일머가 자연에 대한 인간의 궁극적 통제에 관하여 이러한 목적을 품었는지 확신하지 못한다. 하지만 그는 어쨌든 과학적 연구에 그 누구보다도 깊게 몰입해 있던 상태였다. 하지만 이 아름답고 젊은 아내를 향한 사랑이 조금 더 강했으리라. 비극은 이 과학자가 아내에 대한 사랑과 과학에 대한 사랑을 결합시키고자 했다는 것이다. 그리고 이 결합은 우리에게 굉장히 놀라운 결과와 매우 뜻깊은 교훈을 남겼다.

그들이 결혼한 지 얼마 되지 않았던 때였다. 어느 날 에일머가 근심 가득한 눈빛으로 아내를 바라보다 결국 이렇게 말문을 열었다.

"조지아나, 당신 뺨에 있는 그 점을 없애 보고 싶단 생각을 해 본 적 없소?"

"아니요."

대수롭지 않게 생각하고 미소를 지으며 가볍게 대답하던 그녀는 남편의 진지한 태도를 발견하고 얼굴이 붉어졌다. 그리고 이렇게 덧붙였다.

"글쎄요, 사람들이 이 점을 매력적이라고들 했기 때문에 한번도 다른 생각을 해 본 적은 없어요."

"다른 사람의 얼굴에서는 매력적일지 모르지만 당신의 얼굴에선 아닌 것 같은데. 사랑하는 조지아나, 당신은 자연의 손으로 완벽하게 빚어졌소. 하지만 이 작은 흠―아, 이걸 흠이라고 할 수도 있고 아름다움이라 할 수도 있겠지.―이 나에게는 이 세상의 불완전성에 대한 상징처럼 느껴져 조금 충격을 받았소."

"충격을 받았다고요?"

조지아나가 상처를 입고 소리쳤다.

그녀의 얼굴은 순간적인 분노로 달아올랐고 곧 눈물을 터뜨렸다.

"그렇다면 왜 저와 결혼하셨나요? 충격을 주는 사람을 사랑하는 게 말이 되나요?"

지금 부부의 이런 대화를 설명하기 위해 아내 조지아나의 왼쪽 뺨 가운데 새겨져 있는, 피부와 속살에 깊이 새겨져 있는 듯한 이 기묘한 점에 대해 언급하고 넘어가야 할 것 같다.

그녀는 평소 연한 홍조를 띠는 얼굴이었는데 이런 상태에서는 이 점이 그저 얼굴색보다 조금 더 짙은 진홍색으로만 보였다. 그리고 그녀가 어떠한 일 때문에 얼굴이 붉어질 때면 이 점은 형체를 완전히 잃은 채 보이지 않게 되었다. 하지만 어떤 극단적인 상황 때문에 그녀의 얼굴이 창백하게 변할 때면 이 점은 흰 눈밭 위의 새빨간 얼룩처럼 선명하게 떠올랐다. 에일머가 참을 수 없었던 것이 바로 이런 순간들이었다. 점은 그리 크지 않았는데 그 생김새가 기묘했다. 마치 사람의 손처럼 생겼던 것이다. 조지아나에게 반해 그녀를 따라다니던 많은 미혼 남성들은 이 점에 대해, 그녀가 태어나던 순간 요정이 다가와 아기의 뺨에 자신의 손을 얹어 모든 사람들이 그녀를 사랑하게끔 하는 마술을 걸었고 그 표시로 이 점이 남았다고 해석하기도 했다. 조지아나를 향한 사랑에 눈이 먼 남자들은 이 작고 신비스런 손 모양의 점에 키스할 수 있는 특권을 위해서라면 목숨이라도 바칠 것처럼 굴었던 것이다.

그런데 사람들은 각자의 입장이나 성향에 따라 이 손 모양의 점을 다르게 해석했다. 예를 들어 성격이 까다롭고 결벽증이 있는 사람들은—거의 대부분이 여자였지만—이것을 '핏빛 손'이라고 불렀다. 그리고 이것이 조지아나의 아름다움을 희석시키고 때로는 심지어 이 점 때문에 그녀의 얼굴이 무섭게 보인다고 주장했다. 아주 순수한 대리석 조각물에도 경우에 따라 아주 작은 푸른색의 점이 있다. 이런 것들은 '파워즈의 이브'(*호손과 동시대에 살았던 미국 조각가 하이럼 파워즈의 이브 조각상을 일컫는다.)와 같은 아름다운 작품을 괴물로 보이게 한다는 뭐, 그런 주장이었다. 하지만 남성들은 그저, 만일 그 점이 없었더라면 이 세상에 살아 있는 완벽한 아름다움이었을 텐데 하고 안타까워하는 정도였다. 결혼 후—그전에는 이 문제에 대해 생각해 본 적이 없었다.—에일머는 자신이 바로 이런 경우라는 것을 깨달았다.

그녀가 덜 아름다웠더라면—그래서 질투의 신이 다른 부분에서도 오점을 발견할 수 있게 했더라면—아마도 에일머는 그녀의 얼굴이 상기될 때마다 희미하게 사라지기도 하고 나타나기도 하는 손 모양 점을 좋아했을 수도 있다. 하지만 그러기에 그녀는 너무나 아름다웠다. 그는 이 점만 없으면 그녀의 아름다움이 완벽할 것이라는 생각에 사로잡히고 말았다. 그리고 이것은 강박

관념이 되어 시간이 지나면 지날수록 더욱더 그를 괴롭혔다. 자연은 낙인을 찍었던 것이다. 모든 피조물들은 일시적이며 유한하다는 것을 알리기 위한 낙인 말이다. 그리고 이 낙인은 피조물의 완전함이 오직 어떤 고통스러운 행위를 거쳐야만 가능하다는 것을 보여 주고 있는 것만 같았다. 에일머에게 이 진홍빛 손은 인간의 한계를 상징하는 것이었다. 이 손은 지상에서 빚어 낸 가장 순수하고 고귀한 그녀를 꽉 붙든 채로 인간이 여느 짐승과도 똑같다는 한계성을 대변하고 있었다. 그에게 있어서 이 점은 아내가 지닌 인간으로서의 원죄, 고뇌, 쇠퇴 그리고 죽음에 대한 상징이었다. 그리하여 그의 이런 슬픈 상상은 곧 이 점을 두려움의 대상으로 만들어 버렸다. 영적인 것이든 감정적인 것이든, 이 점은 이제 조지아나의 아름다움이 그에게 주었던 기쁨을 모두 삼킨 채 불안과 공포만을 남겼다.

그의 노력에도 불구하고 행복해야 할 순간순간마다 이 점은 그를 불행한 고민의 순간으로 밀어 넣었다. 처음에는 대수롭지 않게 여길 수 있는 정도였지만 여러 느낌들이 저마다 연결되고 하나의 생각이 또 다른 생각을 계속해서 낳았다. 이제 이 문제는 에일머가 참아 내기에 너무나 거대해져 버렸다. 이른 아침 눈을 뜨면 그는 아내를 돌아보며 그 불완전함의 상징을 확인하곤 했다. 저녁에 난로 앞에 함께 앉아 있을 때면 그는 늘 아내의 뺨을 살피며 난로의 불빛에 사라졌다 나타나기를 반복하는, 그가 사랑하는 여인의 얼굴 위에서 죽음의 운명을 상징한 채 새겨진 그 끔찍한 손을 바라보았다. 그리고 곧 조지아나도 그런 남편의 시선에 불편함과 불안함을 느끼게 되었다. 간혹 그가 이상한 표정으로 자신을 바라보기만 해도 그녀의 장밋빛 두 뺨은 시체의 뺨처럼 하얗게 질려 버렸다. 그리고 당연히 이럴 때마다 진홍빛 손은 하얀 대리석에 루비로 양각된 조각물처럼 선명하게 떠올랐다.

불빛이 약해 자신의 뺨 위 얼룩이 잘 드러나지 않았던 어느 늦은 밤, 조지아나는 처음으로 먼저 이 점에 대해 이야기를 꺼냈다.

"여보, 생각나는 거 없으세요? 어젯밤에 꿨던 이 흉측한 손에 대한 거 말이에요."

그녀가 미소를 지으려 애쓰며 물었다.

"저, 전혀 없소."

에일머는 흠칫 놀라며 대답했다. 그리고 자신의 진짜 감정을 숨기기 위해 담담한 말투로 이렇게 덧붙였다.

"혹 뭔가를 꿨을지도 모르지. 잠들기 전에 그 손에 대한 생각을 했었으니까."

"그럼 꾸셨다는 말이네요?"

조지아나는 얼른 말을 받았다. 울음이 터져서 하고 싶은 말을 할 수 없게 될까 봐 겁이 났던 것이다. 그리고 이렇게 외쳤다.

"끔찍한 꿈이었겠죠! 당신이 절대 잊을 수 없는 그런 끔찍한 꿈이요! '이게 이제 심장 안에 있어! 우린 이걸 꺼내야 해!'라는 말을 어떻게 잊을 수 있죠? 어서 생각해 보세요. 당신에게 꼭 그 꿈에 대한 얘기를 듣고 말 거예요!"

잠을 자고 있을 때 인간의 감정은 몹쓸 위험에 직면한다. 잠의 망령들은 인간의 감정과 생각들이 밖으로 나오는 것을 허용하고, 비밀들을 세상 밖에 풀어 놓는 것이다.

에일머는 그제야 꿈이 떠올랐다. 꿈속에서 그는 자신의 조수 아미나답과 함께 아내의 점을 제거하는 수술을 시도했던 것이다. 하지만 칼을 더 깊이 넣으면 넣을수록 손 모양 점 또한 더 깊이 박혔다. 그래서 그 작은 손이 조지아나의 심장을 붙들고 있는 것처럼 보였다. 결국 에일머는 이것을 잘라 떼어 내어 꺼내자는 무자비한 결심을 했던 것이다.

그 꿈이 생각나자 에일머는 죄책감에 사로잡혔다. 진실은 때로 잠이라는 옷을 얻어 입고 우리가 닫아 놓은 마음의 통로를 찾아 안으로 들어온다. 그리고 우리가 깨어 있는 동안에는 감출 수 있었던 비밀들을 있는 그대로 발설하고 만다. 지금까지 에일머는 하나의 생각이 정신에 얼마나 강한 영향을 끼칠 수 있는가에 대해 그리고 마음의 평온을 유지하기 위해 얼마나 많은 노력이 필요한가를 미처 깨닫지 못하고 있었던 것이다.

"여보."

조지아나가 결연한 태도로 다시 말을 이었다.

"전 저의 이 치명적인 점을 없애기 위해 우리가 치러야 할 대가가 무엇인지 알지 못해요. 어쩌면 저는 이것을 제거하는 동안 영원한 불구의 몸이 될지도 모르지요. 이 점은 어쩌면 하나의 생명체처럼 제 몸에 깊게 뿌리를 내려 자리 잡고 있는지도 몰라요. 하지만 다시 한 번 당신께 물어볼게요. 제가 태어나기도 전부터 제 몸에 꼭 달라붙어 있던 이 점을 떼어 낼 가능성이 조금이라도 있는 건가요?"

"조지아나, 내가 이 문제에 대해 얼마나 많이 생각했는지 당신은 모를 거요. 나는 이것을 완전히 제거할 수 있다고 확신하고 있소."

에일머가 재빨리 대답했다.

"그렇군요. 그럼……. 만일 조금이라도 가능성이 있다고 한다면 어떤 위험을 무릅쓰고서라도 시도해 보세요. 위험 따위는 아무것도 아니에요. 이 흉한 얼룩 때문에 당신에게 공포와 증오의 대상이 되어 버리는 삶이라면 그런 삶은 제게 기꺼이 버릴 수 있는 짐이나 마찬가지에요. 이 흉한 손을 제거해 주시든 비참한 저의 삶을 빼앗아 버리시든 이제 당신께 맡기겠어요. 당신은 수많은 기적을 이뤄 낸 위대한 과학자예요. 그런 당신이 제 손끝으로 가릴 수 있는 이 작은 얼룩 하나 지우지 못하시겠어요? 당신 마음의 평화를 위해 그리고 당신의 가엾은 아내가 미치는 것을 막기 위해 말이에요."

"고귀하고 아름다우며 사랑스러운 나의 아내여!"

흥분한 에일머가 소리쳤다.

"나는 지금까지 이 일에 대해 고민하고 준비했소. 그건 당신과 똑같은 존재를 만들어 낼 능력을 가질 수 있을 만큼의 고심이었소. 이 사랑스러운 뺨을, 그대의 다른 쪽 뺨과 똑같이 흠 없는 완전한 뺨으로 만들어 줄 자신이 있소. 자연이 남긴 가장 아름다운 작품에 붙어 있던 불완전함을 내가 바로잡았을 때 느낄 성취감 또한 어마어마할 것이오! 자신이 조각한 여인이 생명을 얻어 살아났을 때 피그말리온이 느꼈을 환희조차 내 기쁨에 비할 수는 없을 것이오!"

"그러면 된 거예요. 그리고 만약 이 점의 피난처가 저의 심장

84

이었다 해도 그만두진 마세요."

조지아나가 희미하게 웃으며 말했다.

에일머는 진홍빛 손의 낙인이 찍히지 않은 아내의 오른뺨에 다정히 입술을 맞춰 주었다.

다음 날 에일머는 아내에게 자신의 계획을 알려 주었다. 그는 일정에 따라 수술에 필요한 철저한 검토와 지속적인 관찰을 할 예정이었다. 조지아나 또한 수술의 성공에 필수적인 안정을 위해 노력하기로 했고, 부부는 에일머가 실험실로 사용하는 아파트에서 수술이 끝날 때까지 지내기로 했다. 에일머가 연구에 몰두하던 젊은 시절, 자연의 힘에 관한 놀라운 발견들을 발표하며 유럽의 여러 학술 단체와 협회들의 감탄을 이끌어 낸 바로 그 장소였다. 이 파리한 철학자는 실험실에서 묵묵히 자리를 지키고 앉아 가장 높이 떠 있는 구름층에 대해 그리고 가장 깊은 곳의 광맥에 대해 조사했다. 그는 화산 작용을 촉발하거나 지속시키는 원인들에 밝혀내며 성취감에 빠지기도 했다. 또한 어떤 샘이 순수한 물을 뿜어내고 어떤 샘이 약효를 지닌 물을 뿜어내는지 밝혀냈다. 그리고 그가 조금 더 젊었을 때는 인체의 신비를 연구했다. 또한 그는 자연이라는 신이 자신의 걸작 중 걸작인 인간을 창조하기 위해 어떠한 과정을 거쳐 흙과 공기와 정신을 융합했는지 연구하였다. 하지만 이 실험은 오래가지 못했다. 자연의 신비를 탐구하는 모든 사람들이 그렇듯 그 또한 얼마 가지 않아 어떠한 불변의 진리에 맞닥뜨렸기 때문이다. 우리의 위대한 조물주가 자신의 작업을 모두 보여 주는 듯하면서도 정작 창조 과정의 비밀을 지키는 데 온 힘을 쏟았다는 것 그래서 우리가 볼 수 있는 것은 오직 결과뿐이라는 진리 말이다. 창조주는 마치 질투심 많은 특허권자처럼, 우리가 무언가를 망가뜨리는 것은 쉽게 허용하면서도 이것을 고치는 것을 허용하는 데에는 인색했다. 하지만 이제 에일머는 자신이 처음 이 연구를 시작했던 목적과는 조금 다르지만 조지아나의 치료를 위해, 반쯤 잊고 있었던 인체에 관한 연구를 다시 시작했다.

에일머가 그녀를 실험실 입구로 데리고 왔을 때 조지아나는 한기에 떨었다. 에일머는 아내를 안심시키기 위해 밝은 표정으로 그녀를 바라보았는데, 아내의 하얀 뺨에 불타오르듯 빨갛게 드러난 반점 때문에 또 한 번 소스라치게 놀랐고 말았다. 그리고 아내는 기절했다.

"아미나답! 아미나답!"

에일머는 거칠게 발을 구르며 소리쳤다.

아파트 안쪽에서 작은 키지만 몸집이 커다란, 화로에서 나온 증기로 얼룩진 얼굴에 덥수룩한 머리를 한 남자가 나타났다. 이 사람은 과학자 에일머를 오랫동안 보좌해 온 조수였다. 그는 기계를 다루는 재주가 뛰어났으며 원리는 전혀 이해하지 못하면서도 자기 주인의 실험의 세부 사항들을 실행하는 데에는 뛰어난 자였다. 조수라는 자리에 딱 맞는 그런 사람이었던 것이다. 그는 힘이 셌으며 아무렇게나 자라는 머리카락과 그을린 피부를 가지고 있었다. 그는 참으로 동물적인, 인간의 육체적 본질의 정형 같았다. 반면에 에일머의 야리야리한 체격과 창백하고 지적인 얼굴은 그가 정신적 본질의 정형임을 나타내고 있었다.

"아미나답, 얼른 내실 문을 열게. 향도 피우고."

에일머가 말했다.

"예, 박사님."

아미나답은 이렇게 대답한 후 기절한 조지아나를 보며 혼자 이렇게 중얼거렸다.

"만일 저 여자가 내 마누라라면 저 점은 그냥 둘 텐데 말이지."

조지아나의 의식이 돌아왔을 때 그녀는 주위의 공기에서 향기가 난다는 것을 깨달았다. 향기의 효능이 그녀를 깨운 것이다. 주위는 마술에 걸려 있는 것만 같았다. 에일머는 자신이 진지한 과학적 탐구의 전성기를 보내던 시절에 연기 가득하고 더럽고 어두침침했던 방을 여인이 거주할 수 있는 아름다운 공간으로 바꾸어 놓았던 것이다. 벽에는 화려한 커튼이 드리워졌는데 벽의 모든 각진 부분과 직선 부분을 감추었다. 무한한 공간으로부터의 차단이었다. 조지아나는 그것이 구름 사이에 존재하는 정자 같다고 생각했다. 에일머는 화학 반응에 영향을 끼치는 햇빛을 차단해 놓았기에 여러 색의 빛으로 빛나는 부드러운 자주색 램프를 설치해 놓았다. 그는 아내의 곁에 무릎 꿇고 앉아 차분하고도 진지하게 아내를 관찰했다. 그는 자신이 행하는 과학에 대한 신념으로 가득 차 있었으며 자기 아내 주위에 그 어떤 나쁜 것도 침범할 수 없도록 막을 형성할 수 있다고 믿었다.

"내가 어디 있는 거죠? 아, 이제 기억나요."

조지아나가 작은 소리로 말했다.

그녀는 남편에게 그 끔찍한 점을 보여 주고 싶지 않아 손으로 뺨을 가렸다.

"두려워 마시오! 그렇게 움츠리지 않아도 되오, 조지아나. 이 점을 없애는 일이 내게 얼마나 큰 행복이 될지를 기대하는 지금, 그 점은 내게 기쁨이나 마찬가지요."

에일머가 말했다.

"제발 부탁이에요! 이걸 보지 말아요. 당신이 이걸 보고 몸서리치던 모습을 영원히 잊지 못할 것 같아요."

조지아나가 슬픈 목소리로 대답했다.

현실의 압박감과 긴장감으로부터 그녀를 편하게 해 주고 싶었던 에일머는 어려운 과학 실험들 중 몇 가지 가벼운 실험을 그녀에게 보여 주었다. 환영 같은 형태들, 상상도 하지 못했던 현상들 그리고 잡히지 않는 미의 형상들이 그녀 앞으로 날아와 춤을 추다 빛 위에 잔영을 남기고는 사라졌다. 조지아나는 이런 것들에 대하여 막연하게나마 알고 있었지만 직접 보고 나니 남편이 정신세계에 대한 통제력을 가지고 있다고 확실히 믿게 되었다. 그녀가 이 비밀의 장소에서 밖의 풍경을 보고 싶다고 느꼈을 때, 그녀의 생각에 대한 대답이 즉시 눈앞에 펼쳐졌다. 어떤 군중의 행렬이 눈앞의 화면 위를 홱 지나갔던 것이다. 실제 세계의 광경과 형체들이 완벽히 재현되었지만 사실 본래의 모습보다 훨씬 더 멋지고 감명 깊게 느껴지는 장면이었다. 이 장난이 시시해졌던지 에일머는 흙이 담긴 그릇 하나를 가리키며 조지아나에게 그것을 바라보라고 했다. 그녀는 별 흥미 없이 무심코 그릇을 바라보다가 새싹 하나가 흙을 뚫고 솟아나는 것을 보고 화들짝 놀랐다. 새싹은 곧 줄기를 점점 더 키워 나갔으며 잎사귀들을 틔웠고 그것들은 하나둘 벌어지며 크게 자라나기 시작했다. 그리고 그 가운데서 완벽한 아름다움을 간직한 꽃 한 송이가 피어났다.

"마법 같아요! 손대면 안 될 것 같아."

조지아나가 감탄했다.

"괜찮소. 꽃을 꺾어 향기를 맘껏 마셔 보오. 곧 꽃은 시들고 갈색 씨앗이 남을 거요. 그리고 이 씨앗은 이러한 과정을 계속해서 반복할 것이오."

에일머가 말했다.

조지아나가 그 꽃을 만졌다. 그랬더니 식물 전체가 급격하게 시들기 시작하더니 곧 잎사귀들이 불에라도 탄 듯 까맣게 변해 버렸다.

"자극 반응 정도를 좀 심하게 설정했군."

에일머가 심각한 표정으로 중얼거렸다.

이 실험의 작은 오차를 만회하기 위해 그는 자신이 발명한 '과학적 방법으로 초상화 그리기 기법'을 이용하여 그녀의 초상화를 만들어 주겠다고 제안했다. 잘 정제된 금속판에 빛을 쏘이는 방법을 이용한 것이다. 조지아나는 기대했다. 하지만 그녀가 이 실험의 결과물을 받았을 때 그녀는 소스라치게 놀라고 말았다. 초상화에 그려진 얼굴은 전체적으로 뿌옇고 뚜렷하지 않았지만 유일하게 뺨이 있는 자리에 작은 손 모양은 뚜렷했던 것이다. 에일머는 이 금속판을 얼른 낚아채 부식제가 담긴 통으로 던져 버렸다.

하지만 그는 곧 이 굴욕적인 실패를 잊어버리고 다시 화학 실험에 몰두했다. 중간중간 그는 기쁘거나 지친 모습으로 그녀에게 다가와 휴식을 취하곤 했고, 그녀와 함께 시간을 보내면 곧 기운을 찾는 듯했다. 그는 그녀에게 자신의 예술에 필요한 자원에 대하여 이야기를 늘어놓았는데 단순하고 별것 아닌 물질 이야기도 있었고, 황금을 만들어 낼 수 있다는 만능의 용매를 찾아 오랜 세월을 바친 역사 속 연금술사들의 이야기도 있었다. 언뜻 에일머는 그렇게 많은 사람들이 목숨을 바쳐 찾던 용매를 개발하는 것이 과학적 지식만으로 충분히 가능하다고 생각하는 듯했다. 그는 그런 능력을 가질 만큼의 깊은 경지에 오른 철학자라면 아마 그것을 수행하기에는 너무 늙어 버린 상태일 거라고 덧붙였다.

또한 그는 불로영생의 약에 대해 이야기했다. 영원히 삶을 연장할 수 있는 약물을 만드는 일은 마음만 먹으면 충분히 해낼 수 있지만, 그런 약이 생긴다면 자연에 어떤 부조화를 초래할 것이라고 했다. 세상 모든 사람들이, 특히 그 불로영생의 약을 마신 사람들이 자신을 저주할 만한 그런 부조화가 생길 것이라고 말이다.

"여보, 진심이에요? 그런 힘을 가진다는 것 아니, 그런 힘을 가지리라 꿈꾼다는 것조차 너무 끔찍한걸요."

조지아나는 놀라움과 공포가 섞인 눈으로 그를 바라보며 물었다.

"무서워하지 마시오. 세상에 그런 부조화의 힘을 뿌려 당신이나 내게 해가 되는 일을 할 생각은 조금도 없으니까 말이오. 나는 단지 그런 능력들과 비교한다면 이런 작은 손을 없애는 일은 굉장히 쉽다는 말을 하는 것뿐이오."

점에 대한 언급이 나오자 조지아나는 몸을 움츠리며 얼굴을 붉혔다.

에일머는 다시 실험실로 돌아갔다. 화로가 있는 저쪽 방에서 아미나답에게 지시를 내리는 에일머의 목소리와 그 지시에 대답하는, 사람의 목소리라기보다는 짐승의 울음소리에 가까운 아미나답의 목소리가 들려왔다. 에일머는 몇 시간 후에 다시 실험실에서 나왔다. 그리고 조지아나에게 화학 약품들과 천연 물질들이 보관되어 있는 진열장을 구경시켜 주었다. 에일머는 그중 작은 약병 하나를 들어 그녀에게 보여 주며 그 약병 속에는, 한 나라를 가로질러 부는 바람 전체에 스며들 수 있는 강한 방향제가 들어 있다고 말했다. 그리고 값을 매길 수 없이 귀한 것이라는 말도 덧붙였다. 그는 이 방향제의 아주 소량을 방 안에 뿌렸는데 방 안이 곧 설명할 수 없는 상쾌함으로 가득 찼다.

"그럼 이건 뭐죠?"

조지아나는 황금빛 용액이 들어 있는 작고 동그란 크리스털 병을 가리키며 물었다.

"이렇게 아름다운 용액이라니, 생명의 약쯤 되는 것 같아요."

"어떤 면에서는 그럴지도. 하지만 불멸의 영약이란 표현이 더 옳을지도 모르겠소. 이 세상에서 지금까지 만들어진 것 중 가장 귀한 독약이라오. 그 약만 있으면 나는 당신이 지목하는 그 어떤 사람의 수명도 결정지을 수 있다오. 투약하는 양의 많고 적음을 조절하여 몇 년을 더 살게 할 수도 있고, 지금 이 순간에 급사를 시킬 수도 있지. 호위 무사에게 둘러싸인 옥좌 위의 왕이라 한들, 수백만의 선량한 백성의 안위를 지키기 위해서 그를 죽이는 것이 옳다고 생각한다면 그 왕은 목숨을 부지할 수가 없는 거지."

"이런 끔찍한 약을 대체 왜 만들었죠?"

조지아나는 공포심에 휩싸여 물었다.

"조지아나, 자기 남편한테 그렇게 겁먹으면 어떡하오."

남편이 웃으며 대답했다.

"이 약은 나쁜 점보다 좋은 점이 훨씬 더 많은 약이오. 여길 보시오. 이 화장수가 얼마나 놀라운 능력을 가졌는지 아시오? 물에 이걸 한두 방울 섞어 바르면 주근깨 같은 것은 바로 사라진다오. 조금 더 많이 섞는다면 뺨에서 핏기를 제거해 장밋빛 미인을 창백한 유령의 모습으로 바꿔 버릴 수도 있는 거라오."

"이 화장수로 제 뺨을 적시려는 거예요?"

조지아나가 걱정스레 물었다.

"아니오! 이건 아주 기초적인 화장품일 뿐이야. 당신에게는 조금 더 진지한 치료가 필요하다오."

에일머는 조지아나와 이런 시간을 보내며 중간중간 그녀의 기분에 대해 그리고 방의 온도와 습도가 어떻게 느껴지는지에 대해 물었다. 조지아나는 남편의 이런 질문들이 어떤 특정한 목적이 있는 것이라는 것을 알아챘다. 그래서 자신이 지금까지 숨 쉬었던 공기와 먹었던 음식 중에 어떤 물질이 포함되어 있으며 그 물질이 자신의 신체에 특별한 영향을 끼치고 있다고 추측했다. 단순히 영향을 받는 것뿐만 아니라 자기 육체의 어떤 부분을 바꾸고 있다고 느꼈는데, 조지아나는 뭔가가 자신의 혈관 속을 흐르고 있으며 고통과 쾌감을 동반한 어떤 것이 자신의 심장을 찌르고 있다는 상상도 했다. 하지만 그녀가 조심스레 거울을 들여다볼 때마다 그곳엔 여전히 흰 장미처럼 창백한 자신의 얼굴과 뺨에 찍혀 있는 점이 있을 뿐이었다. 이제 그녀는 에일머보다 훨씬 더 그 점을 증오하고 있었다.

조지아나는 남편이 실험실에서 화학적 배합과 분석에 매진하는 동안 지루함을 달래기 위해 남편의 과학 서적들을 살펴보기 시작했다. 그녀는 고서들 속에서 소설집과 시집들을 만나기도 했다. 앨버투스 마구너스, 코넬리어스 아그리파, 파라셀스의 작품들과 유명한 수사(修士) 예언자 프라젠 헤드의 작품들도 발견했다. 이 역사 속 철학자들은 모두 시대를 앞섰지만 무엇이든 쉽게 믿는 경향도 있었다. 당사자들은 물론이고 동시대의 사람들조차, 그들이 자연을 연구함으로써 자연을 초월하는 힘을 얻거나 물질세계에서 정신적 통제가 가능하다고 믿었던 것 같다. 대영제국의 왕립 과학원의 초기 보고서들 또한 중세 시대나 고대시대 못지않은 호기심과 상상력을 담고 있었다. 그 보고서들은 자연의 한계성을 거의 의식하지 못한 채 새로운 발견이나 실험들의 결과, 혹은 그 발견과 실험 결과들이 가져올 가능성에 대해 지속적으로 기록하고 있었다.

하지만 무엇보다 조지아나의 관심을 끌었던 것은 남편이 직접 저술한 책이었다. 그는 자신이 실험했던 모든 연구들에 대해 목표, 진행 방법 그리고 결과의 성공 유무와 원인에 대해 상세히 저술했다. 과학에 대한 남편의 열정과 야망, 상상력과 현실적인 모든 것이 담긴 책이었다. 남편은 자연의 세부적인 사항들까지 모두 상세하게 다루었으며, 그 모든 것들에 정신적인 의미를 부여하여 물질주의적 편협함을 피해 갔다. 그의 손 안에서는 한 덩이의 흙 또한 영혼을 지니고 있었던 것이다. 그 책을 읽으며 조지아나는 그 어느 때보다도 남편을 깊이 존경하고 사랑하게 되었다. 하지만 동시에 그의 판단에 대해서 이전처럼 전적으로 신뢰할 수 없게 되었다. 그의 실험들 중에는 성공한 것도 많았지만, 그가 연구를 시작할 당시에 세웠던 이상적 목표와 대조해 본다면 많은 것들이 실패작에 가까웠기 때문이다. 그는 다이아몬드를 기대하며 실험에 착수했지만 정작 얻은 것은 자갈에 가까웠던 것이다. 아마 그 스스로도 이 사실을 알고 있으리라.

그런 면에서 그에게 명성을 안겨 준 이 책은 사실 인간이 쓴 가장 우울한 기록이었다. 그 책에서 그는, 정신이 육체의 짐을 지고 물질 속에서 일해야 하는 인간의 약점을 증명했으며 거대한 세상 앞에 비참한 좌절을 맛보는 인간의 애처로운 본성을 끊임없이 고해했다. 어느 분야에서든 경지에 오른 사람이라면 에일머의 기록에 숨겨진 이러한 본질에 절절히 동감할 수 있으리라.

조지아나는 이것들에 대하여 깊은 깨달음을 얻은 나머지 펼쳐 놓은 책 속에 얼굴을 묻고 흐느끼기 시작했다. 이때 남편이 돌아왔다.

"마법사의 책을 읽는 건 위험하오."

"이걸 읽고 당신을 더욱더 존경하게 됐어요, 여보."

"아니, 이번 일이 성공할 때까지 참아 주오. 이 일이 끝난 다음에는 당신 마음이지만 말이오. 당신의 그 천상의 목소리를 듣고 싶구려. 내게 노래라도 하나 불러 주시오."

조지아나는 남편의 피로를 위로하기 위해 맑은 목소리로 노래를 시작했고, 그녀가 노래를 끝냈을 때 남편은 어린 소년처럼 밝아졌다. 그는 다시 자리에서 일어나며 이제 조금만 더 기다리면 된다고 했다. 그리고 자신은 이 실험의 성공을 확신한다며 그녀를 다시 한 번 안심시키고 방으로 들어갔다.

조지아나는 남편을 따라가고 싶었다. 두세 시간 전부터 그녀가 느끼고 있던 증상들을 말하는 것을 잊은 것이다. 아픈 것은 아니었지만 몸 전체에 설명할 수 없는 기묘한 기운이 흐르고 있었다. 그녀는 남편을 쫓아갔다. 그리고 처음으로 실험실 안에 발을 디뎠다.

그녀의 눈에 처음 들어온 것은 강한 불을 발하며 힘차게 작동 중인 화로였다. 위쪽에 재가 잔뜩 껴 있어 꽤나 오랫동안 불을 지폈다는 것을 알 수 있었다. 갖가지 증류 장치들이 작동 중이었다. 그리고 방은 증류기와 시험관 같은 갖가지 화학 실험 기구들로 가득 차 있었다. 전기 기구 하나는 곧 사용할 수 있도록 준비되어 있는 상태였다. 방 안의 공기는 답답했다. 게다가 여러 실험 과정에서 나온 가스 냄새로 가득 차 있었다. 그녀가 머물렀던 환상적인 아름다움을 간직했던 내실과는 달리 이곳의 벽은 마감 처리가 되지 않았으며 바닥 또한 벽돌 그대로 노출되어 거칠었다. 하지만 조지아나가 가장 주의 깊게 본 것은 그녀의 남편이었다. 남편은 시체처럼 창백해진 얼굴로 온 신경을 곤두세우고 화로를 지켜보고 있었다. 지금 화로가 증류해 내는 저 액체가 영원한 행복의 액체일지 불행의 씨앗이 될 액체일지 그의 감시에 따라 달라지기라도 하는 것처럼 말이다. 그는 조지아나를 어르고 달래던 부드럽고 다정한 태도와는 완전히 다른 사람이 되어 있었다.

"조심해, 아미나답! 조심해, 이런 멍청한 인간 같으니······. 조심······ 조심······!"

아미나답에게 하는 말이라기보다는 자신에게 하는 말이었다. 그는 계속해서 이렇게 중얼거리고 있었다.

"앗! 박사님! 저길 보세요!"

아미나답이 외쳤다.

에일머가 재빨리 얼굴을 돌리고 조지아나를 발견했는데 그의 얼굴이 급격히 벌게지다가 곧 백지장처럼 하얗게 질려 버렸다. 그는 조지아나에게 달려들어 그녀의 팔을 강하게 잡아 쥐고 이렇게 외쳤다.

"여길 왜 들어온 거요? 당신 남편을 그렇게 못 믿는 건가? 그 점의 불길한 기운을 내 작업에 뿌리기라도 하려는 건가? 어서 나가!"

"그게 아니고요, 여보."

조지아나는 평소 성격대로 차분하게 대답을 시작했다.

"지금 불평할 사람은 당신이 아니에요. 당신이야말로 자신의 아내를 믿지 못하고 있잖아요. 당신은 이 실험의 진행을 불안스럽게 지켜보면서도 늘 자신이 있어 했죠. 여보, 내가 그렇게 아무것도 아닌 존재인가요? 우리가 각오해야 할 모든 위험에 대해 내게 설명해 주세요. 이 위험에 있어서 제 몫은 당신의 몫보다 훨씬 적으니 제가 그만둘까 봐 걱정하진 마시고요."

"아니야, 아니야. 조지아나! 그렇지 않아!"

에일머가 불안하게 말했다.

"전 이제 확고해요, 여보. 전 당신이 제게 주는 것이면 뭐든 마시겠어요. 그게 만약 독약이라도 전 마실 각오가 되어 있어요."

이 말에 에일머가 깊은 감동을 받았음은 당연하다.

"나의 훌륭한 아내여. 난 지금까지 당신의 그 깊고 거룩한 인격을 간과했구려. 이제 아무것도 숨기지 않으리다. 당신의 그 진홍빛 손은 언뜻 보기에 별것 아닌 것 같지만 실은 내가 처음 생각했던 것보다 훨씬 더 강하게 당신을 움켜쥐고 있소. 그래서 당신의 몸 전체를 뒤바꿀 만큼은 아니지만 어쩌면 그 외에는 어떠한 증상도 나타날 수 있을 만큼 강한 약을 투여할 수밖에 없었소. 이제 딱 하나의 실험만을 남겨 둔 상태고 만일 이게 실패하면 우린 치명적인 결과를 안게 되오."

"왜 그런 이야기를 저한테 해 주시지 않았나요?"

조지아나가 물었다.

"위험했기 때문이었소."

에일머가 무거운 목소리로 대답했다.

"위험이라고요? 위험은 딱 한 가지예요. 이 끔찍한 낙인이 제 뺨에 계속 남아 있는 그 위험이요! 없애 주세요! 그 대가가 무엇이든 간에 제발 이걸 없애 달라고요! 그러지 않으면 우리 둘 다 미쳐 버리고 말 거예요!"

조지아나가 소리쳤다.

"그래, 당신 말이 맞소. 자, 이제 내실로 돌아가시오. 곧 모든 실험이 끝나오."

에일머가 슬픈 목소리로 아내를 달랬다.

에일머는 조지아나를 내실로 데려간 후 엄숙하면서도 부드러운 얼굴로 그녀를 안심시키곤 다시 방을 나섰다. 하지만 남편의 그런 표정은, 수많은 것이 이 일의 성패에 달렸음을 조지아나에게 상기시켰다. 그녀는 곧 깊은 상념에 잠겼다. 조지아나는 남편의 성격을 꼼꼼히 되짚어 보며 그 어느 때보다 남편을 객관적으로 이해하기 위해 노력했다. 조지아나는 자신을 향한 남편의 깊은 사랑을 느꼈다. 그의 사랑은 완벽하지 않은 자신을 도저히 받아들이지 못할 정도로 높고 순수한 경지에 있었던 것이다. 그녀는 그의 사랑이, 불완전한 것을 그대로 방치하며 현실에 만족하는 것처럼 미천하지 않은, 위대하고 고귀한 사랑이라고 느꼈다. 그래서 그녀는 단 한순간만이라도 자신이 남편의 깊고 높은 사랑의 감정에 부합할 수 있기를 전심을 다해 기도드렸다. 그렇다, 단 한순간만이라도. 그녀는 자신의 남편이 계속해서 더 나은 완전함을 바라고 요구할 것이라는 사실을 알고 있었던 것이다.

남편의 발소리가 그녀의 기도를 깨웠다. 남편은 물처럼 투명하지만 불멸의 명약임을 직감할 수 있을 정도로 빛을 발하는 액체가 담긴 잔을 들고 있었다. 그의 얼굴은 창백했지만 두려움이나 의심에서라기보다는 높은 이상에 대한 희망과 극도의 긴장감에서 비롯된 창백함이었다.

"완벽한 약이 완성되었소. 과학이 나를 배신하지만 않는다면 이 약은 절대 실패할 리 없소."

조지아나의 눈빛에 대한 응답이었다.

"그럴 거예요, 사랑하는 나의 남편. 어쩌면 저는 이 점을 없애는 걸 조금 미루고 싶은지도 모르겠어요. 정신적인 성숙이 제 수준 정도밖에 이르지 못한 사람들에게는 삶이 슬픈 소유물인 것 같아요. 차라리 제가 조금 더 약했거나 혹은 더 맹목적이었다면 얼마나 좋을까요? 제가 조금 더 강했더라면 조금 더 희망적이었을 텐데, 미안해요. 어쨌든 저는 지금 죽기에 가장 좋은 상태인 것 같아요."

"당신은 죽음을 겪지 않고 그대로 천국에 오를 그런 사람이오! 대체 왜 죽는다는 둥 그런 마음 약한 소리를 하고 있는 거지? 이 약은 결코 실패하지 않아! 이 식물을 보면 알 것 아니오!"

에일머가 외쳤다.

온 잎사귀에 누런 얼룩이 퍼져 병든 제라늄 화분 하나가 창가에 있었다. 에일머는 제라늄이 자라고 있는 흙 위에 들고 있던 용액을 조금 부었다. 잠시 후 식물의 뿌리가 용액을 흡수하자 보기 흉하던 누런 얼룩들이 감쪽같이 자취를 감추고 다시 밝은 초록색으로 되살아나는 것이 아닌가.

"증명 같은 건 안 해 주셔도 돼요. 그저 그 잔을 주세요. 기쁜 마음으로 제 삶을 당신에게 맡기겠어요."

조지아나가 침착하게 말했다.

"그러니 일단 마셔 보오, 사랑하는 나의 연인이여!"

에일머는 진정으로 감동했다.

"당신은 완벽한 정신을 가지고 있소! 이제 당신의 육체도 곧 완벽해질 거요."

조지아나는 약을 한 번에 들이켠 후 남편에게 잔을 돌려주었다.

"기분이 좋아지는 것 같아요. 천국의 샘에서 떠 온 물을 마신 것처럼. 뭔가 역하지 않은 향기와 맛이 좋아요. 난 오랫동안 갈증이 났었는데 그것도 가라앉았네요. 여보, 저 이제 좀 잘래요. 해질녘 장미꽃의 꽃잎들이 가운데로 오므라들듯 제 몸의 감각들이 오므라들며 제 정신 위로 덮이는 것 같아요."

그녀의 마지막 몇 마디는 중얼거리듯 희미했다. 그 몇 마디 말이 그녀의 입술 속에서 우물우물 사라져 가면서 그녀는 곧바로 잠에 빠져들었다. 에일머는 아내 옆에 앉았다. 그는 자신의 삶 전체가, 자기 삶의 이유가 지금 이 실험에 달려 있는 듯 아내를 지켜보았다. 물론 과학자로서의 호기심 또한 섞여 있었다. 그는 아내 뺨의 홍조가 짙어지거나, 호흡이 살짝살짝 불규칙해지거나, 눈꺼풀에 작은 경련이 일거나, 몸 전반에 일어나는 미세한 떨림 등 아주 자그마한 증상들까지 놓치지 않고 관찰하고 기록했다. 지금까지의 기록에도 그의 강렬한 탐구 정신이 고스란히 묻어 있지만 이 마지막 페이지에는 그동안의 모든 기록을 뛰어넘는 것들이 적히고 있었다.

이렇게 관찰과 기록을 계속하면서도 그는 반점의 변화를 놓치지 않았다. 그러다 갑자기 이상한 충동 때문에 반점에 키스를 하기도 했다. 조지아나는 깊은 잠에 빠져 있으면서 불편하게 몸을 움직이는가 하면 무언가를 중얼거리기도 했다. 에일머는 관찰을 계속했다. 그리고 얼마 지나지 않아 결과가 나타나기 시작했다.

대리석처럼 창백한 조지아나의 뺨에 도드라졌던 그 진한 진홍빛 손의 윤곽이 점점 흐려지고 있었던 것이다. 얼굴색은 여전히 창백했지만 그 점은 그녀가 숨을 한 번 쉴 때마다 점점 더 옅어졌다. 뺨 위의 점은 그 모습 그대로도 끔찍했지만 사라져 가는 모습은 더욱더 끔찍했다. 하늘에 떴던 무지개가 사라져 가는 것을 본 적이 있는 사람은 그 신비스러운 상징이 사라져 갈 때의 모습을 떠올릴 수 있을 것이다.

"신이시여! 사라졌어. 거의 사라졌다고!"

에일머는 끓어오르는 희열을 참지 못하고 소리쳤다.

"이제 거의 보이지 않아. 성공이다! 성공이야! 이제 아주 연한 장밋빛만 남았다. 뺨이 조금이라도 빨개졌을 때는 완전히 보이지 않겠어. 그런데…… 얼굴이 왜 저렇게 하얗지?"

그는 창문의 커튼을 걷어 한낮의 밝은 빛이 방 안으로 들어와 그녀의 뺨을 밝히도록 했다. 그리고 그때 천박하고 거친 웃음소리가 들렸다. 조수 아미나답이 기분 좋을 때 내는 소리였다.

"아, 저 흙덩이! 흙덩이밖에 없는 인간! 그래, 너도 참 고생했다. 물질과 정신, 땅과 하늘이 이 일에 모두 기여했지. 감각만 남은 아미나답아, 웃어라! 너도 웃을 자격이 충분히 있지! 하하하!"

에일머도 벅찬 감정을 숨기지 않고 크게 웃으며 소리쳤다.

이 소리에 조지아나가 깨어났다. 그녀는 천천히 눈을 떴고 남편이 자신에게 건네주는 거울을 찬찬히 들여다보았다. 한때 파멸의 붉은빛으로 타오르며 그들의 행복을 앗아 갔던 진홍빛 손이 거의 자취를 감춘 상태였다. 그녀의 얼굴에 미소가 번졌다. 하지만 이것은 찰나였다. 그녀는 곧 에일머가 전혀 설명할 수 없는 고통과 불안을 드러낸 채 남편을 바라보았다.

"아, 불쌍한 당신!"

그녀가 중얼거렸다.

"불쌍하다니? 아니오. 이젠 가장 행복하고 부유한 행운아요. 나의 신부! 이 세상에 하나뿐인 사람! 성공했소, 성공했다고! 이제 당신은 완벽하오!"

에일머가 외쳤다.

"아아, 불쌍한 당신!"

그녀는 평소의 다정함 이상이 담긴 목소리로 반복해 말했다. 그리고 말을 이었다.

"당신은 자신의 높은 이상을 실현했어요! 그러니 당신의 그런 높고 순수한 감정을 자책하지 말아요. 이 땅이 당신에게 준 것을 거부했다 생각지 말아요. 에일머, 사랑하는 에일머. 저는 지금 죽어 가고 있어요!"

하늘이시여! 그녀의 말은 사실이었다. 이 숙명의 진홍빛 손은 생의 신비를 풀기 위해 몸부림치다가 결국 천사의 정신과 인간의 육체를 연결하는 역할을 했다. 인간의 불완전함을 상징하는 그 점은 허공 속으로 날아올랐고, 그녀의 영혼은 잠시 남편 곁에 남아 아른거리다가 곧 하늘을 향해 날아가 버렸다.

그때 그 거친 웃음소리가 다시 들렸다. 완전히 숙성하지 못한 이 인간 세계에서, 보다 높은 단계의 완전함을 추구했던 그는 또 한 번 엄한 지상 세계의 한계에 부딪쳐 패배한 것이다. 에일머가 좀 더 깊은 지혜를 가졌더라면 지상의 생애와 천상의 생애를 같은 천에 함께 짤 수 있는 행복을 쉬이 내던지지 않았으리라. 인간에게 주어진 이 생애는 그가 뛰어넘기에 너무나 강인했다. 그는 시간이 가진 한계를 인정하는 데 실패한 채 영원만을 추구하며 살았고, 그리하여 완전한 미래를 위해 온 생애를 바치느라 현재를 소비하고 말았던 것이다.

결혼식에 울린 조종(弔鐘)

뉴욕 시에는 흥미로운 교회가 하나 있다. 조모님이 어렸을 때 그 교회에서 거행되었던 매우 괴기스런 결혼식 이야기 때문이다. 당시 참한 아가씨였던 나의 조모님은 우연히 그 장면을 직접 보게 되셨다고 하는데, 내게 그 이야기를 자주 들려주셨다. 그 장소에 서 있는 지금의 큰 건물이 조모님이 말씀하시던 그 교회와 같은 건물인지는, 내가 조사할 만큼의 열정이 없는 데다 건물의 머릿돌에 새겨진 완공 일자를 확인하는 것 또한 별로 하고 싶은 마음이 들지 않아 확실치 않다. 어쨌든 이 교회는 아름다운 잔디가 짙게 깔린 유서 깊은 교회다. 교회 구내의 뜰에는 항아리 모양의 납골당들, 기둥들, 오벨리스크 그리고 여러 역사적 죽음을 기리거나 개인적인 애정을 표하기 위해 세운 대리석 비석들이 심어져 있다. 비록 건물 주위로 시끄러운 소란들이 하루 종일 이어진다 해도 이 정도의 위엄이 서린 곳이라면 어떠한 전설이라도 생기기 마련 아닐까.

그 결혼은 사실 아주 오래전에 치러졌어야 했지만 여자는 그간 두 번의 다른 결혼을 했고 남자는 40년 동안 독신으로 살았다고 한다. 당시 예순다섯 살의 엘렌우드 씨는 은둔자까지는 아니지만 꽤나 내성적인 성격의 남자였다고 한다. 이기적인 사람이지만 때때로 너그러운 모습들을 보여 주었는데 한평생 학자로 살면서도 조금 게으른 편이었다고 했다. 그는 자신의 연구에 있어서 뚜렷한 목표가 없었던 것 같다. 그의 연구 과정이 공공의 발전이나 이익 그리고 개인적인 야망과도 거리가 멀었기 때문이다. 개인적으로는 지식과 교양을 갖춘 성미 까다로운 도시 신사였지만 사회 구성원으로서는 느긋함과 편안함을 지향하는 촌부(村夫)이길 원했던 것 같다.

사실 그의 성격에는 이상한 점이 많았는데, 사람들의 시선으로부터 벗어나려는 극도로 예민한 감수성을 지녔음에도 불구하고 상식에서 벗어나는 괴이한 행동을 함으로써 사람들의 입에 자주 오르내렸다고 한다. 사람들은 그의 이런 광기가 유전이 아닐까 싶어 그의 집안을 조사하기도 했다. 하지만 그건 쓸데없는 일이었다. 그의 변덕스런 성향의 원인은 그가 달리 열정을 쏟을 곳이 없다는 데에 있기 때문이었다. 다른 먹이의 결핍이 스스로를 잡아먹고 있었던 것이다.

반대로 여자 쪽은 많은 나이만 제외한다면 남자와 비교할 수 없이 완벽했다. 어쩔 수 없는 사정으로 자신의 나이보다 두 배나 많은 늙은 남자와 결혼했었고 그 결혼 생활에서도 최선을 다했다고 한다. 남편이 죽은 뒤에는 많은 돈의 유산을 상속받았다. 하지만 얼마 후 그녀보다 훨씬 어린 남부 지방의 젊은이와 결혼했고, 그는 그녀를 자신의 고향 찰스턴(*미국 사우스캐롤라이나 주 남동부에 위치한 항구 도시이며 남북 전쟁의 발단이 된 도시로 잘 알려져 있다.)으로 데려갔다. 그녀는 그곳에서 불행한 삶을 굽이굽이 돌며 또다시 과부가 되었다. 이 대브니 부인처럼 이런 삶을 살아내면서도 섬세한 감성이 남아 있다면 그것이 외려 이상하지 않겠는가? 파혼에 대한 실망감, 첫 번째 결혼 생활을 거치며 어쩔 수 없이 지켜 냈던 의무감, 사랑이라는 본질에 대한 회의, 차라리 죽음을 바랄 정도로 불행했던 성질 고약한 남부출신 남편과의 두 번째 결혼 등을 겪으며 그녀가 간직했던 아름다운 감정들은 모두 파멸되었다. 간단히 정리하자면 그녀는 자신에게 닥친 시련을 침착하게 참아 내며 행복이 될 수 있는 것들을 모두 포기하고 자신에게 오롯이 남은 것들만 이용해야 하는, 가장 현명하면서도 가장 사랑스럽지 못한 부류의 여성 그러니까 철학자가 되어 버렸다는 이야기다.

이제 거의 모든 문제에 있어서 현인과도 같은 태도를 취하던 이 과부는 자신을 우습게 만들어 버리는 단 한 가지의 약점 때문에 외려 사람들에게 더 호감을 샀을 수도 있겠다. 그녀에게는 자식이 없었으므로 이 여인은 자신의 아름다움을 물려줄 딸이 없었다. 그래서인지 그녀는 늙고 추해지는 것을 거부하며 시간과 대치해 버티며 자신의 장밋빛 젊음을 붙잡고 놓지 않으려 했다. 그 때문에 시간의 도둑은 그녀의 젊음을 빼앗으려는 시도에 백기를 들었던 것 같다.

이런 지극히 세속적인 대브니 부인이 엘렌우드 씨처럼 세상과 섞이지 못한 남자와 결혼을 발표했던 것은 그녀가 고향 뉴욕에 돌아온 지 얼마 되지 않았을 때였다. 아무래도 남자 쪽보다 여자 쪽에서 더욱 절실했으리라고 가정한 이웃 사람들은 이 결혼이 성사됨에 있어서 여자 쪽이 더 적극적이었을 것이라고 여겼단다. 사람들은 세상일에 관심도 없으며 세간의 입들에 예민한 이 신사가 어떻게 이런 조롱거리가 될 만한 일을 하겠다고 결심했는지 의문스러웠다. 사람들이 이렇게 저렇게 소문을 확산시키는 동안 결혼식 날짜가 다가왔다. 예식은 성공회식으로 진행되었다. 많은 사람들에게 소문이 난 탓으로 결혼식은 교회의 2층 전면과 성단의 넓은 통로를 따라 놓여 있던 의자들까지 구경꾼들로 꽉 들어찼다. 신랑의 행렬과 신부의 행렬이 따로따로 교회 안으로 걸어 들어가서 만나는 형식이었다고 하는데, 이 결혼식에서만 유독 그렇게 했는지 아니면 그때 당시의 관습이 그러했는지는 잘 모르겠다. 어쨌든 결혼식은 시작되었고 신부 쪽 행렬보다 신랑 쪽 행렬이 조금 늦게 도착했다고 한다. 여기까지가 조금 지루하지만 반드시 필요했던 이 이야기의 서론 부분이다.

구식 마차 몇 대의 둔탁한 바퀴 소리가 들리고 곧 남자와 여자로 구성된 신부 측 일행이 교회 문으로 들어서자 주위가 환해졌다. 주인공인 신부 말고는 모두 어리고 생기가 넘치는 젊은 사람들이었다. 그들이 교회의 넓은 입구를 따라 올라갈 때 양쪽의 기둥과 좌석들이 환하게 빛났다. 그들은 교회당을 무도회장으로 여긴 듯 경쾌한 발걸음으로 성단 쪽을 향해 걸어갔다. 이 장면이 너무나 아름답고 찬란했으므로 행렬이 문턱을 지나던 순간 일어

낫던 아주 미세하고도 기이한 그 현상을 눈치챈 사람은 거의 없었다. 신부의 발이 문턱을 딛는 그 순간에 그녀의 머리 위에 걸렸던 종이 무겁게 움직이며 깊은 조종(*죽은 이를 기리기 위해 장례식장에서 울리는 종.)을 울렸던 것이다. 신부가 예배당의 본관을 들어설 즈음 종소리의 여운은 사그라지는가 싶다가 다시 여음을 울리기 시작했다.

"맙소사! 이게 무슨 불길한 징조야!"

한 젊은 아가씨가 자신의 연인에게 속삭였다.

"그러고 보면 저 종은 아직 쓸 만한 것 같아. 저런 여자가 또다시 결혼이라니? 만약 네가 저 성단을 향해 걸어간다면 저 종은 가장 기쁜 소리를 울릴 텐데. 그렇지 않아, 줄리아? 어쩌면 저 늙은 신부에게는 장례식의 조종 소리가 더 잘 어울리는지도 모르지."

신부와 그녀의 지인 대부분은 흥분과 설렘으로 가득 차 앞쪽으로 이동하고 있었으므로 첫 번째 종소리를 듣지 못했다. 적어도 그런 불길한 종소리를 들으며 성단으로 나아가리라고는 꿈에도 생각하지 못했으므로 성단을 향한 그들의 경쾌한 발걸음은 멈추지 않았다. 당시의 찬란한 예복과 장신구들―진홍빛 벨벳 코트, 큰 띠를 두른 모자, 페티코트(*둥근 고정 테를 넣은 치마), 명주, 공단, 수놓인 비단, 허리띠 장식, 지팡이, 칼―은 화려한 옷차림을 한 사람들에게 너무나도 잘 어울렸고, 실제보다 더 화려한 색채로 그린 화려한 명화와도 같았다. 하지만 이 그림을 그린 화가는, 한때 사랑스러웠던 소녀도 모두 때가 되면 흉한 몰골의 노파가 된다는 사실을 그 자리의 젊은 아가씨들에게 가르쳐 주고 있었는지도 몰랐다.

어쨌든 그렇게 휘황찬란한 빛을 발하는 행렬이 복도의 3분의 1쯤 되는 지점에 다다르자 다시 한 번 종소리가 울렸다. 종소리는 교회당 전체가 안개에 뒤덮이는 것처럼 그들을 뿌옇게 가려버렸다. 이번 종소리는 행렬 모두가 들었다. 그들은 동요했고 급기야 행진을 멈추었다. 그들은 몸을 움츠리며 서로에게 모여들었고 하객들 중 몇몇 부인은 가는 비명 소리를 내질렀으며 신사들 몇몇은 수군거리기 시작했다. 젊고 아름다운 들러리 아가씨들 사이에 서 있던 과부의 모습이 마치, 싱싱한 꽃봉오리들이 달려 있는 줄기 한가운데에 가장 오래되어 갈색으로 시든 장미꽃 한 송이가 바람에 위태롭게 흔들리는 느낌이었다고 한다. 하지만 신부는 용감했다. 처음에 신부는 그 종소리가 그녀의 심장 위에 곧장 떨어져 박히기라도 한듯 소스라치게 놀라며 당황했지만 곧 정신을 가다듬고 여전히 어수선한 행렬을 뒤로한 채 침착한 태도로 홀로 복도를 마저 걸어갔다. 종소리는 시체가 묘지로 향하는 걸음에 박자를 맞추듯 음울하고 규칙적으로 여전히 울려 퍼지고 있었다.

"어린 친구들이 약간 놀란 것 같네요."

과부는 미소를 지으며 성단 위의 목사에게 말했다.

"기쁜 종소리와 함께 거행된 결혼식들이 결국 불행히 끝나는 경우가 많은데 이런 특이한 징조를 보니 외려 더 큰 행복을 기대할 수 있을 것 같군요."

"부인, 이런 이상한 일을 당하고 보니 유명한 테일러 주교의 결혼식 설교가 떠오릅니다. 그 설교에서 그는 죽음이나 미래의 슬픔에 대해 여러 조언을 하셨지요. 주교의 말씀에 따르면, 신방에는 검은 장막을 드리우고 관을 덮을 때 쓰는 휘장을 잘라 결혼식 의상을 짓는다 하였습니다. 결혼식에서 슬픔의 요소를 넣는 것은 여러 나라에서 이미 오래된 관습이기도 하지요. 우리는 지금 울리는 이 조종 소리를 통해 슬픈 가르침을 받고 있는 것입니다."

목사는 이렇게 조종 소리에 대해 테일러 주교보다도 더 그럴싸한 교훈을 말하고 있었지만 동시에 자신의 보좌관을 시켜 종소리에 대해 조사하여 종을 멈추라고 따로 일러두었다.

잠시 침묵이 있었지만 하객들은 다시 속삭임을 시작했고, 참다가 새어 나오는 웃음소리들이 들려왔다. 사람들은 놀라움과 충격이 가시자 오히려 이 상황을 즐기고 있는 것만 같았다. 젊은이들이 늙은이들의 어리석음을 보는 태도는, 늙은이가 젊은이의 어리석음을 볼 때보다 훨씬 더 몰인정한 법이다. 과부는 교회의 창 쪽을 이리저리 살폈다. 이곳에 묻힌 자신의 첫 번째 남편의 무덤 위에 세운 낡은 대리석 묘비를 찾고 있는 듯했다. 그녀의 눈꺼풀이 흐릿한 두 눈동자 위로 힘없이 내리덮이면서 그녀의 생각은 어쩔 수 없이 또 다른 하나의 무덤으로 옮겨 갔다. 땅에 묻힌 두 남자가 어서 자신들 곁에 와 누우라며 이 과부의 귓가에 대고 소리치는 것만 같았다. 지금 결혼할 저 남자가 자신의 첫사랑이자 자신의 유일한 남편이었다면, 그래서 오랜 세월 동안 행복한 시간을 보내왔고 지금 그의 사랑으로 인도되어 무덤으로 걸어가는 길이었다면, 그래서 이 종소리가 자신의 장례식을 예고하는 것이라면 얼마나 큰 축복일까……. 그녀는 생각했다. 하지만 어째서 싸늘하게 죽은 전남편을 둘이나 둔 채 지금에서야 그에게 돌아올 수밖에 없었단 말인가!

죽음의 종소리는 여전히 비통하게 울려 퍼지고 있었으며 햇빛조차 하늘의 저 끝으로 사라져 버린 것 같았다. 신부 주위에 선 사람들이 입에서 입으로 전하는 속삭임들로 교회 전체가 웅성이고 있었다. 이제 신부는 성단 앞에서 자신의 새신랑을 기다렸다. 하지만 그녀가 상상이나 할 수 있었을까. 교회를 향해 다가오던 것은 죽은 사람을 싣고 묘지를 향해 가는 듯 천천히 움직이는 영구 마차였다. 그 마차는 곧 교회 앞에 도착했다. 교회 안의 사람들이 밖에서 나는 소리를 듣고 신랑을 맞이할 준비를 했다. 과부는 복도 쪽을 바라보다가 갑자기 자신의 비쩍 마른 손으로 옆에 있던 소녀의 팔을 세게 붙잡았다. 그 어리고 아름다운 아가씨가 소스라치게 놀라 몸을 떨었다.

"어머, 아주머니! 무슨 일이세요?"

소녀가 물었다.

"아니야, 아무것도 아니야. 순간 새신랑이 죽은 내 전남편 둘을 들러리로 세우고 교회 안으로 들어올 것만 같은 망상이 들어서."

과부가 소녀의 귀에 대고 속삭였다.

그때 소녀가 날카롭게 외쳤다.

"저기요, 저길 보세요! 이게 대체…… 장례식 행렬이에요!"

어두운 행렬이 교회 안으로 들어오고 있었다. 상주로 보이는 노인과 노파가 파리한 얼굴과 백발을 뺀 나머지 부분을 모두 새카만 옷으로 두른 채 교회 안으로 들어오고 있었다. 백발의 노인은 지팡이에 몸을 의지한 채 힘없는 한쪽 팔로 늙은 아내의 몸을 부축해 주었다. 그 뒤를 이어 다른 한 쌍의 노부부가 모습을 드러냈다. 첫 번째 부부처럼 늙고 어둡고 침통한 모습이었다. 그들은 마치 지금 막 무덤 속에서 나와 그녀에게 수의를 준비하라고 다그치거나, 자신들의 늙고 추레한 몰골을 들이밀며 그녀도 자신들과 다를 바 없다는 것을 인정하라고 협박하는 것 같았다. 그들이 좀 더 가까이 다가오자 과부는 그들이 누군지 알아보았다. 처녀 시절 과부는 그들과 함께 웃고 춤추며 많은 날들을 보냈던 것이다. 그런 그들이 이제는 늙고 지친 모습으로 나타나 자신의 손을 붙들며 지금 울리는 조종 소리에 맞추어 함께 죽음의 무도회장으로 가자고 말하는 것 같았다.

이 늙은 조문객들이 복도를 지나는 동안 자리를 꽉 메운 구경꾼들은 그동안 미처 보지 못했던 한 물체를 발견하고는 공포에 사로잡혔다. 많은 사람들이 그대로 얼굴을 돌려 버렸다. 어떤 이들은 놀라 몸이 굳고 눈동자의 움직임마저 멈춰 버렸으며 어떤 아가씨는 기가 막혀 깔깔 웃다가 미처 입가의 웃음기를 거두지도 못한 채 기절해 버렸다. 망령 같은 이 노부부들이 성단 가까이에 왔을 때 그들은 양쪽으로 나뉘어 천천히 다른 방향으로 걸어갔다. 그리고 그 한가운데에서 이 모든 음울한 분위기와 조종 소리와 장례 의식의 주인공인 듯한 형체가 모습을 드러냈다. 수의를 입은 채 서 있던 신랑이었다!

어떤 옷도 지금 그가 입고 있는 수의처럼 그에게 잘 어울릴 수는 없으리라. 그의 두 눈은 무덤가에 떠오른 등불처럼 빛났고 그 외 다른 부분들도 관 속에 누운 송장들이 지닌 엄숙함으로 굳어져 있었다. 그는 부동자세로 서서 위에서 무겁게 떨어지는 종소리를 받아 낸 목소리로 과부를 향해 이야기를 시작했다.

"나의 신부여, 상여는 준비되었소! 교회지기가 묘지 입구에서 우리들을 기다리고 있지. 자, 이제 식을 올립시다! 그리고 우리의 관 속으로 함께 들어갑시다!"

신부의 당혹감을 어떻게 표현할 수 있을까. 그때 그녀는 죽은 사람의 신부처럼 유령 같은 모습이었다. 신부를 따라온 젊은 들러리들은 조문객들과 수의를 걸친 신랑과 신부를 보고 몸을 떨며 뒤로 물러섰다. 이 장면은 마치 이 세상의 도금된 모든 허영이 늙음과 병약함과 슬픔과 죽음에 맞서기에는 너무나 헛된 노력이라는 것을 극단적으로 보여 주고 있는 것만 같았다.

공포로 뒤덮인 침묵을 깬 것은 목사였다. 목사는 위엄을 갖추었지만 다정한 말투로 말했다.

"엘렌우드 씨, 지금 당신은 정상이 아닙니다. 당신은 이런 특수한 상황으로 인해 그릇된 판단을 한 것입니다. 결혼식을 연기합시다. 오랜 친구로서의 부탁입니다. 일단 오늘은 집으로 돌아가시지요."

"집으로! 그거 좋지요. 하지만 신부와 함께 갈 것이외다!"

신랑이 공허한 음성으로 대답했다. 그리고 이렇게 덧붙였다.

"지금 내가 미친 것으로 보이시오? 만일 내가 늙은 이 몸에 수놓은 진홍색 비단옷을 두르고 왔더라면, 쪼그라든 내 입술을 억지로 벌리고 웃었더라면 그것이야말로 미친 것이겠지. 지금 이 자리에 있는 여러분에게 묻소이다. 지금 이 자리에 마땅한 예복을 입지 않고 온 이가 신랑입니까, 신부입니까?"

그는 유령 같은 걸음걸이로 과부의 옆에 다가가 섰다. 그가 입고 있는 지독히도 간소한 수의가, 아름답고 화려한 그녀의 옷과 극명하게 대조되었다. 이것을 바라보는 하객들은 그의 병적인 지성이 생각해 낸 비판적 교훈에 혀를 내둘렀다.

"잔인해! 잔인해요!"

충격과 실망에 빠진 신부가 울부짖었다.

"잔인해?"

그는 급격히 끓어오르는 분노로 인해 시체처럼 차갑게 가라앉아 있던 태도를 포기한 채 되물었다.

"우리 둘 중에 누가 더 잔인한지는 신이 심판하겠지! 젊은 시절 당신은 나의 희망과 목표를 앗아 갔어. 당신은 내 삶의 본질 자체를 날려 버렸지. 그리고 이 모든 것을 슬퍼할 현실조차 없는 꿈으로 만들어 버렸어. 나는 구석구석 차오르는 어둠 속을 지친 걸음으로 방황해야 했지! 당신은 사십 년이나 지난 지금에 와서야ー옛날에 내가 당신과 함께 꿈꾸던 그런 삶이 아닌 무덤을 파고들어 앉아 쉬고 싶은 지금에 와서야ー내게 돌아와 나를 이곳으로 불렀지. 그래, 당신의 부름에 내가 여기 왔소. 하지만 이미 그대의 전남편들이 그대의 젊음, 아름다움, 심장의 따스함 그리고 그 외 모든 것들을 실컷 즐기고 난 후지. 나를 위해 남겨진 것이라고는 당신의 쇠패(衰敗)와 죽음뿐인 게야! 그래서 나는 여기에 조문객들을 불러들이고, 교회 관리인에게 가장 슬프게 조종을 쳐 달라 부탁했고, 이렇게 수의를 입었지. 자, 우린 이제 무덤의 문 앞에서 두 손을 맞잡고 걸어 들어가기만 하면 되는 거라오!"

이 말에 어떻게 동의하지 않을 수 있겠는가. 신부의 마음을 움직인 것은 그의 광기도, 자신의 감성도 아니었다. 신부는 신랑이 주는 교훈에 동감했던 것이다. 그녀의 세속적 욕심은 이제 사라졌다. 신부는 신랑의 손을 잡았다. 그리고 이렇게 외쳤다.

"그래요! 이게 무덤의 문턱이라 할지라도 결혼해요! 이제 나의 삶은 허영과 공허에 채워진 채 떠나갔어요. 이렇게 마지막에 이르러서야 단 하나의 진실한 감정을 느끼네요. 이것이 내가 젊었을 때처럼 나를 다시 세우고, 나를 당신에게 걸맞은 사람으로 만들어 주었어요. 우리에겐 시간이 별로 없죠? 어서 영원을 위한 결혼식을 올려요!"

신랑은 그런 신부를 바라보았다. 그의 눈에 눈물이 차올랐다. 얼어붙은 주검의 가슴에 인간의 감정이 다시 차오르고 있었다. 그는 수의로 눈물을 훔쳤다. 그리고 이렇게 말했다.

"내 청춘의 연인이여……! 내가 모질었소. 한평생의 절망이 한꺼번에 몰려와 나를 돌게 만들더군. 용서하시오. 그리고 당신도 용서를 받구려. 그래, 우리는 지금 그렇게 그리던 아침의 행복한 꿈을 맛보지도 못한 채 저무는 해를 바라보게 되었지. 하지만 우리는 운명의 장난에 의해 한평생을 떨어져 지내다가 이렇게 삶이 끝나갈 무렵에라도 다시 만나지 않았소? 이제 그 어느 연인과 같이 이 성단 앞에서 손을 맞잡읍시다. 우리의 영원한 결혼에 비한다면야 시간이란 부질없는 것 아니겠소?"

많은 사람들의 눈물과 감동 속에 두 영혼의 결합은 이렇게 거행되었다. 늙은 조문객들의 행렬, 수의를 입은 백발의 신랑, 창백한 얼굴의 늙은 신부, 결혼식 축사를 덮을 정도의 조종 소리 등 이 모든 것은 온갖 세상의 희망을 묻어 버리는 장례의 상징들이었다. 하지만 결혼식이 진행되면서 처음에는 음산한 조종 소리와 뒤섞여 들리던 오르간 소리가 차츰 제 소리를 내며 더욱더 깊고 숭고한 음색이 되어 찬양을 연주하기 시작했다. 곧 이 끔찍했던 결혼식은 막바지에 이르렀고, 방금 영혼의 결혼식을 마친 신혼부부가 차가운 손을 맞잡은 채 물러갔다. 그리고 마침내 오르간이 연주하는 장엄한 승리의 축가가 조종 소리를 완전히 묻었다.

야망이 큰 손님

9월의 어느 날 밤, 한 가족이 벽난로 앞에 둘러앉아 여러 땔감-계곡으로부터 내려온 나뭇가지들과 마른 솔방울들, 절벽 아래로 무너져 내린 큰 나무에게서 쪼개져 나온 잔가지들-을 난로에 넣고 불을 지피고 있었다. 장작불은 굴뚝 위로 연기를 내뿜으며 따뜻하고 환하게 타올랐다. 아버지와 어머니의 얼굴은 평온했으며 아이들의 얼굴엔 해맑은 즐거움이 가득했다. 큰딸은 열일곱 소녀의 행복을, 가장 따뜻한 곳에서 뜨개질을 하는 노모는 완숙한 여인의 행복을 그렸다. 그들은 평화로운 삶을 살았지만 사실 그들이 살고 있는 곳은 뉴잉글랜드 지역에서도 가장 황량한 곳이었다. 그들의 집은 화이트 힐즈의 노치 골짜기에 위치하고 있었는데 겨울이면 사코 계곡 방향으로 향하는 혹독한 바람이 그곳에 도달하기 전 매섭게 휘몰아치는 그런 곳이었다. 그들이 사는 곳은 춥기도 했지만 위험한 곳이기도 했다. 집 바로 뒤에는 가파른 산이 솟아 있는데, 그 골짜기의 바위들이 집 가까이까지 굴러떨어지는 일이 잦았기 때문이다. 그럴 때마다 한밤중 깊은 잠에 빠졌던 가족들은 놀라 깨기 일쑤였다.

딸이 어떤 재미있는 농담을 해 모두 즐겁게 웃음을 터뜨린 때였는데, 골짜기를 지나던 바람이 집 앞에 멈춰 서서는 울음 같기도 하고 탄식 같기도 한 소리를 내며 대문을 한 차례 흔들고 지나갔다. 평소에도 늘 겪는 일이었지만 어쨌든 이 바람 소리 때문에 평화로웠던 가족 사이에 잠깐 정적이 흘렀다. 하지만 그들은 곧 다시 마음의 평온을 되찾았다. 그때 누군가 대문의 빗장을 들어 올렸다. 바람 소리 때문에 그가 다가오는 발소리를 듣지 못했던 것이다. 어쩌면 그 바람 소리는 이 사람이 오는 것을 대신 알려 주고자 했는지도 모르겠다.

그들이 사는 환경은 상당이 고립되어 있었지만 그들은 항상 세상 소식을 들으며 살았다. 화이트 힐즈 골짜기의 산길은 한쪽의 메인 주와 다른 한쪽의 그린 산맥과 세인트 로렌스 해안을 잇고 있는 대동맥과도 같은 길이었던 것이다. 집 앞이 바로 역마차 정거장이었기 때문에 나그네들이 골짜기를 건너면서 머물다 가기도 했다. 짐마차 운전수들이 포틀랜드의 시장으로 가는 길에 이 집에서 하룻밤을 묵는 일도 흔했다. 그중 결혼을 하지 않은 젊은이들은 조금 더 오래 머물며 이 시골 아가씨와 키스를 나누기도 했다. 그러니까 이 집은, 손님들이 음식과 잠자리에 대한 돈을 지불하고 따뜻한 환영과 너그러운 친절을 받으며 하룻밤을 묵어갈 수 있는 여관 같은 곳이었다.

발소리가 대문을 가로질러 현관문까지 오는 동안 노모를 비롯한 온 가족이 자신과 운명을 함께할 이 사람을 맞이하려고 모두 일어선 것은 어쩌면 당연한 일이었다. 문을 열고 모습을 드러낸 것은 한 젊은이였다. 처음 그의 표정은, 지는 해를 보내며 홀로 거칠고 황량한 길을 뚫고 걸어온 사람들이 으레 그렇듯 지치고 우울했지만 가족들의 환영에 금세 밝아졌다. 젊은이는 앞치마로 자신의 의자를 닦아 주는 할머니와 자신에게 팔을 뻗어 매달리는 어린아이를 보며 기쁨과 안도감으로 뒤범벅되었다. 젊은이가 큰딸을 향해 눈인사를 한 것으로 그 둘은 이미 서로에게 반했는지도 모르겠다.

"이야, 벽난로야말로 제게 가장 필요했던 겁니다! 사람들이 둘러앉아 따뜻한 시간을 보내기에 안성맞춤이지요! 노치의 이 골짜기가 거대한 한 쌍의 풀무통 같아 고생이 말도 못했습니다. 발레트에서부터 칼바람을 정면으로 맞으며 걸어왔습니다."

젊은이가 큰 소리로 말했다.

"그럼 버몬트 쪽으로 가시는 게요?"

젊은이가 어깨에서 배낭을 내리는 것을 거들며 주인이 물었다.

"예, 벌링턴까지 갑니다. 그리고 더 멀리도 갈 계획이 있고요."

젊은이가 대답했다.

"오늘 밤에 에단크로포드까지는 가려고 했는데 길이 워낙 험해 조금 지체되었습니다. 하지만 따뜻한 불과 이렇게 좋으신 분들이 마치 저를 기다리고 계셨다는 듯 반겨 주시니 외려 잘됐단 생각이 듭니다."

이렇게 말하며 이 성격 좋은 젊은이는 불 가까이로 의자를 끌어당겼는데, 순간 무언가 무거운 것이 우르르 구르는 소리가 들렸다. 이 소리는 가파른 산자락을 따라 빠르게 내달리다가 훌쩍 공중을 뛰기도 하였다가 결국 반대편 절벽에 부딪혀 멈추었다. 이것이 무슨 소리인지 아는 가족들은 숨을 죽였다. 그리고 이 손님 또한 본능적으로 숨을 죽였다.

"늙은 산이 자신을 잊지 말라며 자꾸만 우리에게 돌을 던진다오."

주인이 숨을 풀어 놓으며 말했다.

"때때로 머리를 흔들며 아주 내려오겠다고 위협을 가할 때도 있지요. 하지만 이제 우린 아주 오래된 이웃이라오. 여태껏 그래도 좋은 관계를 유지했지만 굳이 내려오겠다고 할 경우를 대비해 가까운 곳에 안전한 대피소도 만들어 놓았으니 너무 걱정하진 마시오."

이제 우리는 이 손님이 곰 고기로 저녁 식사를 마치고 특유의 친화력으로 가족 모두와 친해져 마치 자신도 처음부터 그곳 사람이었던 것마냥 즐겁고 편하게 이야기를 나누는 모습을 상상해 보자. 그는 당당하면서도 다정한 젊은이였다. 권력이 있는 높은 이들 앞에서는 거만하고 말수를 줄였지만, 외려 낮은 집 앞에서는 머리를 숙였고 가난한 사람들과는 자신의 부모나 형제처럼 스스럼없이 어울렸다. 그는 이곳 노치 사람들에게서 따뜻하고 소박한 감정들, 뉴잉글랜드 사람 특유의 지성 그리고 낭만적인 따스함을 느낄 수 있었다. 그는 지금까지 많은 곳을 홀로 여행해 왔다. 사실 그의 삶 자체가 혼자만의 고독한 여행인 셈이었다. 그의 높은 이상이 그를 사람들로부터 멀어지게 했을 수도 있다. 어쩌면 이 가족과 그런 면에서 닮았는지 모르겠다. 그들 역시 친절하고 따뜻한 사람이었지만 이곳에서 자신들만의 장소를 유지하며 세상으로부터 고립되어 있었기 때문이다. 하지만 이날 밤만큼은 젊은이도 이미 예언된 것처럼 어떤 인연과도 같은 느낌으로 인해 이 소박한 산골 사람들에게 자신의 마음을 모두 털어놓았고, 가족 역시 그에게 크나큰 정을 느끼며 그의 이야기를 들었다. 그래, 그래야만 했을 것이다. 혈육을 제외하고 그들처럼 이렇게 하나의 운명을 나눠 가진 사람들이 또 있겠는가?

이 젊은이의 비밀은 그의 높고 추상적인 야망에 있었다. 그는 남의 눈에 띄지 않는 삶을 사는 것은 견딜 수 있지만 죽고 난 후에 완전히 잊혀져 버리는 삶은 원치 않는다고 했다. 그의 이런 강한 욕망은 희망으로 자라났으며 이 희망은 확신이 되었다. 다시 말해 그는 지금처럼 떠돌며 여행을 하고 있는 처지였지만 이 여행을 통해 영광의 빛을 얻으리라 확신하고 있는 사람이었다. 후세의 사람들이 과거를 돌아볼 때, 하찮은 영광들은 이미 사라져 있을 때 더욱 찬란히 빛나는 자취를 남기리라는, 뭐 그런 확신 같은 것 말이다.

"하지만 아직까지는 아무것도 한 일이 없지요. 만일 내일 당장 제가 이 세상에서 사라진다면 여러분만이 저를 기억하시겠지요. '한 이름 모를 청년이 해질녘 사코 계곡에서 나타나 이런저런 이야기를 늘어놓다 다음 날 화이트 힐즈 골짜기를 지나 사라져 갔다.' 정도? '그는 누구였나요?', '그는 어디로 갔죠?' 등의 질문을 하는 사람도 없을 거예요. 그러니 저는 제 운명을 이룰 때까지는 죽을 수가 없습니다. 죽음은 그 후에나 오라고 하세요! 저는 기념비적인 인물이 되고야 말 겁니다!"

가족들은 이 젊은이의 추상적 몽상에서 흘러나오는 듯한 감정과 교감했다. 비록 그들 자신들이 한 번도 생각해 보지 않았던 일이지만 그들은 그 젊은이를 이해할 수 있었다. 젊은이는 마음속 깊이 간직하고 있던 자신의 열정을 털어놓았다는 것에 민망해져서 얼굴을 붉혔다.

"하하, 절 비웃으시겠죠. 마치 오직 사람들의 시선을 끌기 위해 워싱턴 산의 정상에 올라갔다가 얼어 죽는 경우처럼 제 야망이 헛되다고 생각하시겠죠. 하지만 그런 것이야말로 인간이 이뤄야 할 진정한 업적 아닐까요?"

그는 그 집의 큰딸의 손을 잡고 웃으며 말했다.

"아무도 우릴 알아주지 않더라도 그저 여기 이렇게 난롯가에 앉아서 편안한 시간을 보낸다면 그쪽이 더 좋지 않을까요."

큰딸이 얼굴을 붉히며 말했다.

"저 젊은이가 하는 말은 참 멋진 말이야. 만약 나도 저 젊은이처럼 야망이 넘치는 사내였다면 분명 그런 생각을 했겠지. 여보, 이상하군. 저 젊은이의 말을 들으면서 도저히 실현 가능성이 없는 것들이 떠올랐어."

"왜 실현 가능성이 없어요? 남자들은 항상 부인이 죽으면 자신은 뭘 할까에 대해 생각한다면서요?"

아내가 대답했다.

"아니, 그런 거 말고"

그는 다정하지만 나무라는 듯한 말투로 아내에게 말했다.

"에스더, 나는 당신의 죽음과 내 죽음을 떼어 놓고 생각해 본 적이 없소. 그런 것 말고 나는 좋은 농장을 하나 갖고 싶었지. 바틀렛이나 베스레헴이나 리틀턴, 거기도 아니면 화이트 산맥 주변 어디에라도 말이야. 언제 산사태가 날지 모르는 위험한 곳만 아니라면 어디든 좋겠지. 나는 이웃들과 더불어 살고 싶었어. 이웃 사람들의 존경을 받으면 더 좋고. 그래, 주 의원 같은 것도 한 번쯤 해 보고 싶었어. 나만큼 정직하고 성실한 사람이라면 주 의회에서 일할 자격이 충분히 되지 않겠소? 그런 세월들을 보내다가 나와 당신이 어느 정도 늙었을 때 당신 곁에서 행복한 죽음을 맞이하고 싶다고 바랐었지. 당신은 나를 보내는 것에 대해 슬퍼하며 눈물을 흘리고 있겠지? 대리석이나 화강암 같은 것으로 묘비를 만들고 내 이름과 나이와 찬송가의 한 구절을 새겨 넣는 것이오. 정직하게 살다가 믿음을 주고 떠났다는 말 또한 빼먹어선 안 되겠지."

"바로 그겁니다, 어르신!"

젊은이가 외쳤다.

"화강암이건 대리석이건 사람들의 마음속에 어떻게 남았건, 우리 인간은 본능적으로 어떤 기념비 같은 것을 바라는 겁니다!"

"오늘 밤은 어쩐지 이상하네. 마음이 이렇게 붕 뜨면 어떤 징조라고 사람들이 그러던데. 아, 아이들도 뭔가 이야기하고 있어요."

눈물을 글썽이던 아내가 말했다.

모두들 고개를 들고 귀를 기울였다. 저쪽 방에서는 어린아이들이 잠자리에 누워 있었는데, 문이 살짝 열려 있어서 그들이 소곤거리는 소리가 새어 나왔다. 아마도 아이들은 난롯가의 어른들이 하는 이야기를 들었던 것 같다. 아이들 또한 어른이 되면 무엇을 할 것인가에 대해 소곤거리고 있었다. 어린아이들답게 매우 막연하거나 이상적인, 그런 희망들에 대해 이야기했다. 그때 가장 어린 아이가 형이나 누나에게 말하지 않고 거실의 엄마를 향해 큰 소리로 외쳤다.

"엄마, 저는 뭘 하고 싶게요? 저는 우리 식구 모두랑 저 아저씨랑 지금 당장 플륨 분지의 개울가로 가서 물을 마시고 싶어요!"

이렇게 따뜻한 집을 떠나 산골 깊숙이 자리한 플륨 분지까지 간다니. 어른들은 어린아이의 엉뚱한 생각에 웃음을 터뜨리고 말았다.

그런데 아이의 말이 끝나자마자 마차가 다가오는 소리가 들렸다. 마차의 털컹거리는 소리는 그들의 문 앞에서 멈추었다. 안에는 두세 명 정도 타고 있는 듯했는데 그들은 서툰 솜씨로 노래를 부르고 있었다. 아마 마음을 달래기 위함이었을 것이다. 그들의 노랫소리는 절벽 사이에서 끊어졌다 이어지기를 반복하며 메아리쳐 울려 퍼지고 있었다. 그들은 지금 길을 계속 가야 하는지 여기서 하룻밤을 묵어야 하는지 의논하는 듯했다.

"아버지, 사람들이 아버지를 부르는데요."

큰딸이 말했다.

주인은 정말 자신을 부르는 건지도 확실치 않은 데다 돈벌이를 바라는 속물적인 여관 주인처럼 구는 것도 싫었기에 천천히 몸을 일으켰다. 그런데 그사이 채찍을 휘두르는 소리가 들렸고, 사람들의 노랫소리는 골짜기를 따라 멀어져 갔다. 그들의 노래와 웃음소리의 메아리만이 산속 깊은 곳에 남아 음울하게 울려 퍼졌다.

"거봐요, 엄마! 저 사람들이 우릴 플륨까지 태워다 줄 수 있었을 텐데!"

밤마실을 나가고 싶어 투정을 부리는 막내아들 덕분에 그들은 다시 한 번 즐겁게 웃었다. 하지만 큰딸의 마음에는 어떤 무거움이 내려앉고 있었다. 그녀는 심각한 표정으로 화로 속을 바라보다 결국 긴 한숨을 토해 냈다. 저도 모르게 내뱉은 한숨이어서 그녀는 얼굴을 붉혔다. 그리고 자신의 마음을 들키는 것이 두려워 주위를 살폈다.

젊은이가 무슨 생각을 했기에 그러느냐 물었고, 소녀는 수줍게 웃으며 이렇게 대답했다.

"아무것도 아녜요. 그저 조금 외로웠나 봐요."

"나는 사람들 마음을 느낄 수 있는 독심술 같은 게 있어요."

그가 사뭇 진지하게 운을 뗐다.

"아가씨의 비밀이 뭔지 말해 볼까요? 젊은 아가씨가 따뜻한 난롯가에 앉아서 어머니 곁에서 외롭다고 말한다면 그게 무엇을 뜻하는 것일까요? 제가 이 느낌을 말로 정의할 수 있을 것 같은데요?"

그가 말했다.

"말로 할 수 있는 거라면 그건 이미 느낌이 아니지 않나요?"

산속의 요정 같은 그녀는 그의 눈을 피하며 수줍게 되물었다.

그들만의 대화였다. 사랑의 싹이 솟아나고 있는 것이리라. 하지만 그 싹은 너무나 순수해 이 세상에서는 온전히 자랄 수 없고 천국에서만 틀 수 있는 그런 싹이었던 것이리라. 여자들은 다정하고도 진지한 청년들을 좋아한다. 자존심이 강하고 능력이 있는 데다 친절하기까지 한 남자는 소박한 아가씨들을 좋아하기 마련이다. 하지만 거기까지였다. 이 두 남녀가 다정한 대화를 속삭이는 사이, 젊은이가 아가씨의 행복한 슬픔과 밝은 그림자와 간절한 소망을 지켜보는 사이, 바람은 노치를 떠나지 못하고 점점 더 깊게 그리고 더 음울하게 불었다.

상상력이 풍부했던 젊은이는 이 바람 소리가 마치 옛날 옛적 이곳에 살던 인디언들이 지박령이 되어 이곳은 자신들의 땅이라고 울부짖는 소리라고 느꼈다. 굽이굽이 산길을 따라 장례 행렬이 지나는 것처럼 바람의 울음소리가 그치지 않았다. 가족들은 이런 음산함을 조금이라도 지우기 위해 장작을 더 많이 뗐다. 소나무 가지의 마른 솔잎들이 타닥타닥 타오르는 소리를 들으며 그들은 평온과 행복을 되찾았다. 불빛은 그들의 주위를 감싸고 따뜻하게 지켜 주었다. 저쪽 방의 아이들은 침대 위에 누운 채 문틈 사이로 거실을 내다보고 있었고, 이쪽 거실에는 건장한 체구의 아버지, 차분하고 사려 깊은 어머니, 위풍당당한 젊은이, 이제 막 피어나려는 꽃봉오리 같은 소녀 그리고 가장 따뜻한 곳에 자리 잡고 앉아 여전히 뜨개질을 하는 어진 할머니가 있었다.

"늙은 사람들도 젊은 사람들처럼 그런 바람들이 있지. 너희들이 생각하고 바라는 것들을 듣고 있으니 내 마음까지 들뜨는구

나. 이제 무덤까지의 거리가 한두 발짝 정도밖에 남지 않은 나지만 나도 바라는 게 있단다."

할머니가 뜨개질을 잠시 멈추고 얼굴을 들어 말했다.

"어머니, 그게 뭐예요?"

남편과 아내가 물었다.

할머니는 신비스런 표정을 지어 보였다. 사람들은 이야기가 궁금해져 난롯가로 더 가까이 모여들었다. 할머니는 자신이 이미 여러 해 전 수의를 준비해 놓았고 좋은 아마천 옷에 무명 주름 깃을 단 모자도 준비했다고 했다. 결혼식을 제외한다면 이제껏 그녀가 입었던 그 어떤 옷보다 더 좋은 것이라고 덧붙였다. 그런데 오늘 이상하게도 할머니는 자신이 처녀 적에 들었던 오랜 미신 하나가 자꾸 머릿속을 맴돈다고 말했다. 사람이 죽었을 때 무언가가 조금이라도 흐트러져 있으면, 예를 들어 주름 깃이 똑바로 안 펴졌다든가 모자가 제대로 안 씌워졌다든가 하면 이 시신은 흙 밑의 관 속에서 싸늘한 손을 이리저리 뻗으며 옷매무새를 가다듬으려고 애쓴다는 것이다. 할머니는 이런 게 자꾸 생각이 나 소름이 돋는다고 했다.

"할머니, 왜 그런 말씀을 하세요!"

큰딸이 몸을 떨며 소리쳤다.

그러더니 할머니는 이상하리만큼 진지한 태도로 오묘한 미소를 지으며 말을 이었다.

"너희들 중 누구라도 좋으니 내가 수의를 차려입고 관 속에 누웠을 때 내 얼굴 위로 거울을 들고 비춰 주기를 바란다. 내가 꼭 확인하고 싶어질 것만 같구나."

"늙은 사람이건 젊은 사람이건 우리는 모두 무덤과 기념비 같은 걸 생각하나 봅니다. 저는 난파당해 죽는 뱃사람들이 궁금해요. 난데없이 배가 가라앉아 아무도 모르게, 흔적도 남기지 못하고, 그것도 단체로, 바다에 빠져 죽는 느낌은 어떤 걸까요? 그 광활하고 이름도 없는 무덤이라니!"

가족들은 할머니가 꺼낸 이 미신 이야기에 푹 빠져들어 바람의 으르렁거리는 울음이 더 깊고 거칠어지는 것을 감지하지 못했다. 바람은 최후의 나팔을 불기라도 하는 듯 땅 전체를 흔들고 있었다. 이윽고 집 전체가 흔들리기 시작했다. 젊은 사람들과 늙은 사람들이 눈빛을 교환했다. 그리고 공포에 질려 얼어붙어 버렸다. 다음 순간 그들은 동시에 비명을 내질렀다.

"산사태다! 산사태다!"

이 짧은 단어로 그들이 겪은 참사와 공포를 다 설명할 수는 없으리라. 희생자들은 집에서 뛰쳐나와 이런 비상시를 대비해 지어 놓은 대피소로 뛰어 들어갔다. 하지만 이 일을 어찌하리! 그들은 안전한 피난처를 제 발로 뛰쳐나와 파멸의 길로 뛰어든 것이다. 산이 무너지며 돌과 흙이 폭포수처럼 쏟아져 내렸는데, 그 폭포 줄기가 집에 도달하기 바로 직전에 두 갈래로 갈라지며 집의 창문 하나 건드리지 않은 채 집의 양쪽을 덮쳐 버렸다. 이 끔찍했던 산사태의 천둥소리가 잦아들기 훨씬 전에 그리고 이 소리가 산의 골짜기 골짜기마다 메아리쳐 울리기도 훨씬 전에, 희생자들은 이미 순간의 고통을 마치고 평온한 상태가 되어 있었다. 그들의 시신은 발견되지 못했다.

다음 날 아침이 되었다. 약한 연기가 집의 굴뚝으로부터 나와 산 중턱까지 피어올랐고 난로에서는 아직도 불씨가 남아 집 안이 따뜻했다. 난롯가에 빙 둘러 있던 의자 역시 그대로였다. 그 모습은 꼭 집 안의 사람들이 지금 산사태의 참상을 보러 나갔으며, 그들은 기적처럼 이 참사에서 살아남은 것에 대해 신께 감사의 기도를 드린 후 곧 돌아올 것만 같은 그런 풍경이었다.

가족들은 모두 유품이 있었기에 훗날 이곳을 찾은 그들의 친척과 지인들이 이 유품을 바라보며 눈물을 떨구었다. 세상 사람들 모두가 그들의 이름을 알게 되었다. 이 산사태의 이야기는 전 세계 방방곡곡으로 퍼져 나갔고, 이 산의 영원한 전설로 남아 사람들에게 대대로 전해졌다. 시인들은 그들의 슬픈 운명에 대한 시를 노래했다. 어떤 사람들은 정황상 가족들 말고 또 한 명의 나그네가 이 집에 묵다가 함께 참사를 당했을 거라고 이야기했다. 그렇지 않을 거라고 말하는 사람들도 있었다. 오, 지상에서 영원히 이름이 남기를 꿈꾸던 고매한 정신의 청춘이여! 당신의 존재는 영원한 미상으로 남아 버렸습니다. 당신의 삶, 당신의 계획은 영원한 수수께끼가 되어 버렸습니다. 심지어 그 누구도 당신의 생사를 알 수 없습니다. 당신이 겪었던 그 죽음의 고통은 대체 누구의 몫이었단 말입니까?

목사의 검은 베일
-비유담

교회지기는 밀포드 교회 현관에 서서 종의 끈을 열심히 잡아 당겨 내렸다. 등이 굽은 마을 노인들이 느릿느릿 교회를 향해 걸 어오고 있었다. 아이들은 해맑은 표정으로 부모 곁에서 깡충거 리며 뛰어오거나, 주일에 입는 멋진 옷을 차려입고 어른들을 따 라 의젓한 걸음걸이를 흉내 내며 걷기도 했다. 멋진 청년들은 예 쁜 자매들을 곁눈질하며 안식일 햇빛 때문인지 다른 날보다 더 예쁘다고 생각하기도 했다. 이렇게 대부분의 사람이 교회 안으 로 들어가자 교회지기는 후퍼 목사의 집 대문을 응시하며 종을 치기 시작했다. 목사가 모습을 드러내면 종을 멈출 것이다.

"아니, 후퍼 목사님이 대체 얼굴에 뭘 쓰고 계신 거지?"

교회지기는 깜짝 놀라 외쳤다. 이 말에 주변에 있던 사람들도 몸을 돌려 목사 집 쪽을 바라보았다. 목사 '같은' 사람이 생각에 잠긴 채 교회를 향해 천천히 걸어오고 있었다. 사람들은 모두 놀라 말문을 잃었다. 낯선 자가 자신이 후퍼라며 설교대에 대신 들어섰어도 이보다 더 놀라지는 않았을 것이다.

"저분이 우리 목사님 맞아요?"

그레이 씨가 교회지기에게 물었다.

"물론 그렇습니다. 웨스트버리의 슈트 목사님이 오늘 설교를 하시기로 했지만, 슈트 목사님이 갑자기 장례식 설교 때문에 못 오게 되었다고 어제 연락을 받았는걸요."

교회지기의 대답이었다.

사람들이 놀란 이유는 아주 작은 것 때문이었다. 후퍼 목사는 30대의 신사였다. 총각이지만 마치 꼼꼼한 아내가 밴드에 풀을 먹이는 등 목사복을 일주일 내내 손질한 것 같이 늘 깔끔했다. 하지만 이날은 달랐다. 후퍼 목사는 이상한 검은 베일을 쓰고 있었다. 그 베일은 이마 위에 둘러져서 얼굴 위로 낮게 내려진 채 그의 숨결에 따라 흔들렸다. 좀 더 자세히 보면 이 베일은 목사의 입과 턱을 제외한 얼굴의 모든 부분을 가린 두 겹의 천으로 이루어져 있었다. 베일의 천은 목사의 시야를 완전히 가리지 않겠지만 세상 모든 것들에 어두운 빛을 드리우고 있을 터였다. 이 짙은 베일 너머로 후퍼 목사는 깊은 생각에 잠긴 사람들이 그렇듯 몸을 약간 구부린 채 발 위를 내려다보며 천천히 그리고 조용히 걸어오고 있었다. 그는 여느 때처럼 교회당 계단 앞에 서 있던 신도들에게 목례했지만 놀란 사람들은 미처 답례하지 못했다.

"저 크레이프(*얇고 부드러운 천.) 뒤에 있는 사람이 우리 후퍼 목사님 맞나?"

교회지기가 말했다.

"얼굴을 가리니 흉측하기 그지없네."

한 노파가 절뚝이는 걸음걸이로 예배당으로 들어가며 말했다.

"목사님이 미치신 것 같군!"

그레이 씨도 후퍼 씨 뒤로 교회 문턱을 넘으며 외쳤다.

후퍼 목사가 교회 안으로 들어가기도 전에 이런 이야기가 모두 퍼져 이미 사람들이 술렁였다. 거의 대부분의 사람들이 문 쪽을 향해 얼굴을 돌리고 있었고 어떤 사람들은 아예 일어서서 문 쪽을 정면으로 바라보았다. 어린아이들은 의자 위로 올라갔다 내려오며 소란을 피워 댔다. 목사가 입장할 때 으레 있어야 할 정적 대신 여자들의 옷 스치는 소리와 남자들의 발소리, 사람들의 웅성거리는 소리가 예배당에 꽉 차 있었다. 하지만 후퍼 목사는 이런 술렁임을 인지하지 못한 사람처럼 조용한 발걸음으로 예배당 안으로 들어서서 양쪽의 신도석을 향해 가벼운 목례를 했고, 복도 중앙 안락의자에 앉은 백발의 고령 신도의 곁을 지날 때는 머리 숙여 인사를 했다.

이 노인이 목사의 뭔가 이상한 모습을 천천히 알아차리는 광경은 매우 인상적이었다. 그는 목사가 계단을 올라 연단에 서서 검은 베일을 여전히 두른 채 회중을 바라보며 설 때까지 예배당의 동요를 알아차리지 못했던 것이다. 예배하는 동안 내내 목사와 회중 사이의 그 기묘한 물건은 한 번도 걷히지 않았다. 목사가 찬송가를 부를 때는 그의 숨을 따라 박자에 맞추어 흔들렸고, 성경을 통독할 때는 그와 성스러운 말씀 사이에 장벽을 쳤으며, 그가 고개를 들고 기도할 때에도 여전히 그 베일은 얼굴 위에 무겁게 내려앉아 있었다. 그가 경외하는 대상에게서 얼굴을 감추기라도 해야만 했던 것일까?

이 한 조각의 크레이프 천은 신도들에게 큰 영향을 끼쳤다. 마음 약한 여자 몇몇이 예배 도중에 자리를 떴을 정도로 말이다. 하지만 아마도 검은 베일 때문에 겁에 질린 교인들의 모습 역시 목사를 겁먹게 했을지도 모르겠다.

후퍼 씨는 목회자로서 명성이 높았다. 하지만 정열적이고 화려한 언사로 무장한 목회를 하는 쪽은 아니었고, 차분하고 조용하게 설득하는 목회자였다. 오늘의 설교 또한 그의 평소 스타일과 매너에 따라 진행되었는데, 이상한 것은 오늘의 설교는 그동안 목사가 해 왔던 그 어떤 설교보다 강력한 호소력을 지녔다는 것이다. 오늘의 설교 내용은 숨겨진 죄와, 전지전능하신 하느님이 다 알아낼 수 있다는 사실조차 잊은 채 가장 가까운 사람들에게까지 숨기고 심지어 우리 스스로에게까지 감춰 왔던 슬픈 죄의 본질에 관한 것이었다. 낯선 음울함과 후퍼 목사 특유의 온화함이 합쳐진 기이한 설교였다.

그의 말에는 이상한 힘이 있었다. 가장 순진한 소녀와 굳은 가슴의 남자까지, 오늘 예배에 모인 사람들은 마치 목사가 그 무서운 베일을 걸친 채 다가와 자신들의 행동과 생각 깊은 곳에 숨겨진 악함을 발각해 낼 것만 같은 두려움을 느꼈다. 사람들은 후퍼 목사의 말 한 마디 한 마디에 예상치 못했던 격한 감정과 두려움이 함께 몰려와 두 손을 꼭 쥐고 가슴팍에 손을 얹은 채 몸을 떨었다. 사람들은 이런 목사의 예상치 못했던 모습과 기묘한 두려움을 불러일으키는 설교를 들으며 바람이라도 한번 불어와 그 베일을 젖히고 목사의 얼굴을 확인시켜 주길 바랐다. 전체적인 형체와 몸동작과 목소리는 분명 후퍼 목사의 것이었지만, 사람들은 저 베일 뒤에 숨어 있는 것이 분명 다른 사람일 거라고 믿고 싶었다.

예배가 끝났다. 자신들의 눈앞에서 검은 베일이 사라지자 사람들은 마음이 한결 편안해졌다. 사람들은 오늘 이 기이했던 예배에 대해 말하기 위해 정신없이 서둘러 예배당을 빠져나갔다. 둥그렇게 모여 서서 수군거리기도 했고, 깊은 생각에 잠겨 조용히 집으로 돌아가는 사람들도 있었다. 어떤 사람은 큰 소리로 비웃으며 주일예배 자체를 비판하기도 했다. 어떤 사람들은 마치 이 비밀을 알 것 같기도 하다는 듯 머리를 내저으며 돌아가기도 했다. 한두 사람은 별로 이상할 것 없다고 했는데, 후퍼 목사가 밤에 어두운 불빛 아래에서 책을 보느라 시력이 약해진 나머지 햇빛을 차단하기 위해 썼을 뿐이라는 것이었다.

잠시 후 교인들 뒤로 후퍼 목사도 예배당 밖으로 나왔다. 그는 여전히 베일로 얼굴을 가린 채 이리저리 돌아다니며 나이 지긋한 노인들에게는 깍듯한 예를 표했고, 장년층들에게는 친구이자 영혼의 조언자로서 친절하면서도 위엄을 갖춘 인사를 보냈다. 청년들에게는 위엄과 애정을 동시에 갖추어 인사했으며 어린아이들에게는 머리를 쓰다듬어 주며 그들을 축복했다. 그는 여느 안식일과 똑같이 행동했지만 오늘만큼은 사람들이 그런 그를 불편해 했다. 오늘은 목사 옆에서 함께 걸으며 조금이라도 더 많은 이야기를 나누고 싶어 하는 사람도 없었다. 후퍼 목사가 이 교회에 취임한 이후로 매주 안식일 저녁에 목사를 집으로 초대해 식사를 대접했던 손더스 영감도 오늘만큼은 그 일을 잊은 듯했다. 식사에 초대받지 않은 목사는 조용히 목사관으로 돌아갔다. 그는 문을 닫은 후 여전히 수군거리며 자신을 바라보는 사람들을 돌아보았다. 검은 베일 아래로 슬픈 미소가 희미하게 떠올랐다가 사라지고 그 자리에 떨림이 일었다.

"정말 이상하군요. 여성의 모자 위에 달리면 아무렇지도 않을 검은 베일 하나가 후퍼 목사님 얼굴에 덮이니 저토록 끔찍하게 보이다니요."

한 여인이 말했다.

"목사님이 정신적으로 무슨 문제가 있으신 건가? 하지만 정말 이상한 건 이런 기이한 행동이 나처럼 정신 멀쩡한 사람에게도 영향을 끼쳤다는 사실이야. 그저 목사님이 얼굴을 가렸을 뿐인데 그 베일은 목사님 몸 전체에 이상한 기운을 퍼뜨리고 목사님 자체를 유령처럼 보이게끔 만들었어. 그렇지 않소?"

그녀의 남편이 말했다.

"맞아요. 절대로 목사님과 단둘이서는 못 있을 것 같아요. 아마 목사님이라도 자기 자신과 둘이 있으려면 무서울걸요."

"그런데 사람들은 때로 그런 감정을 느끼기도 하지……."

오후 예배에서도 상황은 비슷했다. 예배가 끝나고 한 처녀의 장례식이 있었기에 곧 장례식을 알리는 종이 울렸다. 죽은 이의 친척과 친구들은 집 안에 모여 있었고 먼 친척들은 문 근처에서 죽은 사람에 대해 이야기를 나누었다. 그런 그들의 이야기가 여전히 검은 베일을 쓰고 있는 후퍼 목사의 등장으로 중단되었다. 검은 베일은 이런 자리에 꽤나 잘 어울리는 상징이었다. 후퍼 목사는 시체가 안치되어 있는 방으로 들어갔다. 그리고 이제 하느님의 품으로 돌아간 자신의 신도에게 마지막 작별을 고하기 위해 관 위로 몸을 숙였다. 그런데 몸을 숙이느라 베일이 이마에서부터 아래로 수직을 이루며 드리워졌다. 아마 죽은 처녀의 눈이 그렇게 영원히 닫혀 있지만 않았더라면 그녀는 목사의 얼굴을 볼 수 있었으리라. 후퍼 목사는 서둘러 검은 베일을 붙들어 다시 얼굴을 가렸다. 망자의 눈길이 두려웠던 것일까? 죽은 자와 산 자의 짧은 찰나를 목격한 사람은, 목사의 얼굴이 드러나던 그 순간 시체가 몸을 떨었고 수의와 모자가 바스락거렸다고 증언했다. 하지만 이 목격자는 평소 미신을 잘 믿는 노파였고 유일한 목격자이기도 했다.

후퍼 목사는 관이 있는 방에서 나와 계단을 올라갔다. 조객들이 모여 있는 방으로 가서 장례 기도를 하기 위함이었다. 슬프지만 따뜻했던 그의 기도는 천국을 향한 희망으로 가득 차서, 마치 천국의 사람들이 연주하는 하프의 선율이 희미하게 들리는 듯했다. 기도 가운데 목사는 하늘로 간 처녀가 믿었던 것처럼 우리도 죽음으로 인해 베일이 벗겨질 때를 대비하자고 말했는데, 모인 사람들은 이 말을 제대로 이해하지 못하면서도 막연한 두려움에 몸을 떨었다. 상여꾼들이 무거운 발걸음을 뗐고 그 뒤를 따라 조문객들이 걸어갔다. 맨 앞에 망자를 세우고 맨 뒤에 후퍼 목사를 세운 이 장례 행렬은 곧 온 거리를 슬픔으로 뒤덮었다.

"왜 자꾸 뒤를 돌아보는 게요?"

장례 행렬에 섞여 걸어가던 중 한 남자가 자신의 아내에게 물었다.

"꼭 목사님의 영혼과 죽은 아가씨의 영혼이 손을 마주 잡고 길을 가는 것 같아서요."

아내가 대답했다.

"나도 방금 똑같은 느낌이 들었소."

남편이 말했다.

그날 밤, 밀포드에서는 마을 최고의 선남선녀 한 쌍이 결혼하기로 되어 있었다. 우울한 성향이 많았던 후퍼 목사였지만 이런 경사가 있는 경우에는 꽤나 밝은 모습을 보였고, 이것은 어떤 부산스러운 활기가 만들 수 없는 평온한 화사함을 만들어 냈다. 어쩌면 이것이 후퍼 목사의 가장 큰 장점이었는지도 모르겠다. 어쨌든 사람들은 이 결혼식을 계기로 낮 동안 그에게 드리워졌던 기묘한 공포가 사라졌으리라 기대하며 그가 도착하기만을 기다렸다. 하지만 그들의 기대는 헛된 것이었다. 후퍼 목사가 들어섰을 때 사람들은 그의 얼굴에서 여전히 흔들리고 있는 검은 베일을 보았다. 장례식장에서는 괜찮았을지 모르지만 결혼식에서 그것은 불길한 기운을 퍼뜨릴 뿐이다. 이 기운이 하객들에게 고스란히 전해졌다. 검은 천 뒤에서 어두운 구름이 퍼져 나와 밝게 밝힌 촛불을 뒤덮을 것만 같았다. 신랑과 신부가 목사 앞에 섰다. 하지만 불안함에 차가워진 신부의 손가락은 신랑의 손안에서 마찬가지로 떨리고 있었다.

신부의 얼굴 또한 너무나 창백해진 나머지 하객들은 몇 시간

전에 땅속에 묻혔던 그 처녀가 결혼식을 위해 다시 나온 것 아니냐며 웅성거리기 시작했다. 이보다 더 음울한 결혼식이 있다면 그것은 아마 조종이 울렸다던 그 유명한 결혼식일 것이다.(*「결혼식에 울린 조종」이라는 호손의 또 다른 단편소설을 언급한 것이며 이 단편집에 함께 실려 있다.) 결혼식의 예식 절차가 모두 끝난 후 후퍼 목사는 와인 잔을 들어 입으로 가져갔다. 그리고 오늘은 아니었지만 다른 때였다면 난로의 불빛처럼 하객을 따뜻하고 밝게 비추었을 가벼운 농담으로 신혼부부의 행복을 기원하기도 했다. 그러다가 목사는 거울에 비친 자신의 모습을 우연히 보게 되었다. 그 순간 그는 그동안 다른 사람들을 두려움에 빠지게 한 공포감에 스스로 압도되어 버렸다. 목사의 몸이 부들부들 떨리며 입술이 새파래졌다. 그는 마시지도 않은 포도주를 카펫 위로 엎지르고는 서둘러 어둠 속으로 사라졌다. 대지조차도 검은 베일을 쓰고 있었다.

다음 날 이제 목사의 검은 베일은 밀포드 마을 최고의 화제로 떠올랐다. 검은 베일과 그 뒤에 숨겨진 기묘함에 대해 사람들은 거리거리에서 그리고 창문 사이사이로 연일 이야기를 나누었다. 여관 주인들은 마을에 들르는 손님들에게 그 이야기를 했고, 아이들은 등하굣길에 그 이야기를 했다. 흉내 내기를 좋아하는 한 장난꾸러기 소년이 검은 손수건으로 얼굴을 가리고 친구들을 놀래키는 장난을 쳤지만 자신도 덩달아 무서워져서 곤혹을 치르기도 했다.

이상한 점은 오지랖이 넓은 교인들 중에서 단 한 사람도 목사에게, 왜 그것을 걸치고 나왔냐는 그 간단한 질문을 하는 사람이 없었다는 것이다. 지금까지 항상 그처럼 사소한 지적들을 했던 사람이 늘 있었다. 그리고 목사 또한 그런 조언들을 잘 받아들이는 편이었다. 그는 자신의 평가에 대해 예민한 편이라 사소한 실수나 작은 비판에도 죄책감을 느끼곤 했다. 이런 그의 약점을 잘 알고 있으면서도 그 많은 교인들 중에 누구도 검은 베일에 대해 입을 열지 않았다. 그 누구도 이 문제를 말하고 싶어 하지 않았다. 어떤 막연한 두려움이 그 의무를 서로에게 떠넘기고 있었다.

그들은 결국 이 문제가 더 커지기 전에 해결하기로 결정했고, 교회의 대표단이 목사에게 찾아가 논의하기로 했다. 하지만 대표단은 실패했다. 목사는 예를 갖추어 그들은 맞았지만 거기까지였다. 목사는 입을 열지 않았다. 중요한 이야기를 먼저 꺼내야 하는 대표단은 당혹스러웠다. 그리고 그들은 결국 이야기를 꺼내지 못했다. 문제는 명백했다. 후퍼 목사가 여전히 검은 베일을 드리운 채 굳게 닫힌 입을 제외한 얼굴 모두를 가리고 있었던 것이다. 때때로 그 입가에 서글픈 미소가 희미하게 떠올랐다가 사라졌다. 대표단은 그 베일이 목사의 심장까지 드리워 내려진 채 그 깊은 곳에 감춰진 두려운 비밀을 가리고 있을 것이란 생각마저 들었다. 그 베일을 거둔다면 어떤 말이라도 꺼낼 수 있을 것 같았지만 베일이 있는 상태로는 불가능했다. 그들은 그렇게 한동안 침묵과 당혹감을 품은 채 앉아 있었다. 그리고 자신들을 바라보는 듯한 목사의 보이지 않는 시선 앞에서 계속해서 위축되었다. 그렇게 대표단은 실패한 채 돌아왔다. 그리고 이 일은 자신들이 할 수 없는 일이라고, 교회의 최고 위원회 차원에서 움직여야 할 일이라고 천명했다.

마을에서 목사의 검은 베일이 주는 공포감에 두려움을 느끼지 않는 사람이 하나 있었다. 그녀는 대표단의 이런 실패를 바라보다가 결단을 내렸다. 그녀는 목사 주위에 짙어져 가는 기이한 기운을 자신이 몰아내야 한다고 생각했다. 그녀는 다름 아닌 목사의 약혼녀였다. 그녀는 목사가 검은 베일 뒤에 감추고 있는 것이 무엇인지 물을 자격이 충분했다. 그녀는 목사를 찾아갔고 목사를 마주 보고 앉아 베일을 정면으로 바라보았다. 사람들에게 큰 두려움을 줬던 그 천은 그녀에게 그저 목사의 입 위까지 늘어진 채 숨결에 따라 흔들리며 얼굴을 어둡게 만드는 두 겹의 크레이프 천일 뿐이었다.

"없어요. 이 천에는 무서울 게 아무것도 없어요. 그저 내가 사랑하는 사람의 얼굴을 가리고 있을 뿐이죠. 목사님, 구름 뒤의 해를 보여 주세요. 검은 베일을 걷어 주시고 그걸 쓴 이유를 제게 말해 주세요."

그녀가 얼굴에 미소를 담고 말했다.

후퍼 목사는 희미하게 웃었다.

"때가 올 겁니다. 우리 모두 베일을 벗을 때 말입니다. 내가 사랑하는 사람이여, 그때까지만 내가 이 천을 내리고 있는 것을 눈감아 주시오."

"무슨 말인지 감이 잡히지 않아요. 그 베일이라도 걷어 줄 순 없나요?"

그녀가 재차 부탁했다.

"베일을 걷을 수는 있소, 엘리자베스. 다만 나의 맹세가 허락할 때 말이오. 이 베일은 상징이자 표식이오. 밝은 빛 속에서나 어둠 속에서나, 혼자 있을 때나 사람들 앞에 섰을 때나, 친한 이들과 있을 때나 낯선 사람들과 있을 때나, 나는 이 베일을 항상 쓰고 있을 것입니다. 이 세상 사람의 눈으로는 베일이 걷힌 모습을 보지 못할 거요. 이 짙은 베일만이 나를 이 세상에서 분리할 수 있소. 엘리자베스, 아무리 당신이라 해도 이 베일 너머를 볼 수는 없소."

"대체 무슨 일이 있었던 건가요? 어째서 평생토록 눈앞에 그런 그림자를 드리우고 살아야 하나요?"

그녀가 진심을 다해 물었다.

"이것을 애도의 상징이라 생각해 주면 어떻소. 다른 사람들처럼, 나 또한 이 검은 베일로 상징할 어두운 슬픔을 가졌다고 이해한다면 말이오."

후퍼 목사가 대답했다.

"하지만 세상 사람들이 그것이 그저 슬픔의 상징이라는 것을 쉽게 받아들일까요? 당신은 사람들의 존경과 사랑을 받아 왔어요. 하지만 이제 곧 당신이 어떠한 죄를 지었고 그 죄를 숨기기 위해 그리고 그 죄책감을 감추기 위해 얼굴을 가리는 것이라고 소문이 날 거예요. 당신의 성직을 위해서 당신은 이런 기이한 행동을 그만두어야만 해요!"

엘리자베스가 말했다.

사실 그런 소문은 이미 마을에 퍼져 있었다. 소문을 애써 부인하고 싶었을 때 그녀의 얼굴은 붉게 상기되었다. 하지만 후퍼 목사는 여전히 평온해 보였다. 그는 심지어 베일의 어둠 뒤로 희미한 미소마저 지어 보였다.

"내가 무언가를 애도하기 위해 얼굴을 가렸다면 그 슬픔에 대한 충분한 이유가 있겠고, 죄책감에 얼굴을 가린다면 그 또한 어떠한 죄가 있기에 그러하지 않겠습니까."

그의 대답은 이것뿐이었다.

결국 그는 약혼녀의 간청에도 요지부동이었다. 그녀는 그의 이런 부드럽지만 꺾이지 않는 굳건함에 절망한 채 침묵하여 한동안 생각에 잠겨 앉아 있었다. 어떻게 해야 자신의 연인을 정신적 질병으로까지 보이는 이 환상에서 구할 수 있을지 알 수 없었다. 목사보다도 강한 성격을 지녔을지 모를 엘리자베스의 얼굴 위로 눈물이 흘러내렸다. 하지만 곧 그녀는 어떤 새로운 느낌을 받았다. 그녀가 바라보던 검은 베일로부터 어둠이 몰려와 공포가 그녀를 덮쳤던 것이다. 그녀는 떨리는 몸을 일으켰다.

"이제 당신도 느낀 것이오?"

목사가 슬픈 목소리로 물었다.

그녀는 대답하지 않았다. 그리고 손으로 두 눈을 가린 채 방에서 나가기 위해 몸을 돌렸다. 그러자 목사가 황급히 다가와 그녀의 팔을 붙들며 이렇게 외쳤다.

"기다려요, 엘리자베스! 여기 지상에서는 베일이 우리를 가로막고 있지만 그래도 내 곁에 있어 주시오! 당신이 곁에 남아 준다면 이제 곧 내 얼굴의 베일도 걷히고 우리의 영혼 사이에 어둠이란 존재하지 않을 것이오! 이것은 현세의 베일일 뿐 영원한 베일이 아니오! 이 세상에서는 내 얼굴에 베일도 없고 우리 영혼 사이에 아무런 어둠도 없을 테니! 이건 현세의 베일일 뿐 영원한 게 아닙니다! 아, 내가 베일을 쓰고 얼마나 외롭고 두려운지 당신은 알지 못합니다. 나를 이 비참한 어둠 속에 버려둔 채 영원히 혼자 두려 하는 겁니까!"

그가 소리쳤다.

"한 번만이라도 그 베일을 걷고 제 얼굴을 보세요."

그녀가 말했다.

"안 돼! 그건 안 돼요!"

후퍼 목사가 소리쳤다.

"그렇다면 전 떠날 수밖에 없어요."

엘리자베스가 말했다.

엘리자베스는 그에게서 팔을 빼내고 문 앞으로 걸어갔다. 그녀는 그곳에서 돌아서서, 정체를 파헤치기라도 하듯 그 검은 베일을 오랫동안 뚫어지게 바라보았다. 후퍼 목사는 자신을 행복으로부터 떼어 내는 이것이 그저 물질적인 상징일 뿐이라고 생각하며 슬픈 미소를 지었다. 하지만 그 물질적 상징뿐인 검은 베일은 자신이 가장 사랑했던 사람들에게 공포감을 불어넣으며 자신으로부터 떼어 내고 있었다.

그 일이 있은 후 이제 그 누구도 후퍼 목사의 검은 베일에 대해 강요하지 않았다. 그 누구도 후퍼 목사를 설득하지도, 그것이 숨기고 있다고 생각되는 죄에 대해 파헤치지도 않았다. 대다수의 사람들처럼 억지로 무언가를 상상해 판단하지 않는 사람들은 그 베일이 목사의 냉정하고 예민한 성질이 만들어 낸 어떤 기이한 변덕이라고 치부하기도 했다. 하지만 어쨌든 이제 후퍼 목사는 대다수의 사람들에게 무서운 대상이 되어 버렸다. 성격이 약하고 소심한 사람들은 그를 피해 다녔으며, 그를 마주하는 것을 용기라고 생각해 객기를 부리는 사람들은 그를 막아서기도 했다. 이런 이유로 목사는 이제 편안하게 마을을 돌아다니는 것이 힘들어졌다. 해질녘이면 늘 해 왔던 공동묘지로의 산책 또한 포기했는데, 그가 산책 중 생각에 잠긴 채 묘지 입구에 기대어 서 있는 순간을 기회 삼아 그의 얼굴을 훔쳐보기 위해 묘비 뒤에 숨은 사람들이 생겨났기 때문이다. 하지만 목사가 묘지 산책을 멈추자 죽은 이들마저 그를 묘지로부터 몰아냈다는 소문이 돌았다.

즐겁게 뛰어놀다가도 자신의 모습이 멀리서 보이면 도망가는 아이들은 그를 절망케 했다. 순수한 아이들마저 검은 베일에 대해 그토록 두려워하자 그는 검은 베일의 천을 짠 실 자체에 어떤 초자연적인 공포가 얽혀 있는 것이 아닐까 생각하게 되었다. 이제 목사 자신도 그 베일에 깊은 두려움을 느끼고 있었다. 그는 거울 앞에 서는 것도, 거울 앞을 지나는 것도 두려웠다. 샘물 위로 머리를 숙이고 물을 마시지도 않았다. 수면에 비친 자신을 보고 공포에 떨고 싶지 않았던 것이다.

사람들은 이러한 후퍼 목사의 행동을 보며, 그가 그 스스로조차 완전히 묻을 수 없는 너무 끔찍한 죄를 지었거나 아니면 이런 모호한 방법이 아니면 표현할 수 없는 죄를 지은 나머지 스스로에게 벌을 주는 거라고 이야기했다. 하지만 사람들이 이 불쌍한 목사에게 공포 대신 연민과 동정심을 느꼈더라도 그런 그들의 마음은 목사에게 전달되지 못했을 것이다. 검은 베일이 어두운 기운을 만들어 내 구름처럼 목사를 에워싸고 있었기 때문이다. 사람들은 베일 속에서 목사가 유령과 악마와 교제를 한다고 말했다. 그는 내면의 전율과 외부의 공포에 휩싸인 채 어둠 속에서 자신의 영혼을 위로하거나, 온 세상을 슬픔에 빠뜨리는 딱히 시선을 베일 너머로 보내면서 그렇게 걸어다녔다. 걷다가 사람들을 만날 때면 그들의 새파랗게 질린 얼굴을 향해서 슬픈 미소를 보냈다.

목사의 검은 베일은 이 모든 나쁜 영향들을 뒤로 하고 딱 한 가지 좋은 장점이 있었다. 그것은 베일이 목사를 매우 유능한 성직자로 만들고 있다는 사실이었다. 그 베일로 인해-이것 외에는 딱히 다른 이유가 없었다.-후퍼 목사는 죄악을 저지르고 괴로워하는 사람들에게 엄청난 영향력을 발휘했다. 물론 비유적인 말이었지만 그들은 목사 앞에 무릎 꿇으며 목사가 자신들을 천국의 밝은 빛으로 인도하기 위해 검은 베일을 뒤집어쓴 채 자기 죄와 함께한다고 믿었다. 그렇게 자신들만의 더 특별한 경외감을 가지고 후퍼 목사를 따랐다. 어떤 면에서는 맞는 말이었다. 그는 베일의 어둠으로 인해 사람들의 어두운 감정들과 공감할 수 있었다.

죽어 가는 죄인들은 큰 소리로 후퍼 목사를 찾으며 그가 곁에 있어 주기 전까지는 이 세상에서의 생명을 놓으려 하지 않았다. 후퍼 목사가 다가와 말씀을 전하기 위해 몸을 숙일 때면 그들은 베일을 쓴 그 얼굴이 가까이 다가옴에 부르르 몸을 떨었다. 죽음과 닿아 있는 그 순간에도 베일의 공포는 그토록 거대했던 것이다. 사람들이 후퍼 목사를 보기 위해 그리고 그의 설교를 듣기 위해 먼 곳에서부터 그가 집도하는 예배를 찾아왔다. 그들은 모두 몸을 떨며 예배를 드렸다.

언젠가 벨처 주지사의 임명으로 그가 선거 설교를 한 적이 있었다. 그는 검은 베일을 쓴 채 주지사와 행정 위원과 의회 의원들 앞에 서서 설교를 했는데 이 설교가 그들에게 얼마나 커다란 영향을 끼쳤는지, 그해에 만들어진 모든 법안들은 미국의 초기 시절의 경건함과 엄격함을 고스란히 가지고 있었다.

이렇게 후퍼 목사는 저명한 목사로서, 동시에 갖가지 음울한 의혹들에 휩싸인 목사로서 긴 세월을 살았다. 그는 친절한 사랑을 베풀었지만 사랑받지 못했다. 외려 두려움의 대상이 되어 사람들로부터 고립된 채 살았다. 사람들은 건강하고 행복할 때는 목사를 멀리했지만 절망과 고통 속에 빠졌을 때는 그에게 의지했다. 세월이 흐르며 검은 베일 위로 흰머리가 늘어났다. 그의 명성은 뉴잉글랜드 전체에 널리 퍼졌다. 사람들은 이제 그를 후퍼 교부(*고위 성직자.)라고 불렀다. 그가 처음 이 교회에 취임했을 때 어른이었던 신도들은 이제 거의 대부분 세상을 떠났다. 이제 그의 신도들은 교회 안에 모인 사람들보다 묘지에 묻힌 사람들이 더 많을 정도였다. 그리고 얼마 후 목사 또한 더 이상 목회를 계속할 수 없는 때가 되었다.

노목사의 임종을 지키기 위해 갓을 씌운 촛불 옆에 몇몇 사람들이 자리했다. 친척은 없었지만, 자신이 구할 수 없는 환자의 마지막 고통을 덜어 주기 위해 노력하는 의사가 엄숙한 표정으로 목사를 바라보고 있었고 집사들을 비롯한 교회의 독실한 신자들도 모여 있었다. 웨스트버리의 클라크 목사 또한 임종 기도를 하기 위해 급히 말을 타고 도착해 있었다. 그의 임종을 위해 고용된 간호사도 있었다. 그리고 마지막으로, 오랫동안 고독 속에서 조용히 자신의 사랑을 지켜 왔으며 마지막 순간까지 그 사랑을 포기하지 않은, 이제는 늙은 노인이 된 엘리자베스가 있었다. 후퍼 교부의 백발 아래로는 여전히 검은 베일이 있었다. 노목사의 얼굴 위로 늘어진 검은 베일은 점점 더 희미해져 가는 그의 호흡에 따라 조용히 떨렸다. 이 노목사는 한평생을 세상으로부터, 친구들과 사랑하는 연인으로부터 그 천 조각으로 자신을 격리시켜 왔던 것이다. 그는 그렇게 지상에서 가장 슬픈 감옥인 자신의 가슴에 갇혀 살았다. 그 베일은 어두운 방의 슬픔을 더욱 짙게 물들이며 여전히 목사의 얼굴에 덮인 채 그를 영원의 햇살로부터 차단시켰다.

얼마 전부터 그의 정신은 과거와 현재 사이를 불안하게 오락가락했다. 때로는 불분명한 어느 미래의 세계를 방황하기도 했다. 그리고 그러는 동안 그의 몸은 얼마 남지 않은 기운마저 소진했다. 하지만 그는 그런 고통스러운 발작 속에서도, 혼미한 정신 상태에서도, 자신의 베일에 신경을 곤두세웠다. 설사 발작 속에서 베일이 걷힌다 해도 그의 곁에 있는 충실하고 젊은 시절의 아름다움을 고스란히 간직한 그의 연인이 베일을 다시 덮어 주었으리라. 마침내 죽음이 그의 바로 앞에 다가섰고, 그는 미동하지 않은 채 희미한 맥박과 숨결만을 유지하며 조용히 누워 있었다. 불규칙하며 길고 깊은 그의 호흡은 영혼이 곧 육체를 떠날 것을 예고하고 있었다. 웨스트버리의 목사가 침대 곁으로 다가왔다.

"존경하는 후퍼 교부님, 이제 하느님의 곁으로 가실 때가 되었습니다. 영원의 시간으로부터 차단하신 그 베일을 거두실 준비가 되셨는지요?"

후퍼 교부는 희미한 손짓으로 무언가를 대답하려 하다가 힘겹게 입을 열어 이렇게 말했다.

"그렇소……. 내 영혼은 이 베일이 거두어지기만을 기다리며 지친 생애를 버티어 왔지."

"교부님, 교부님께서는 평생을 기도에 힘쓰시며 행동도, 말씀도 모두에게 모범을 보여 주셨습니다. 그런데 그처럼 순수한 삶에 단 하나의 오점이 될 수 있는 이 어두운 그림자를 당신의 기억에 남기고 떠나시겠습니까? 존경하는 형제시여, 그런 일이 일어나지 않도록 허락해 주십시오. 이제 하늘의 보상을 받으러 떠나시는 이 자리에서 교부님의 승리에 찬 얼굴을 저희에게 보여 주시고 저희가 교부님을 기쁘게 보내드릴 수 있도록 해 주십시오. 영원의 베일이 거두어지기 전에 이 검은 베일을 교부님의 얼굴로부터 걷을 수 있도록 해 주십시오!"

클라크 목사가 말했다.

그리고 오랜 세월의 수수께끼를 벗기기 위해 몸을 숙였다. 하지만 후퍼 교부는 그곳에 모인 사람들을 모두 경악케 할 정도의 괴력을 발휘하여 두 손을 뻗어 자신의 베일을 사수했다. 자신의 베일을 벗기려는 목사에게 대항하여 끝까지 싸우겠다는 결연하고도 절박한 태도였다.

"안 되오! 이 세상에서는 절대로!"

베일을 쓴 목사는 소리쳤다.

"참으로 불쌍하십니다! 교부님은 어째서 스스로의 영혼에 그토록 무거운 죄를 씌워 주님의 심판대로 가시겠다는 겁니까?"

놀란 클라크 목사가 물었다.

후퍼 교부가 숨을 헐떡거렸고 목에서는 가래 끓는 소리가 났지만 여전히 온 힘을 다해 베일을 지켰다. 그는 침대에서 몸을 일으켜서라도 그 베일을 놓지 않으려 했다. 그렇게 죽음의 품에 안겨 떨고 있는 동안, 그 검은 베일은 그의 일생 동안에 쌓인 공포 전체를 한꺼번에 내뿜으며 섬뜩한 모습으로 목사의 얼굴을 덮고 있었다. 그의 입가에 자주 비치던 희미한 미소가 여전히 베일의 어둠 속에 존재한 채 목사의 입가 언저리에서 머물렀다.

"당신들은 왜 나를 보며 두려움에 몸서리 떠는 게요!"

베일로 얼굴을 가린 채 교부는 파랗게 질린 주위 사람들을 둘러보며 외치듯 말했다.

"서로에게 두려워하시오! 고작 이 검은 베일 때문에 남자들은 나를 피하고 여자들은 동정을 하고 아이들은 소리를 지르며 달아났지요. 이 천 조각을 그처럼 무섭게 만든 것이…… 알 수 없는 기묘함 말고는 대체 뭐가 있단 말이오……. 친구에게, 가장 사랑하는 연인에게, 자신의 속마음을 다 보여 줄 수 있을 때나 그렇게 하시오! 남몰래 자신들의 죄를 쌓으며 주님 앞에서 움츠러들지 않을 수 있을 때나 그렇게 하란 말이오……! 그렇지도 못한 사람들이, 내가 평생을 쓰고 살았으며 이제 쓴 채로 죽을 것인 이 상징물 하나 때문에 나를 괴물 보듯 대했단 말이오. 나는 지금 내 주위에 있는 당신들의 얼굴을 가린 검은 베일이 보이오……!"

사람들은 노목사의 말에 소스라치게 놀라 두려움에 떨었다. 그리고 목사는 다시 베개 위로 쓰러져 그대로 숨을 거뒀다. 여전히 베일을 쓴 채 그리고 입가에 희미한 미소를 띤 채 말이다. 사람들은 그 베일을 씌운 채 시신을 옮겨 관에 뉘었다. 오랜 세월 동안 교부의 무덤 위에는 풀들이 자라났다가 시들었으며 비석에는 이끼가 끼었다. 자, 이제 후퍼 목사의 얼굴은 흙으로 돌아갔다. 하지만 그 흙 또한 검은 베일 밑에서 썩어 갔다고 생각해 보라. 이 얼마나 섬뜩한 일인가!

라파치니의 딸

지오바니 구아스콘티라는 이탈리아 남부 지방 출신 청년이 파두아대학에서 공부를 하기 위해 파두아(*이탈리아 북부의 베네토 주에 위치한 도시.)에 도착했다. 가난했던 그는 어느 건물의 꼭대기 층의 가장 음침한 방을 얻었다. 하지만 그 건물 자체는 한때 번영을 누리던 파두안 귀족의 저택이었기 때문에 꽤 훌륭한 편이었다. 오래전에 사라진 이 귀족 가문의 문장이 아직 입구 위쪽에 박혀 있기도 했다. 그는 자기 나라의 위대한 시 한 편을 배운 적이 있었다. 그는 이 시에 등장하는 가문의 조상 중 하나가 바로 이 저택의 주인이었으며 그가 단테(*13세기 이탈리아의 시인으로 『신곡』이라는 대서사시를 남겼다.)에 의하여 지옥의 영원한 고통을 당하는 사람 중 하나로 묘사되었다는 사실을 기억해 냈다. 이러한 어두운 생각은 고향을 막 떠나온 청년이 갖고 있는 슬픔과 뒤섞였다. 지오바니는 자신의 적막하고 허술한 방을 바라보며 한숨을 내쉬었다.

"세상에, 도련님!"

늙은 리자베타 부인이 큰 소리로 말했다.

그는 이 멋진 청년이 사는 데 불편함이 없도록 이 방을 정리해 주다가 그의 한숨 소리를 들은 것이다.

"젊은 사람이 그렇게 한숨 쉬는 거 아니에요! 이 저택이 너무 낡아서 그러지요? 어이구, 그러면 창문 밖으로 머리를 내놓고 밖을 보세요. 나폴리에 남겨 두고 온 햇살 부럽지 않은 햇살이 여기에도 있답니다."

지오바니는 리자베타 부인이 권하는 대로 해 보았지만 파두아의 햇볕이 남부 이탈리아의 것만큼 밝고 환하다는 그녀의 말은 인정할 수 없었다. 그런 그의 눈에, 햇볕이 비추고 있던 아래쪽의 정원에서 정성을 다해 가꿔진 식물이 보였다.

"저 정원도 이 저택에 딸린 건가요?"

지오바니가 물었다.

"아니에요. 그렇지만 이 집 정원에는 저쪽 식물보다 더 좋은, 먹을 수 있는 채소들이 많지요. 저 정원은 아, 아마 나폴리에도 유명할 텐데. 아무튼 저 정원은 그 지아코모 라파치니 박사님이 직접 가꾸고 있는 정원이지요. 사람들 말로는 박사님이 이 식물들의 정수를 증류해서 어떤 굉장한 효능의 약을 만들어 낸다고들 하구요. 가끔씩 박사님의 따님이 꽃을 따기도 한답니다."

부인이 대답했다.

그리고 그녀는 최선을 다해 방을 정돈해 주고는 새로운 생활에 대한 행운을 빌어 주며 방을 나갔다.

딱히 다른 할 일이 없었던 지오바니는 창가에 머물며 계속 아래쪽의 정원을 내려다보았다. 이 정원은 이탈리아의 다른 지방은 물론 세계 어느 곳보다 오래전에 만들어진 식물원처럼 보였다. 한때 어느 부유한 가문의 휴식처였을지도 모르겠다. 지오바니가 이렇게 생각한 이유는 정원 한가운데에 지금은 보기 흉할 정도로 망가져 버린 대리석 분수대의 잔해가 남아 있었고, 그 부서진 파편들로 원래의 모양을 추적하기는 불가능했지만 어쨌든 그것이 훌륭한 기술로 화려하게 조각되었다는 것만큼은 알 수 있었기 때문이다.

그 파편들 사이로 물이 계속해서 솟아올랐고 그 위로 햇빛이 비치며 아름답게 반짝이고 있었다. 물 흐르는 소리가 청년의 방까지 들려왔는데 그는 샘물이 마치 불멸의 정령 같다고 생각했다. 한 세기에는 대리석이 자신을 감싸 안고 또 다른 세기에는 그것이 무너지는 동안, 그 물은 이런 주위의 탄생과 죽음에 관계없이 끊임없이 자신의 노래를 부르고 있었을 것이다. 흘러내린 물로 인해 파인 웅덩이 주위로 온갖 식물들이 자라고 있었다.

물을 많이 필요로 할 법한 커다란 잎사귀들과 화려하고 큰 꽃들이 보였는데 그중 가장 눈에 띈 것은 웅덩이 한복판의 대리석 항아리 안에 심어진 관목이었다. 그 위로 보라색 꽃들이 풍성하게 피었는데 한 송이 한 송이마다 그 색깔과 화려함이 진귀한 보석 같았다. 그 꽃송이들은 한데 어우러져 화려한 빛을 내었기 때문에 설사 햇빛이 없다고 해도 정원 전체를 밝힐 수 있을 것만 같았다. 그 외에도 흙이 있는 곳마다 여러 식물들이 자라고 있었다. 보기에 덜 아름다운 것도 있지만 과학자에게는 그것들 모두 각각의 효능이 있는 식물들이리라. 식물들 모두 정성스럽게 가꿔지고 있었다. 화려한 조각을 한 고급스러운 단지 안에 심겼거나 일반 정원용 화분 안에 심겨진 것들도 있었다. 또 어떤 넝쿨들은 뱀처럼 땅을 타고 자라거나 무언가를 타고 위로 자랐다. 그중 한 식물은 베르툼누스(*고대 로마의 사계절을 관장하는 신으로서 정원의 신으로도 알려져 있다.)의 조각상 위로 자라나 마치 그 조각상이 화환을 쓰고 있는 것처럼 장식되어 있었다. 그리고 잎사귀는 주위로 늘어져 조각가에게 새로운 영감을 제시할 수 있을 만큼 훌륭한 자태를 뽐내고 있었다.

그렇게 정원을 감상하던 지오바니는 나뭇잎 뒤쪽에서 바스락거리는 소리를 눈치챘다. 누군가 정원에서 일을 하고 있었던 것이다. 곧 한 사람이 모습을 드러냈는데 그는 키가 크고 말랐으며 병약해 보이는 창백한 얼굴에 학자들이 입는 검은색 옷차림이었다. 정원사가 아니었다. 머리카락과 가늘게 난 턱수염이 희끗희끗한 노년의 남자였다. 그의 얼굴에는 지성과 교양이 오묘하게 섞여 있었는데 젊었을 때조차 사랑이나 다정함과는 거리가 멀었을 것 같은 표정이었다.

이 과학자이자 정원사는 놀랄 만큼 진지하게 식물 하나하나를 꼼꼼하고 세세하게 점검했다. 식물들의 태생적 본질에 대한 관찰과 연구—왜 어떤 잎은 이런 모양으로 자라고 어떤 잎은 저런 모양으로 자라는가, 왜 꽃들은 서로 다르게, 심지어 같은 꽃들 중에서도 다른 색과 향기가 나타나는가—를 하고 있는 듯했다. 이상한 건 이런 깊은 이해에도 불구하고 그가 식물들과 그 어떤 교감도 나누고 있는 듯 보이지 않았다는 것이다. 그는 매우 깊은 주의를 기울여 식물들과 직접 닿는 것을 조심하고 있었고 식물들의 향기 또한 직접 맞지 않았다. 지오바니에겐 이런 점이 매우 기분 나쁘게 느껴졌다. 그가 이곳을, 조금이라도 방심한다면 치명상을 입을 수 있는 사나운 짐승이나 독사나 악령 같은 것이 가득 찬 장소를 걷는 것처럼 여기며 신경을 바짝 세운 채 움직이고 있었기 때문이다. 정원을 가꾸는 일은 사람들이 이렇게 타락하기 전에 우리 조상들이 가장 즐겼던 노동이다. 그렇게 가장 단순하고 순수한 인간의 노동을 하는 사람이 저토록 불안한 태도를 보이는 것은 지오바니에게 공포심을 일으켰다. 저 정원이 오늘날의 에덴동산이라도 된단 말인가? 자신이 심고 키웠을 저 식물들에게 해로움을 감지한다는 것은 저자가 아담이라도 된다는 말인가?

그 정원사는 죽은 가지를 꺾어 내고 너무 자란 나뭇잎들을 정리했는데 두꺼운 장갑을 낀 채 자신의 손을 보호하고 있었다. 장갑뿐 아니었다. 그는 대리석 근처의 아름다운 보라색 꽃에게 다가갔을 때 마스크를 꺼내어 얼굴에 썼던 것이다. 그 아름다운 꽃이 치명적 악을 숨기고 있다는 말인가? 하지만 그는 이마저도 불안했던지 잠시 뒤로 물러나 마스크를 걷었다. 그리고 병색이 있어 약한 목소리였지만 나름대로 크게 외쳤다

"베아트리체! 베아트리체!"

"여기 있어요, 아버지. 무슨 일이세요?"

건너편 집의 창문으로부터 밝은 목소리가 들려왔다. 지오바니는 그 열대 지방의 황혼처럼 짙은 목소리를 들으며 보라색이나 진홍빛 같은 강한 색과 독할 정도로 강한 향기를 느꼈다.

"정원에 계세요?"

"그래, 베아트리체. 나를 좀 돕거라."

정원사가 다시 입과 코 위에 마스크를 쓰며 대답했다.

곧 조각 장식이 아름답게 들어간 현관 입구 아래로 어린 여인이 나타났다. 화려한 꽃처럼 풍성한 드레스를 입은 그녀는 환한 대낮처럼 아름답게 빛났다. 여기서 조금만 더 진해져도 지나치게 될 만큼 짙고 싱싱하게, 활짝 만개한 아가씨였다. 자신이 가진 생명력과 건강함이 넘쳐 난 나머지 허리의 리본으로 이 모든 것을 단단히 조여 매고 있는 것만 같았다. 지오바니는 정원을 내려다보고 있는 동안 자신의 병적인 상상력이 시작되었음을 분명하게 느꼈다. 그 아름다운 아가씨가 꽃들 중 어떤 것보다 더 아름답게 보였으며 심지어 마치 그 아가씨가 그 꽃들과 자매 사이인 것처럼 보이기까지 했던 것이다. 하지만 동시에 그녀에게는 자신도 장갑을 낀 채 접근해야만 할 것 같은 느낌을 받았다. 베아트리체가 정원을 걸어오며 자신의 아버지가 그토록 조심스러워하고 몸을 사렸던 식물을 아무렇지 않게 만지고 향기를 맡았기 때문이다.

"여기다, 베아트리체."

그녀의 아버지가 말하곤 이렇게 덧붙였다.

"이 귀한 나무에 얼마나 많은 손길이 필요한지 아느냐? 이미 많이 늙은 나지만 필요하다면 목숨을 걸고서라도 이 나무를 계속 돌봐야겠지. 그러니 이제부터 이 나무 관리는 네가 맡아라."

"네, 그렇게 할게요."

젊은 아가씨가 짙은 목소리로 대답했다. 그리고 몸을 굽히고 두 팔을 벌려 나무를 안는 듯한 행동을 취하며 이렇게 말했다.

"그래, 나의 동생, 나의 영광. 이제 이 베아트리체가 너를 가꾸고 보살펴 줄 거야. 너는 키스와 향기로운 숨결로 내게 보답하면 돼. 너의 그 향기로운 숨이 내게는 생명의 숨이니까 말이야."

그리고 그녀는 방금 자신이 말했던 것을 실천하듯 다정한 태도와 부드러운 몸짓으로 일을 시작했다. 지오바니는 창문에 기대선 채 두 눈을 비비고 다시 한 번 창밖을 내다보았다. 저 아가씨가 식물을 돌보고 있는 것인지 아니면 두 자매가 서로 우애를 나누고 있는 것인지 혼란스러웠다. 이 장면은 곧 끝났다. 정원 일이 끝나서였는지 아니면 자신을 발견해서인지 라파치니 박사가 갑자기 자신의 딸을 끌고 집 안으로 들어가 버렸기 때문이다. 밤이 내려앉기 시작했다. 정원의 꽃들이 내뿜는 강하고 이상한 향기가 열린 창문 안으로 스며드는 것이 느껴져 지오바니는 창문을 닫았다. 그리고 긴 의자로 가 잠이 들었다. 그는 꿈속에서 풍성한 꽃들과 아가씨를 다시 보았다. 꽃과 그녀는 다르기도 하고 같기도 했다. 그리고 뭔지 모를 위험도 감추고 있는 듯했다.

알다시피 아침의 밝은 햇살 속에는, 해가 진 후의 어둠이나 희미한 달빛이 만들어 내는 못된 환상과 그릇된 판단을 바로잡는 힘이 있다. 지오바니는 잠에서 깬 후 제일 먼저 창문을 활짝 열었다. 그리고 그 신비롭고 몽환적이었던 정원을 내려다보았다. 지오바니는 매우 현실적이고 일상적인 모습을 하고 있는 정원을 확인하곤 지난밤 자신의 환상이 민망해졌다. 아침 햇살은 이슬 맺힌 잎과 꽃잎들을 반짝이게 만들었고 희귀한 꽃들의 아름다움을 더 선명하게 바꾸어 놓았다. 그리고 그 모든 모습은 지극히 정상적이며 일상적이었다. 지오바니는 삭막한 도시의 한복판에서 이렇게 아름답고 화려한 식물로 가득 찬 정원을 감상할 수 있다는 사실이 기쁘다고 생각했다. 그는 이 정원이 하나의 매개체가 되어, 자신이 계속해서 자연과 함께 지낼 수 있도록 해줄 것이라는 생각에 안도했다. 병과 여러 심오한 생각으로 지쳐 보이는 라파치니 박사도, 화려한 아름다움을 뽐내던 딸도 지금은 보이지 않았다. 지오바니는 어제 본 그들의 모습 중 얼마만큼이 그들의 특별함에서 야기되었고 또 얼마만큼이 자신의 환상이 일으킨 느낌이었는지 판단할 수 없었다. 분명한 것은 지오바니가 이 모든 것들에 대해 이성적이고 합리적으로 판단하고 싶었다는 점이다.

그날 낮에 그는 자신이 다닐 대학의 교수이자 저명한 의사인 피에트로 발리오니 교수에게 찾아가 소개장을 제출했다. 그는 나이가 지긋한 분이었고 유쾌하다고 말할 수 있을 정도로 친절하고 상냥하고 밝은 성격을 지닌 분이었다. 그는 지오바니에게 식사를 대접해 주었다. 식사 중 토스칸(*이탈리아 토스카니 지방.) 포도주 한 병을 마신 후 기분이 더 좋아져 여러 이야기를 들려주기 시작했다. 지오바니는 그런 교수를 보며, 같은 도시에 사는 과학자이니 분명 서로 친분이 깊은 사이일 것이라 여기고 자연스럽게 라파치니 박사에 대해 물어보았다. 하지만 교수는 지오바니에게 예상 밖의 대답을 들려주었다.

"라파치니 같은 뛰어난 기술을 가진 의사에게 찬사를 보내야 마땅하지. 하지만 유감스럽게도 그렇게 하지 못하는 것이 신성한 의술을 가르치는 선생으로서 잘못하고 있는 것이겠네만……. 자네는 내 오랜 친구의 아들이기도 하고 아주 훌륭한 젊은이네. 그렇기 때문에 앞으로 자네의 운명을 바꿔 버릴 수도 있는 어떤 사람에 대해, 잘못된 생각을 가지도록 내버려 두는 것 또한 내 양심이 허락하지 않는군……. 그래, 라파치니 박사는 우리 대학의 그 어떤 교수 못지않게 뛰어난 과학 지식을 갖고 있지. 어쩌면 파두아 아니, 어쩌면 이탈리아 전체에서 가장 뛰어난 과학자라고 할 수 있을 것이야. 하지만 말이네, 그는 과학자로서 의사로서 치명적인 문제를 안고 있는 사람이네."

"그것이 무엇입니까?"

청년이 물었다.

"하하, 자네 어디 아픈 곳이라도 있나? 의사들에 대해 궁금한 것이 많은 모양이군."

발리오니 교수가 웃으며 대답했다. 그리고 이런 말을 들려주었다.

"사람들은 라파치니가 인간 자체보다 과학에 대해 훨씬 더 강한 애정과 관심을 갖고 있는 사람이라고 말하지. 나 역시 그 말에 동의한다네. 그는 자신의 환자들을 오직 새로운 실험의 대상으로써 생각할 뿐이야. 자신이 쌓아 올린 그 거대한 지식의 탑에, 겨자씨 한 알만큼의 지식을 더 올리기 위해 그는 인간의 생명─자신의 생명 아니, 자신에게 가장 소중한 사람의 생명까지도─희생시킬 수 있는 사람이지."

"정말 무서운 분인 것 같네요."

지오바니는 차갑고도 순수한 지성을 발하던 라파치니의 모습을 떠올리며 대답했다. 그리고 이렇게 물었다.

"하지만 교수님, 그건 어쩌면 숭고한 것 아닌가요? 과학에 대해 그처럼 강렬한 정신적 사랑을 품고 있는 사람은 드물지 않습니까?"

"물론 그건 그렇지. 하지만 최소한 다른 의사들은, 사람을 치료하는 데에 있어서 라파치니보다는 더 정상적인 생각을 가지고 있지."

발리오니 교수가 차갑게 대답했다. 그리고 이야기를 계속했다.

"라파치니에 따르면 우리가 식물성 독소라고 부르는 물질에 모든 의약적 효능이 담겨 있다고 하네. 그리고 그가 직접 이 물질들을 키우고 있지. 심지어 그는 자연이 창조한 것보다 더 무서운 것들을 제 손으로 개발하고 있어. 하지만 그가 그런 해로운 것들로 이 세상에 어떤 해를 가하지 않은 것 또한 사실이야. 그리고 가끔씩 아주 경이로운 치료에 성공하거나 성공한 것처럼 보이는 것도 사실이네. 하지만 지오바니, 우연히 이뤄 낸 성공 사례 몇 가지를 가지고 명성을 얻는 것은 바람직하지 않으며 그가 실패했던 사례들에 대해서는 반드시 책임을 물어야 할 게야."

오래전부터 발리오니 교수와 라파치니 박사 사이에는 연구에 대한 불화와 알력이 있었다. 그리고 현재는 세상에서 라파치니 박사가 더 높이 평가되고 있었다. 이러한 사실을 이 청년이 알았더라면 발리오니 교수의 말을 판단하는 데에 조금 도움이 되었을지도 모르겠다. 독자 여러분이 지금 이 문제에 대해 스스로 판단해 보고 싶다면 파두아 의과 대학 자료실에 보관되어 있는 두 사람의 저서와 논문들을 찾아보는 것을 권한다.

"존경하는 교수님, 저는 이 라파치니라는 분이 의술을 얼마나 소중히 여기는지는 잘 모르겠지만 그에게 더 소중한 것이 있는 것 같습니다. 그분의 따님 말입니다."

지오바니가 잠시 생각하다가 이렇게 말했다.

"아하! 이제 뭔지 알겠네. 하하하!"

발리오니 교수가 크게 웃으며 말했다.

"파두아의 모든 청년들이 그녀에게 푹 빠져 있지. 하지만 실제 그녀의 얼굴을 봤던 운 좋은 청년이 대여섯도 안 된다지. 그 아가씨에 대해 들은 게로군. 사실 나는 라파치니가 자신의 딸에게 과학을 깊고 넓게 가르쳤다는 사실과 그래서 그녀도 교수가 될 수 있을 만큼의 자격을 갖추고 있다는 사실 외에는 별로 아는 게 없네. 어쩌면 그자가 자신의 딸을 내 자리에 앉히려고 하는지도 모르겠군! 다른 소문들도 많긴 하지만 다들 이상하고 별로 들을 만한 가치도 없는 것들이네. 자, 지오바니, 라크리마(*'그리스도의 눈물'이라는 뜻을 지닌 나폴리산 포도주.)나 마저 비우시게."

포도주에 약간 취한 채 지오바니는 숙소로 돌아왔다. 술기운에 라파치니 박사와 그의 아름다운 딸 베아트리체에 관한 기묘한 환상이 뒤섞여 머리가 어지러웠다. 집으로 돌아오는 길에 그는 꽃 가게를 보곤 싱싱한 꽃다발을 하나 사기도 했다. 방으로 올라간 그는 들키지 않고 정원을 내려다볼 수 있도록 창문 근처 가장 구석진 곳의 그늘에 자리를 잡고 앉았다. 기묘한 식물들이 햇빛 아래서, 서로 같은 처지임을 위로하는 듯 이따금씩 고개를 끄덕이고 있었다. 조각난 분수대 옆 정원 한복판에 서서 보라색 보석들로 온몸을 두른 화려한 관목이 보였다. 보석 같은 꽃들이 공중에서 타오르며 웅덩이의 깊은 곳으로부터 솟아나는 것처럼 보였다. 물웅덩이는 마치 그 안에 잠긴 보석들로 인해 화려한 빛을 내뿜고 있는 것만 같았다. 처음에 정원에서는 아무 소리도 나지 않았다. 하지만 곧 지오바니가 반쯤은 그러길 바랐던 그리고 반쯤은 그럴까 봐 두려워했던 그 일이 일어났다. 한 여인이 고풍스러운 조각으로 이뤄진 현관 기둥 아래로 모습을 드러냈던 것이다.

그녀는 식물들 사이를 걸어오며 마치 옛 동화 속에 등장하는 달콤한 향기를 먹고 사는 요정처럼 식물들의 향기를 들이마셨다. 이 청년은 자신이 기억하던 것보다 베아트리체가 훨씬 더 아름답다는 사실에 놀라움을 금치 못했다. 그녀는 너무나 밝고 싱싱한 나머지 햇빛 속에서 활활 타오르는 것만 같았으며 자신의 그 빛으로 정원 사이사이에 진 그늘들을 밝히고 있는 듯했다.

이번에는 지난번보다 더 확실하게 그녀의 얼굴을 볼 수 있었는데 그녀의 순수하고 달콤한 표정에 지오바니는 숨이 멎는 것 같았다. 그리고 그런 표정은 그녀가 지금껏 보여 준 특징에 대한 자신의 생각과 거리가 있었다. 그래서 지오바니는 또다시 그녀에 대한 고민을 시작했다. 또한 지오바니는 그녀가 분수대 위로 보석 같은 꽃을 늘어뜨리고 있는 화려한 관목과 어딘지 닮아 있다는 사실도 깨달았다. 그녀가 입고 있던 옷 또한 뭔가 환상적인 느낌을 자아내면서도 자신이 그 나무와 닮았다는 것을 강조하고 있는 것 같았다. 그녀는 나무로 다가가 매우 열정적인 몸짓으로 두 팔을 벌려 가지들을 끌어안았다. 그 애정 어린 포옹 때문에 그녀의 얼굴은 잎들 속에 묻혔고 부드럽게 구불거리는 그녀의 머리카락은 꽃들과 뒤엉켰다.

"동생아, 너의 숨을 나눠 줘."

베아트리체가 외쳤다.

"평범한 공기는 너무 답답하잖아. 그리고 이 꽃을 내게 주렴. 아프지 않게 딸 거야. 그리고 나의 심장 가장 가까운 곳에 달 거야."

라파치니의 아름다운 딸은 이렇게 말하며 가장 화려한 꽃 한 송이를 꺾었다. 그리고 그것을 가슴에 달려는 찰나 아주 이상한 일이 생겼다. 만약 지오바니가 술에 취해 잘못 본 것이 아니라면 말이다. 도마뱀과 카멜레온을 닮은 주황색 파충류 하나가 베아트리체의 발 아래로 기어오고 있었는데―거리가 너무 멀어 자세히는 보이지 않았지만―꺾인 꽃의 줄기에서 즙이 한두 방울 그 파충류의 머리 위로 떨어지는 것이었다. 그런데 그 파충류가 심한 경련을 일으키다가 곧 축 늘어진 채 쓰러져 꿈쩍도 하지 않는 것이 아닌가. 이 끔찍한 광경을 보고 있던 베아트리체는 슬픈 표정―놀란 표정은 전혀 없었다.―으로 가슴에 십자 성호를 그은 후 곧 그 치명적인 꽃을 가슴팍에 달았다. 꽃은 베아트리체의 가슴 위에서 아주 비싼 보석처럼 눈부시게 빛나며 활짝 피어난 그녀의 미모와 어우러졌다. 그리고 그녀를 이 세상 그 무엇보다도 더 아름답게 만들어 주었다. 지오바니는 창문의 그늘진 곳에서 일으켰던 몸을 다시 움츠리며 몸을 떨었다.

"꿈인가? 내가 지금 깨어 있는 것이 맞나? 저 여자는 대체 뭐지? 아름답다고 해야 하나 아니면 끔찍하다고 해야 하나?"

지오바니가 중얼거렸다.

베아트리체는 이제 정원 속을 이리저리 거닐다가 지오바니의 창문 아래 가까이 섰다. 그는 강하고 고통스러운 호기심을 참지 못하고 구석에서 몸을 일으켜 창문 밖으로 머리를 내밀고 말았다.

바로 그때 곤충 하나가 정원의 벽을 넘어 들어오는 것이 보였다. 아마 도시의 건물들 사이에서 아무런 식물을 발견하지 못한 채 방황하다가 라파치니 박사의 정원이 내뿜는 짙은 향기를 맡고 날아들었던 것이리라. 화려한 날개를 가진 이 곤충은 다른 꽃들에 내려앉지 않고 베아트리체 주위를 맴돌며 그녀의 머리 위에서 웅웅거렸다. 그때 믿기지 않는 일이 벌어졌다. 베아트리체가 어린아이처럼 이 곤충의 날갯짓을 바라보고 있었는데 그러는 동안 이 곤충의 날갯짓이 점점 약해지더니 결국 그녀의 발밑으로 떨어져 버린 것이다. 곤충은 자신의 화려한 날개를 마지막으로 한 번 격렬하게 떨더니 그대로 죽어 버렸다. 베아트리체의 입김 말고는 죽음의 원인을 대체 무엇으로 설명하겠는가. 베아트리체는 다시 한 번 가슴 위로 십자 성호를 그었다. 죽은 곤충을 내려다보며 깊은 한숨을 내쉬었다.

지오바니의 움직임이 베아트리체에게 감지된 것 같았다. 그녀는 얼굴을 들어 지오바니의 창문을 올려다보았다. 청년의 아름다운 머릿결이 그녀의 눈에 들어왔다. 잘생긴 외모와 금빛 곱슬머리가 말이다. 그녀는 곧 이탈리아보다는 오히려 그리스 인같이 생긴 훤칠한 젊은이가 위에서 자신을 내려다보고 있었다는 것을 알게 되었다. 얼떨결에 지오바니는 손에 들고 있던 꽃다발을 그녀에게 던지며 이렇게 외쳤다.

"아가씨, 순수하고 싱싱한 꽃입니다. 지오바니 구아스콘티를 위해 부디 받아 주십시오."

"고마워요, 도련님. 이 귀한 보라색 꽃을 답례로 드리고 싶지만 거기까지 닿지 못할 것 같아 그저 감사하단 말만 드릴게요, 구아스콘티 씨."

베아트리체가 여전히 풍성한 목소리로 대답했다. 그녀의 목소리는 어린애 같기도 하고 성숙한 여인 같기도 했다. 그녀는 즐거운 음악처럼 대답한 뒤 땅에 떨어진 꽃다발을 집어 들었다. 그리고 낯선 남자의 호의에 쉽게 응한 것이 부끄럽다는 듯 빠른 걸음으로 집 안을 향해 걸어 들어갔다. 하지만 비록 짧은 순간이었지만 지오바니는 보았던 것 같다. 그녀가 막 현관 입구 밑으로 사라지려고 할 때 그 아름다운 꽃다발이 그녀의 손 안에서 시들기 시작한 것을 말이다. 아마 잘못 보았을 것이다. 그렇게 멀리 떨어져 있었는데 꽃이 시들고 말고가 보일 리 없지 않은가.

이날 사건 이후 며칠 동안 청년은 라파치니 박사의 정원이 보이는 창문을 멀리했다. 그 정원을 보고 있다가 또 다른 괴기한 광경을 목격할까 봐 두려웠기 때문이다. 사실 지오바니는 자신이 베아트리체와 인사를 나눈 후부터 어떤 알 수 없는 힘에 의해 그녀에게 빠져들고 있다는 것을 느끼고 있었다. 그에게는 즉시 이 숙소 아니, 어쩌면 파두아라는 도시 자체를 떠나는 것이 가장 현명한 선택이었을지도 모른다. 그러지 못한다면 적어도 베아트리체를 일반적으로 여겨 그녀에 대한 생각을 일상적이고 평범하게 만드는 데 노력해야 했다. 그녀를 피하면서도 그렇게 계속해서 가까운 곳에서 지낸다는 것은 위험한 일이었다. 그녀가 가까이 있고 그녀를 만날 수도 있다는 사실 때문에 별별 상상이 다 떠올랐지만 그는 이 모든 것을 최대한 현실적으로 만들기 위해 노력했다. 그는 자신이 아직 그렇게 깊이 빠지진 않았다고 생각했다. 혹은 지금 그는 자기 마음의 깊이를 알 수 없었던 것일지도 모르겠다. 하지만 확실한 것은 그가 상상력이 풍부하다는 것 그리고 언제라도 격정적인 순간에 빠질 수 있는 열정적인 남부 사람 특유의 기질을 갖고 있다는 것이었다.

베아트리체는 치명적인 숨결 같은, 그 치명적인 꽃이 가진 것과 비슷한 강하고 섬세한 독을 이미 지오바니의 몸 안에 퍼뜨린 듯했다. 그는 베아트리체의 풍성한 아름다움에 사로잡혀 있긴 했지만 사랑은 아닌 것 같았다. 두려움도 아니었다. 물론 그녀의 어떤 독성이 퍼져 있는 것 같다고 생각했지만 말이다. 지오바니의 이런 감정은 사랑과 같이 불타기도 했다가 공포처럼 떨리기도 했다. 바로 사랑과 공포에서 태어난 자식과도 같은 것이었다. 지오바니는 무엇을 두려워해야 하며 무엇을 바라야만 하는지 알 수 없었다. 이 두려움과 희망은 그의 가슴속에서 계속해서 싸웠다. 한쪽이 이겼다가도 금세 다른 한쪽이 이겼다. 그리고 또다시 새로운 싸움이 시작됐고 이 과정이 반복되었다. 모든 순수한 감정은 그것이 어두운 것이든 밝은 것이든 모두 축복받아야 마땅한 것 아닐까? 본래 지옥 같은 곳에서 이는 불길은 밝음과 어둠의 극적인 혼합이니 말이다!

그는 시간이 날 때마다 파두아의 거리를 지나고 성문 너머까지 산책하며 들뜬 마음을 가라앉히려고 노력해 보았다. 하지만 그럴 때마다 그의 발걸음은 머릿속 박동과 박자에 맞추어 빨라지곤 했다. 그러던 어느 날, 누군가 그런 그의 발걸음을 멈춰 세웠다. 누군가 지오바니를 알아보고 뒤쫓아 와 그의 팔을 붙잡으며 이렇게 외친 것이다.

"지오바니! 잠깐만! 날 잊었나? 내가 만일 자네만큼 많이 변했다면 그럴 수도 있겠지만 말이네!"

다름 아닌 발리오니 교수였다. 지오바니는 그의 날카로운 직관이 자신의 비밀 깊은 곳까지 꿰뚫어보는 것만 같아 처음 만난 이후로 계속해서 교수와 마주치는 것을 피하고 있었다. 그는 평정심을 되찾으려고 노력하며 내면 깊은 곳에서 허우적대던 의식을 바깥으로 끄집어냈다. 그는 잠꼬대를 하는 것처럼 대답했다.

"네, 교수님. 제가 지오바니 구아스콘티가 맞지요. 교수님은 피에트로 발리오니 교수님이시구요. 그럼 전 이만……."

"잠깐, 잠깐만. 지오바니 구아스콘티."

발리오니 교수는 웃고 있었지만 동시에 이 청년을 진지하게 살펴보았다.

"아니, 나는 자네의 아버지와 어려서부터 함께 자란 친구라네. 그런 친구의 아들을 이 파두아의 옛 거리에서 만나고는 낯선 사람 보내듯 그렇게 보낼 수야 없지. 잠깐만, 지오바니. 할 말이 있네."

"그럼 빨리요, 존경하는 교수님. 저는 지금 바쁘니까요."

지오바니가 열에 들뜬 채 조급하게 말했다.

그때 검은 옷을 입은 남자가 걸어왔는데 건강이 나쁜 사람처럼 몸을 구부린 채 힘이 없어 보였다. 얼굴이 누렇게 떠 병색이 짙었지만 표정만큼은 아주 강하고 날카로웠다. 그는 병약해 보이는 육체보다 지적인 느낌을 강하게 내뿜는 표정이 더 눈에 띄었다. 이 사람은 발리오니와 차가운 인사를 주고받으며 그들 옆을 지나갔다. 그 와중에 그는 언뜻 지오바니를 보았는데, 필요하다면 지오바니의 안에 있는 것은 무엇이든 다 끄집어낼 수 있을 것 같은 강한 눈빛이었다. 그리고 그 눈빛엔 이 청년을 향한 인간적이기보단 어떤 투기적인 관심이 담겨 있었다.

"저 사람이 바로 라파치니 박사네!"

그 낯선 자가 지나간 후 발리오니 교수가 속삭였다.

"저 사람이 전에도 자네 얼굴을 본 적 있나?"

"제가 알기로는 없습니다."

라파치니라는 이름에 놀라 정신을 차린 지오바니가 대답했다.

"아니, 있어! 저자는 분명히 자네를 본 적이 있어!"

발리오니 교수가 안절부절못하여 소리쳤다.

"저 과학자는 지금 자네를 연구 대상으로 삼고 있어. 저자의 표정만 보면 알 수 있어! 어떠한 실험을 위해 꽃의 향기로 죽여야 하는 실험용 새나 쥐나 나비를 볼 때 차갑게 빛나던 바로 그 눈빛이었단 말이네! 자연처럼 깊지만 따뜻함은 결여된! 내 목숨을 걸고 말할 수 있네. 자넨 지금 라파치니의 실험 대상이 되어 있어!"

"지금 제게 장난치십니까? 참 내, 어떤 실험일지 궁금하군요.

존경하는 교수님!"

지오바니가 정색하며 말했다.

"잠깐만, 잠깐만! 다시 말해 주겠네. 아, 불쌍한 지오바니. 라파치니는 분명 지금 자네에게 어떤 과학적인 흥미를 가지고 있어. 자넨 지금 위험에 처한 거라네. 그래, 베아트리체. 베아트리체가 자네에게 뭘 어떻게 한 것 없나?"

발리오니 교수가 진지하게 물었다.

하지만 지오바니는 이런 발리오니 교수를 응대하고 싶지 않아서 그를 뿌리치고 자리를 떠났다. 발리오니는 그의 팔을 다시 붙들려 했지만 놓치고 말았다. 그는 젊은 청년의 뒷모습을 바라보았다. 그리고 고개를 저으며 이렇게 중얼거렸다.

"그렇게는 안 된다. 내 오랜 친구의 아들이다. 저 아이에게 해를 입힐 수는 없어. 라파치니가 저 아이를 내 손에서 빼내어 악마 같은 실험의 희생양으로 만드는 것은 절대 용납할 수 없다. 라파치니의 딸이 문제다. 조심하게, 기고만장한 라파치니여! 전혀 예상치 못한 곳에서 자네에게 좌절과 실패를 안겨 주게 될지도 모르겠으니!"

이제 지오바니는 다시 길을 돌아와 자신의 숙소 앞에 도착했다. 그는 현관을 가로질러 가다가 리자베타 부인을 만났는데, 그녀는 무엇 때문인지 모르겠지만 희죽거리며 웃고 있었다. 청년의 주의를 끌고 싶었던 것 같았다. 하지만 그는 아까 들끓었던 감정에 모든 기운을 소진해 버려서 이제는 무감각하고 무기력한 상태가 되었기 때문에 눈치채지 못했다. 지오바니는 그녀의 주름진 얼굴이 웃음으로 인해 오그라드는 것을 정면으로 보고 있으면서도 그런 그녀의 의도를 알 수 없었다. 늙은 부인은 하는 수 없이 청년의 외투를 붙들고 이렇게 속삭였다.

"도련님! 도련님!"

그녀는 여전히 웃고 있었다. 그런 그녀의 모습은 오래되어 칙칙해진 고목나무 조각품 같았다.

"도련님, 저 정원으로 통하는 비밀 입구가 있는데!"

"뭐라고요? 라파치니 박사 댁 정원으로 가는 비밀 입구가 있다고요?"

무생물이 갑자기 생명을 얻은 듯 그가 몸을 홱 돌리며 이렇게 외쳤다.

"쉿! 쉿! 목소리 좀 낮춰요!"

지라베타 부인이 그의 입을 손으로 막으며 속삭였다.

"그렇다니까요. 온갖 식물들을 다 볼 수 있는, 그 유명한 박사님 댁 정원으로 가는 비밀 입구! 파두아의 젊은이들이 그 꽃을 볼 수 있다면 금이라도 싸들고 달려든다는 그 정원!"

"제게 가르쳐 주세요."

지오바니는 금화 한 닢을 그녀의 손에 쥐어 주며 이렇게 말했다.

방금 그 이야기를 들어서인지 모르겠지만 지오바니는 리자베타 부인의 개입이, 발리오니 교수가 믿는 대로 라파치니 박사가 그를 끌어들이려는 속셈인지도 모르겠다고 생각했다. 하지만 이런 의심이 그를 불안하게 만들었음에도 불구하고 그의 행동을 막지는 못했다. 베아트리체에게 접근할 수 있는 가능성을 알게 된 순간, 그녀에게 가는 일은 그에게 마치 반드시 수행해야만 하는 운명적 임무처럼 느껴졌던 것이다. 그녀가 천사이건 악마이건 이제 그에겐 상관이 없었다. 그는 이제 그녀의 영향권 안에 들어서서 점점 더 원 안으로 빨려들었고 그렇게 자신을 몰아가고 있는 어떠한 힘에 복종할 수밖에 없음을 느꼈다. 지금 이일이 어떤 결과를 낳을지 그는 예측하지도, 예측해 보려고도 하지 않았다. 하지만 몇몇 의심들이 그의 마음에 떠오르기는 했다. 이 강한 끌림이 망상일지도 모른다는 의심, 이렇게 쉽게 휘말리는 자신을 설명할 수 있을 만큼 그 끌림이 확실한지에 대한 의심, 이 모든 것이 자신의 감정과는 별개의 어떤 환상일지도 모른다는 의심이었다. 그는 잠시 망설였다. 몸을 반쯤 뒤돌리기도 했다. 하지만 그는 결국 다시 부인을 따라갔다. 이 늙은 안내인은 낯설고 이상한 길을 따라 열심히 걷다가 마침내 하나의 문 앞에 섰고 그 문을 열었다. 그 너머로 나뭇잎들이 바람에 흔들리고 잎사귀 사이로 스며드는 햇빛이 반짝이는 광경이 눈에 들어왔다.

지오바니는 입구 위로 뒤엉켜 자라 덩굴손을 휘감고 있던 나뭇가지들을 헤치고 정원 안으로 들어가 자신의 방 창문 바로 아래에 섰다. 불가능할 것만 같은 일이 실제로 일어났을 때 우리는 기쁨을 표현하며 날뛰기보다는 외려 침착하고 냉정하게 가라앉는 경우가 종종 있다. 운명의 신은 우리 인간을 그렇게 교란시키며 쾌감을 느끼는 것이다. 그리고 열정은 자기 마음대로 예고 없이 달려들면서도 정작 그것이 나타나 주길 바랄 때에는 어딘가에서 나오지 않은 채 게으름을 피운다. 지금의 지오바니처럼 말이다. 그는 지금까지 하루도 빠짐없이, 이 정원에서 베아트리체를 만나 동양의 신비스러운 햇살 같은 그녀의 아름다움을 바라보고 마주 서서 삶의 신비에 대한 수수께끼를 그녀의 눈을 통해 느끼고 싶은, 그런 실현 불가능한 생각에 사로잡혀 있었다. 하지만 막상 그 일이 닥친 지금 그의 가슴은 이상하리만치 평온했다. 그는 베아트리체나 그녀의 아버지가 있는지 보기 위해 정원을 둘러보았지만 지금 그곳에는 오직 자신뿐이었다.

그는 정원의 식물을 자세히 살펴보기 시작했다. 그런데 지오바니의 눈에는 그 어떤 것도 정상이 아니었다. 너무나 화려하고 지나치게 열정적인 그 식물들은 어쩐지 인위적이기까지 했다. 나무들이 야생에서 그렇게 자라고 있었다면 숲을 건너다가 그것을 본 사람들은 필시 놀라 기겁을 했을 것이다. 어떤 식물들은 비유하자면 간통처럼 심각한 교배를 시켜 놓은 나머지 더 이상 신의 창조물이 아니라 그저 사악하게 아름다움을 베껴 만들어 놓은, 인간의 타락한 상상력이 낳은 괴기스러운 작품처럼 보였다. 순수한 본성과 섬세한 감성을 지닌 사람이 보았더라면 적지 않은 충격을 받았을 것이다. 어쩌면 이것들은 아름답고 사랑스러웠던 식물을 모두 모아 하나로 혼합하여, 정원 자체가 알 수 없는 기괴한 특징을 지니게 만들려는 박사의 실험이 성공한 결과물일지도 모르겠다고 생각했다.

이 정원에서 지오바니가 알아볼 수 있는 식물은 단 두어 종류뿐이었다. 지난번에 보았던 독을 가진 그 식물을 포함해서 말이다. 그가 이렇게 식물들을 살펴보고 있는데 옷 스치는 소리가 들려왔다. 그가 몸을 돌려 보니 베아트리체가 현관에서 나오고 있었다. 지오바니는 순간 당황했다. 정원에 허락 없이 들어온 것에 대한 사과를 해야 하는지, 아니면 이 정원에 대한 감상을 이야기하며 공감대를 형성하는 것이 우선일지 알 수 없었다. 하지만 베아트리체는 자연스럽고 가벼운 발걸음으로 정원에 난 길을 따라 걸어와 무너진 분수대 옆에서 그와 마주 보고 섰다. 자신이 어떻게 여길 들어올 수 있었는가에 대한 의문이 아직 풀리지 않았지만 어쨌든 그런 그녀의 모습은 그의 마음을 편하게 해 주었다. 그녀는 놀란 표정이었지만 동시에 맑고 기쁜 표정이었다.

"도련님, 꽃에 대해 잘 아시는 것 같아요."

그녀가 얼굴에 미소를 띤 채 지난번 그가 창문에서 꽃을 던진 이야기와 연관 지어 말문을 열었다.

"그러니 제 아버지의 희귀한 꽃들에도 관심이 가셔서 이렇게 오신 것 아니세요? 만약 아버지께서 여기 계셨더라면 이 식물들의 특징에 대해 재미있는 이야기를 많이 들려주셨을 텐데 아쉬워요. 아버지는 평생 동안 그런 연구를 하셨어요. 이 정원은 아버지 연구의 전부예요."

"박사님뿐만 아니라 아가씨께서도 이 화려한 꽃잎과 강렬한 향기에 대해서 깊은 지식을 가지고 있다고 들었습니다. 제 스승님이 되어 주신다면 라파치니 박사님께 배우는 것보다 더 훌륭한 학생이 되겠습니다!"

"그런 사실무근의 소문이 돌고 있단 말예요?"

베아트리체가 음악 소리처럼 웃으며 물었다.

"제가 아버지의 식물학에 대해 지식이 있다고 들으셨어요? 정말 말도 안 되는 소문이네요! 제가 비록 이 꽃들 속에서 자랐지만 색이나 향기 외에는 특별히 아는 것이 없답니다. 때로는 그 얼마 되지 않는 지식마저 모두 잊고 싶은걸요. 이 정원에는 저를 놀라게 하거나 기분을 상하게도 하는, 조금도 아름답지 않은 꽃들이 많아요. 제가 과학적 지식을 갖고 있다는 이야기는 믿지 말아 주세요. 당신의 눈으로 직접 보신 것 외에는 저에 관해 아무 이야기도 믿지 말아 주세요."

베아트리체가 말했다.

"그렇다면 제가 눈으로 본 것은 다 믿어도 된다는 말입니까?"

의미심장한 말이었다. 그는 자신을 움츠리게 만들었던 지난 일들을 떠올린 것이다. 그는 이야기를 계속했다.

"아가씨, 제게 바라는 것이 너무 작군요. 제게 아무것도 믿지 말아 달라고 부탁하시지요. 아가씨의 입을 통해서 나오는 말을 제외하곤 말입니다."

베아트리체는 그 말의 의미를 알아들은 것일까? 그녀의 뺨이 붉게 달아올랐다. 베아트리체는 지오바니의 눈을 똑바로 쳐다보았다. 그리고 그의 불안한 의심으로 가득 찬 눈을 향해 여왕과도 같은 기품으로 대답했다.

"그럼 그렇게 부탁하지요, 도련님. 저에 대해서 그 어떤 상상을 하셨든 모두 잊어 주세요. 어떤 외적 감각으로 느낀 것들이 비록 사실일지라도 어쩌면 실제론 사실이 아닐 수 있어요. 하지만 베아트리체 라파치니의 입에서 나온 말만큼은 가슴 깊숙한 곳에서부터 나온 진실이랍니다. 제 말만을 믿어 주세요."

그녀의 온몸에서 열기가 피어올랐고 그것은 진리의 빛이 되어 지오바니의 의식을 비추었다. 그녀가 말하는 동안 그녀 주위에 잠깐 짙고 달콤한 향기가 스쳤는데, 지오바니는 어떤 거부감 같은 것이 들어 그 향기를 들이마시는 것을 피했다. 그저 꽃의 향기였을지도 모르겠지만 어쩌면 그녀의 숨결일지도 모른다고 생각했다. 현기증 같은 것이 일어 그림자처럼 지오바니의 뇌리에 떠올랐다가 사라졌다. 그는 이 아름다운 처녀의 눈을 통해 그녀의 투명한 영혼을 확인하였다는 듯 더 이상 의심하거나 두려워하지 않게 되었다.

베아트리체의 태도에서 이제 격렬함이 사라지고 다시 명랑함이 느껴졌다. 그녀는 마치 외딴 섬의 처녀가 도시에서 온 여행객과 이야기를 나누는 것처럼 순수한 기쁨과 즐거움으로 가득 차 있었다. 그녀의 삶은 이 정원에 제한되어 있었던 것이 분명했다. 그녀는 햇살이나 여름의 구름 같은 단순한 것에 관해 이야기했다. 그리고 지오바니의 고향, 그의 친구와 가족들 그리고 도시들에 관해 질문했다. 지오바니는 그런 질문들을 들으며 그녀가 얼마나 철저하게 사람들로부터 격리된 채 살고 있는지 알 수 있었다. 그녀는 일상적인 사람들의 생활이나 그들의 관습에 대해 아는 것이 없었다. 지오바니는 그녀의 질문들에 대해 어린아이에게 말하듯 다정하게 설명해 주었다.

그녀의 정신은 첫 태양의 빛을 보았으며 세상의 땅과 하늘의 모습에 놀라워하는, 지금 막 솟아난 개울물처럼 지오바니 앞에 쏟아져 흘렀다. 그렇게 흐르는 물 위로 마치 다이아몬드와 루비가 반짝이며 솟아오르듯 그녀의 깊은 곳에서부터 보석처럼 빛나던 상상과 생각들이 튀어나오기도 했다. 그런 그녀를 보며 지오바니는 여러 의문들에 사로잡혔다. 자신과 함께 걷고 있는 이 여자가 자신의 상상력을 자극하고 자신을 공포에 몰아넣었던, 그렇게 끔찍한 특징을 가진 그 여자가 맞는 것인지. 그리고 자신이 정말 그녀를 인간으로서, 여자로서 인정하고 이야기를 나누고 있는가 등이었다. 하지만 이런 의문들은 순간적으로 떠올랐다가 사라졌다. 그는 그녀의 유난스런 친화력을 이해하고 곧 그녀에게 끈끈한 친밀감을 느끼게 되었다.

그들은 이렇게 자유롭게 정원을 거닐며 여러 곳을 돌아다니다가 보석처럼 빛나는 꽃들이 매달린 관목이 자라는 부서진 분수대 앞에 이르렀다. 지오바니는 여기서 중요한 사실을 깨달았다. 물론 나무에서 내뿜는 향기가 훨씬 더 강했지만, 베아트리체의 숨결에서 나왔던 향기가 바로 그 나무에서 퍼져 나오는 향기와 같다는 사실이었다. 지오바니는 그녀가 나무를 바라봤을 때 마치 가슴이 아프게 고동치는 듯 손으로 가슴을 누르는 것을 보았다.

"내가 너를 거의 잊고 있었구나."

베아트리체가 나무를 향해 중얼거렸다.

"아가씨, 하나 기억난 것이 있습니다. 지난번에 제가 아가씨께 꽃다발을 드렸을 때 답례로 이 꽃을 주겠다고 하였지요. 오늘의 이 조우를 기념하는 뜻으로 저 꽃을 꺾도록 허락해 주십시오."

그는 그 나무를 향해 걸음을 내디뎠다. 그리고 손을 뻗었다. 그러자 베아트리체가 갑자기 비수를 찌르는 듯한 날카로운 비명을 지르며 그의 손을 붙잡아 끌어당겼다. 그 여린 몸에서 어떻게 그런 힘이 나왔는지 모르겠다.

"만지면 안 돼요! 위험해요! 치명적이란 말예요!"

그녀가 고통스러운 듯 외쳤다.

그러더니 두 손으로 얼굴을 감싼 채 그로부터 도망쳐 현관을 통해 사라져 버렸다.

지오바니는 그런 그녀의 뒷모습을 눈으로 쫓다가 그쪽에 서 있던, 노쇠하고 창백하면서도 지적인 얼굴의 라파치니 박사 모습을 발견했다. 언제부터인지 알 수 없었지만 그는 이제껏 정원 입구의 그늘 속에서 자신들을 바라보고 있었던 것이다.

지오바니는 방으로 돌아왔다. 아직 가라앉지 않은 열정 속에서 그는 또다시 베아트리체를 떠올렸다. 그녀를 만난 이후부터 일어났던 일들도 모두 떠올랐다. 그리고 그녀의 소녀답고 여성스러운 온화함이 다시 느껴지는 것만 같았다. 그는 그녀에게서 분명 인간미를 느꼈다. 그녀는 부드럽고 여성적인 본성을 지녔으며 세상의 모든 아름다움을 지니고 있었다. 그녀는 고귀하고 아름다운 사랑을 할 수 있는 능력이 있었다. 이제껏 그를 사로잡았던, 그녀에게서 비롯된 끔찍한 증거들은 이제 지오바니에게서 잊혀졌다. 그리고 그중 몇몇은 어떤 신비로운 매력으로 바뀌어 베아트리체라는 여인을 더욱더 아름답고 특별한 존재로 만들었다. 끔찍하고 추악하게 보였던 것들이 모두 아름답고 특별한 것으로 승화되었다. 그는 그런 상태로 그날 밤을 보냈다.

새벽이 라파치니 박사의 정원에 잠들어 있던 꽃들을 깨우기 시작할 때쯤에야 그는 겨우 잠이 들었다. 꿈속에서 지오바니는 또다시 그 정원을 거닐었을 것이다. 아침이 되어 해가 떠올랐고 그의 눈꺼풀 위로 빛을 던졌다. 그는 힘겹게 눈을 뜨고 잠에서 깨어났다. 그리고 그때 그는 자신의 오른손에서 화끈거리고 욱신거리는 통증을 느꼈다. 베아트리체가 자신을 막으려고 들며 잡았던 바로 그 손이었다. 손등에 네 개의 작은 보라색 손가락 자국이 남아 있었다. 팔목에는 작은 엄지손가락 모양의 자국도 발견했다.

아, 사랑이란—비록 상상 속에서만 존재한 채 가슴 깊이 뿌리 내리지 못한 사랑일지라도—얼마나 고집스러운가! 지오바니는 손 주위를 손수건으로 싸매고 어떤 벌레에 쏘인 건가 싶어 고개를 갸우뚱했다. 그리고 베아트리체에 의해 얻은 그 통증에 대한 기억을 지워 버렸다.

첫 번째 만남은 우연이라 치더라도 두 번째 만남은, 우리가 운명이라고 부르는 것에 의한 필연적 만남이었다. 그리고 그 후로 세 번째 만남, 네 번째 만남이 이어졌다. 이제 정원에서 보내는 베아트리체와의 시간은 더 이상 어떤 사건이 아닌, 그의 삶 자체가 되어 버렸다. 베아트리체와 정원에서 황홀한 시간을 보내고 난 후에는 그의 나머지 삶 또한 그 만남에 대한 기억과 공상이 차지했기 때문이다. 이것은 라파치니의 딸도 마찬가지였다. 그녀는 이제 늘 그를 기다렸다. 그리고 그가 나타날 때면 어린 시절의 소꿉친구를 맞이하는 것처럼 자신의 신뢰 깊은 친구를 향해 뛰어갔다. 어떤 일 때문에 그가 정해진 시간에 오지 않는 경우 그녀는 그의 방 창문 아래로 가 짙고 달콤한 목소리로 그를 불렀다. 그녀의 목소리는 창틀을 타고 넘어와 그의 주위를 맴돌며 그의 가슴에 메아리쳤다.

"지오바니! 지오바니! 뭐 하고 있어요? 어서 내려오세요!"

지오바니는 독꽃들이 가득한 그 정원으로 서둘러 내려갔다. 하지만 이런 가까운 사이가 되었음에도 불구하고 베아트리체는 여전히 무언가를 숨기고 있었다. 그런 부분은 너무나 한결같고 부동적이었기 때문에 지오바니는 방법이 없었다. 어쨌든…… 그들은 사랑을 하고 있었다. 하나의 깊은 영혼에서 또 하나의 깊은 영혼으로, 성스런 비밀들을 전하는 눈빛으로 서로를 바라보았다. 사랑이란 단어를 사용하기에는 그들의 사랑이 너무나 성스러웠던 걸까? 그들은 열정적이었다. 하지만 그들은 손을 잡는다거나 입을 맞춘다거나 하는 육체적 행위는 하지 않았다. 그는 그녀의 빛나는 곱슬머리를 단 한 번도 만지지 않았다. 가벼운 바람이 불었을 때 그녀의 옷자락이 그를 스치게 했던 적도 없었다. 그들 사이엔 육체적 장벽이 있었다. 지오바니는 한두 번쯤 이 장벽을 넘고 싶었다. 하지만 그럴 때마다 베아트리체는 슬프고 경직된 얼굴로 몸을 떨며 정색했다. 그럴 때마다 지오바니는 가슴 깊이 묻어 두었던 베아트리체에 대한 의심을 다시 느끼며 화들짝 놀라곤 했다. 그 순간만큼은 그의 사랑이 아침 안개처럼 여리고 희미해졌다. 하지만 베아트리체의 표정에 어둠이 걷히고 다시 밝아질 때면 지오바니는 그녀가 알 수 없는 공포의 대상에서 다시 아름답고 순수하고 사랑스런 여인으로 보였다.

지오바니가 발리오니 교수를 마지막으로 만난 후 상당한 시간이 흘렀다. 그런데 어느 날 아침 발리오니 교수가 갑작스럽게 그를 찾아왔다. 지오바니는 당혹스러웠다. 그는 그동안 발리오니 교수에 대해 거의 잊고 있었다. 그리고 아마 쭉 그러리라 생각했다. 그는 지금 그 누구보다 열정적인 사랑에 빠져 있었고,

이런 자신을 이해해 주지 못할 사람이라면 그 누구와도 만나고 싶지 않았다. 발리오니 교수는 당연히 그를 이해하지 않을 사람 중에 한 사람이었다.

"최근 오래된 고전 작품들을 읽다가 흥미로운 이야기를 보았네. 어쩌면 자네도 아는 이야기일지 모르겠네. 인도의 왕자가 알렉산더 대왕에게 한 아름다운 여자를 선물로 보냈다는 이야기 말이네. 새벽처럼 사랑스럽고 황혼처럼 화려한 여인이지. 페르시아 장미의 정원보다 더 짙고 달콤한 향기가 그녀의 숨결에서 풍겼다는 특징이 있던 여자네. 혈기 넘치는 정복자 알렉산더 대왕은 단숨에 이 여자와 사랑에 빠졌지. 하지만 한 뛰어난 의사가 우연히 그녀에 대한 끔찍한 비밀을 발견했다지."

"그게 뭐였습니까?"

지오바니는 발리오니 교수의 눈을 피하며 시선을 아래쪽에 고정한 채 물었다.

"이 여자가 태어날 때부터 독을 영양분으로 하여 자라 왔고 결국 독이 되었다는 사실이네. 그녀는 독으로 이루어졌던 게야. 그녀가 내쉬는 그 향기로운 숨결은 공기를 시들게 했지. 그녀의 사랑은 독이었고 그녀의 포옹은 죽음이었던 게지. 어떤가? 이런 기이한 이야기를 믿을 수 있겠는가?"

"유치한 이야기군요. 놀랍네요. 연구하시느라 많이 바쁘실 텐데 그런 말도 안 되는 이야기를 읽을 시간이 있으셨나 봅니다."

지오바니는 신경질적으로 의자에서 몸을 일으키며 대답했다.

"자, 잠깐만……."

발리오니 교수가 불안한 표정으로 주위를 둘러보았다.

"이 방에서 나는 이 이상한 향기는 뭔가? 자네 장갑에서 나는 것인가? 약하지만 어쨌든 냄새가 나. 하지만 결코 좋은 냄새는 아니네. 이것을 오래 맡으면 몸이 상할 거야. 꽃향기인가? 방에는 꽃이 없는데 말이지."

발리오니 교수가 말했다.

"네, 제 방에는 꽃이 없습니다. 교수님께서 억지 상상이라도 하고 계신 건 아닙니까? 냄새란 본래 감각적인 것과 정신적인 것의 혼합으로 나타나는 것이라 착각하기 쉽죠. 어떤 향기에 대한 회상이라든가 그 향기에 관해 생각하는 것만으로도 실제 그 향기가 난다고 느낄 수 있는 겁니다."

자신도 모르게 얼굴이 하얗게 질린 지오바니가 서둘러 대답했다.

"아니, 내 상상력은 이런 장난 따위는 하지 않네. 그리고 내가 어떤 냄새를 맡는다면 그건 내 손가락에 스몄을 약품 냄새뿐이네. 내가 들은 대로, 우리의 존경하는 친구 라파치니는 자신의 약에 아라비아의 향기보다 더 강한 향기를 넣는다고 하더군. 자신의 딸 베아트리체 또한 그 약의 숨결로 자신의 환자들을 돌보려 하겠지. 하지만 그 약을 마시는 사람은⋯⋯!"

발리오니 교수가 말했다.

지오바니의 표정이 복잡해졌다. 발리오니 교수는 지금 자신이 사랑하는 순수하고 아름다운 라파치니의 딸에 대해 말하고 있는 것이다. 그는 고통스러웠다. 베아트리체에 대한 자신의 생각과 전혀 다른 발리오니 교수의 표현들이, 자신이 갖고 있던 의심을 조롱하며 악마의 미소를 짓는 것만 같았다. 그는 애써 평정심을 유지하며 발리오니 교수에게 이렇게 대답했다.

"교수님, 교수님은 제 아버지의 친구시지요. 그래서 친구의 아들을 위해 마음 써 주시는 것을 잘 압니다. 저도 교수님을 존경하고 좋아합니다. 하지만 교수님, 저희는 이야기를 나눌 수 없는 것이 한 가지 있습니다. 바로 베아트리체에 관한 것이지요. 교수님은 그녀를 잘 모르십니다. 지금 이런 교수님의 잘못된 이야기가 그녀에게 얼마나 모욕과 상처가 되는지 아십니까?"

"아, 지오바니! 불쌍한 지오바니!"

발리오니 교수는 차분하게 연민을 드러내며 외쳤다. 그리고 이렇게 덧붙였다.

"나는 말이네, 이 애처로운 소녀에 대해 자네보다 훨씬 더 많은 것을 알고 있네. 독술가 라파치니와 그의 독에 물든 딸에 대한 진실을 외면하지 말게. 그녀가 가진 아름다움이 강한 만큼 그녀의 독성도 강하다는 것을 인정하게. 앞으로 자네가 나를 어떻게 대한다 해도 나는 이 말을 꼭 해야만 하네. 인도 여자에 관한 그 오래된 우화가 베아트리체에게는 현실이라네. 라파치니의 깊고 치명적인 과학적 지식에 의해서 실현된 현실 말일세!"

지오바니는 괴로워하며 두 손으로 얼굴을 감쌌다.

발리오니 교수가 말을 계속했다.

"라파치니는 부정(父情)도 버린 채 끔찍한 방법으로 딸을 자신의 과학적 열정의 제물로 바쳤네. 그래, 그는 할 수만 있다면 자기 자신의 가슴에도 증류기를 넣고 증류시킬 수 있을 만큼 뼛속까지 과학자지. 하지만 자네까지 그에게 희생되어서는 안 되네. 자네는 라파치니의 새로운 실험의 재료로 선택되었어. 그리고 그 결과가 죽음으로 되돌아올 가능성이 다분해. 아니, 어쩌면 더 끔찍한 것을 겪게 될지도. 라파치니에게 과학적 관심의 대상이 되었다는 것은 너무나도 치명적인 일이네."

"꿈이야. 이건 분명 꿈일 거야……."

지오바니가 중얼거렸다.

"하지만, 지오바니. 아직 늦지 않았네. 어쩌면 불쌍한 그 아이를 자기 아비의 광기로부터 빼내 올 수도 있을 걸세. 이 작은 병을 봐 주게! 그 유명한 벤베누토 첼리니(*16세기 이탈리아의 유명한 금속 공예가.)가 직접 만든 것이네. 이탈리아에서 가장 아름다운 아가씨에게 사랑의 선물로 건네주기에 충분한 것일세. 그리고 그 안에 든 것이야말로 값을 매길 수 없는 귀중한 것이네. 해독제라네. 조금만 마셔도 악명 높은 보르지아(*르네상스 시대에 이탈리아에서 큰 번영을 누렸던 가문이며 자신들의 세력을 확장하기 위해 온갖 악행을 저질렀다.) 집안의 가장 강한 독도 해독할 수 있을 만큼 강한 효능을 지닌 거라네. 이 병, 이 안에 든 귀한 약물을 자네가 사랑하는 베아트리체에게 주게. 그리고 우리 함께 희망을 갖고 그녀를 지켜보세."

발리오니는 정교하게 만들어진 은빛 약병을 탁자 위에 내려놓고 자리에서 일어났다. 그리고 자신이 한 말이 이 젊은이를 움직일 수 있도록 기도하며 그곳을 나섰다.

우리가 계속 이야기해 왔듯이 지오바니는 베아트리체와 만나는 동안 계속해서 그녀의 실체에 대한 어둡고 무서운 추측 때문에 괴로워했다. 하지만 그는 그녀와 교제하는 동안 그녀가 단순하고 자연스러우며 매우 사랑이 많은 존재라는 것을 확신하게 되었다. 발리오니 교수가 그녀에 대하여 말한 것을 지오바니는 믿을 수도, 인정할 수도 없었다. 물론 그녀를 처음 보았을 때 받았던 불쾌한 기억들을 완전히 지운 것은 아니었다. 그는 베아트리체의 손 안에서 시들던 꽃다발과 그녀의 입김으로 인해 허공에서 죽어 떨어진 그 곤충만큼은 절대 잊을 수 없었다. 하지만 이런 사건들은 지금 그가 느끼고 있는 베아트리체의 순수한 빛에 모두 녹아 더 이상 사실적으로 와 닿지 않았으며 이제는 그 어떠한 감각적 증거를 들이대도 증명할 수 없는 환상이 되어 버렸다. 세상에는 우리가 눈으로 보고 만질 수 있는 것보다 더 진실되고 더 실질적인 것들이 있지 않은가. 베아트리체에 대한 지오바니의 믿음은 이렇듯 훨씬 더 단단한 증거에 기초하고 있었는데 바로 그녀의 고아한 성품에서 나오는 필연적인 힘이었다. 하지만 이제 그의 마음은 이전처럼 뜨겁고 높은 곳에 계속 머무르지 못하게 되었다.

그는 세상 속의 의심들로 점점 내려앉아 베아트리체의 순결하고 순백한 존재를 헤집고 다녔다. 그는 베아트리체를 포기하지 못했지만 믿음이 옅어지고 있는 것도 사실이었다. 그리고 그는 드디어 그녀의 육체가 그녀의 정신만큼 순수하고 고아하고 진실된지 확인하겠다고 결심했다. 그 파충류와 곤충과 꽃에 대해선 그의 눈이 착각했을 수도 있다. 하지만 어쩌면 싱싱하고 건강했던 꽃이 베아트리체의 손 안에서 갑자기 시드는 것을 다시 목격할 수 있을지도 몰랐다. 그는 꽃 가게로 갔다. 그리고 아침 이슬들이 아직 보석처럼 반짝이며 매달려 있는 싱싱한 꽃다발을 샀다.

베아트리체와 만날 시간이 다가왔다. 그는 정원으로 내려가기 전에 거울을 보았다. 잘생긴 젊은 남자라면 으레 그럴 수도 있지만 이것은 불안하고 중요한 순간마다 그의 미약한 감정을 드러내는 행동이었다. 그는 거울에 비친 자신을 들여다보며 자신의 얼굴이 그 어느 때보다 더 건강한 고귀함을 띤다고 느꼈다. 그는 자신의 눈에 생기가 넘치고 혈색도 좋다고 생각했다.

"최소한 그녀의 독이 아직 내 몸 안에 스미지는 않았어. 나는 그녀의 손안에서 시드는 꽃 따위가 아니니까."

그는 혼잣말을 중얼거리며 들고 있던 꽃다발로 시선을 돌렸다.

그 순간 그는 발견했다. 이슬을 머금고 있던 꽃들이 축 쳐져 있는 것을 말이다. 뭐라고 설명할 수 없는 전율이 그의 몸을 때렸다. 어젯밤에만 해도 싱싱하고 화려했던 꽃이었다. 지오바니의 얼굴이 대리석처럼 새하얗게 질렸다. 그는 다시 거울로 시선을 돌려 끔찍한 괴물을 보는 듯한 시선으로 자신을 바라보았다. 방 안에서 이상한 냄새가 난다는 발리오니 교수의 말이 떠오르며 자신의 숨에도 독이 깃들게 되었다는 사실을 깨달았다. 그는 전율했다. 스스로에 대한 공포였다. 그는 멍한 상태로 고개를 들었다. 천장 한구석에 거미줄을 만들며 부지런히 움직이고 있는 거미가 보였다. 그는 그 거미를 뚫어지게 바라보기 시작했다. 거미는 천장에서도 거리낌 없이 매우 활기차게 움직이며 정교하게 엮인 거미줄 사이를 분주하게 움직였다. 지오바니는 그런 거미를 향해 조금 더 다가가 깊고 긴 숨을 한 번 내뿜어 보았다. 거미가 갑자기 움직임을 멈추었다. 그리고 이 직공의 경련이 거미줄을 떨게 만들었다. 지오바니는 다시 한 번 자신의 가슴으로부터 더 깊고 더 긴 숨을 내쉬었다. 자신이 사악한 것인지 아니면 자신이 절망에 휩싸인 것인지 알 수 없었다. 거미는 다리를 흔들며 발작을 일으키다가 창가로 몸을 떨궜다.

"저주받았어! 저주받았다고! 나의 숨에 이 거미가 죽었어!"

지오바니가 중얼거리며 외쳤다.

그 순간 정원으로부터 짙고 달콤한 목소리가 들려왔다.

"지오바니! 지오바니! 시간이 지났어요! 왜 이렇게 늦는 거죠? 어서 내려와요, 지오바니!"

"그래, 이제 내 숨으로 죽이지 못하는 것은 그녀뿐이다. 아, 차라리 내 숨으로 그녀를 죽일 수 있다면!"

지오바니가 다시 중얼거렸다.

그는 정원으로 뛰어 내려갔다. 조금 전만 해도 분노와 절망으로 가득 차 그녀를 만나면 저주의 눈길을 부어 주리라 생각했지만 베아트리체의 밝고 사랑스러운 눈빛을 마주 대한 그는 금세 이 모든 것에 무기력해졌다. 종교적 평온으로 자신을 감싸 안던 그녀의 여성적인 섬세함과 온화함에 대한 기억, 순수한 샘물 깊은 곳에서 솟아난 듯 그녀의 가슴으로부터 솟은 열정이 눈에 비치던 기억들이 한데 떠올랐다. 지오바니는 그 어떤 악의 안개가 그녀를 덮치고 있다 한들 그녀의 참모습은 천국의 천사라고 자신에게 각인시켜 주었던 기억들을 떠올렸다. 이미 돌이킬 수 없게 되어 버렸지만 베아트리체에 대한 그의 사랑은 여전했다. 그리고 이제 지오바니의 분노는 우울함과 무기력함에 덮여 사그라지고 있었다. 베아트리체는 그런 그를 보며 그들 사이에 이제 다시는 넘을 수 없는 벽이 쌓였다는 것을 알아차렸다. 그들은 침묵을 지킨 채 함께 정원을 거닐었다. 지오바니는 보석 같은 꽃들이 매달린 관목이 자라는 대리석 분수대와 물웅덩이에 이르렀을 때 무시무시한 사실을 하나 더 깨달았다. 자신이 그 꽃들의 향기를 즐기며 식욕이 왕성한 사람처럼 열성적으로 그 향기를 들이마시고 있다는 사실이었다.

"베아트리체, 이 나무는 어디서 온 겁니까?"

문득 그가 물었다.

"제 아버지가 만드신 거예요."

그녀는 침착하게 대답했다.

"만들었······! 만들었다고요! 그게 무슨 뜻입니까?"

지오바니가 물었다.

"아버지는 자연의 비밀들을 무섭도록 많이 알고 계세요. 내가 첫 숨을 내쉬는 그 순간에 이 나무가 땅에서 솟아났지요. 내가 자연을 통해 태어난 아버지의 자식이라면 이 나무는 과학을 통해 태어난 아버지의 자식이에요."

그녀는 이렇게 말하다가 지오바니가 나무 가까이에 다가가는 것을 보고 소리쳤다.

"다가가진 마세요!"

그리고 말을 이었다.

"이 나무는 지오바니 당신이 상상도 못할 특성을 갖고 있죠. 그런데 지오바니, 나는 이 나무와 함께 자라고 이 나무와 함께 피어났어요. 우리는 함께 숨 쉬며 서로의 양분을 공유했어요. 그래서 이 나무는 저의 동생이나 마찬가지지요. 나는 사람을 사랑하듯 이 나무를 사랑해요. 왜냐하면, 아아! 당신도 이미 알고 있듯……! 그게 가혹한 저의 운명이니까요!"

지오바니가 너무나도 어두운 눈빛으로 얼굴을 찡그리고 있었기 때문에 베아트리체는 말을 멈추고 잠시 몸을 떨었다. 하지만 곧 그에 대한 그녀의 믿음이 되살아났다. 그녀는 잠시나마 그를 의심했다는 자책감에 얼굴을 붉혔다.

"가혹한 운명이오."

그녀가 말을 계속했다.

"아버지의 과학을 향한 사랑이 저를 세상으로부터 격리시켰던 거예요. 사랑하는 지오바니, 하늘에 계신 주님께서 당신을 보내 주기 전까지 제가 얼마나 외로웠는지 당신은 몰라요."

"그렇게 가혹하던가요?"

지오바니가 베아트리체를 바라보며 물었다.

"네. 최근에 와서야 알게 되었죠. 네, 하지만 저는 담담해요. 그러므로 평온하지요."

순간 지오바니의 분노가 어두운 구름으로부터 번개가 내리치듯 갑자기 터져 버렸다.

"저주받은 사람!"

그는 악의에 찬 경멸과 분노를 터뜨리며 소리쳤다.

"당신의 고독이 지겨워진 나머지 나를 끌어들였어. 이 세상과 분리시켜 끔찍한 공포의 세계로 말이야!"

"아니에요!"

베아트리체가 자신의 밝고 커다란 눈을 들어 그를 향해 외쳤다. 그녀는 아직 그의 말을 완벽하게 깨닫지는 못하고 있었다. 그녀는 번개를 맞은 듯 멍하니 그를 바라보았다.

"맞아! 당신은 독이야! 당신이 날 이렇게 망쳐 놓았어! 내 혈관을 모두 당신의 독으로 채웠어! 나를 당신처럼 역겹고 추하고 끔찍하며 치명적인 존재로 만들어 놨어! 모두가 피하는 그런 괴물로 만들었단 말이야! 자, 만약 우리의 입김이 다른 사람에게 치명적인 것처럼 서로에게도 치명적이라면, 이제 우리의 입술을 합쳐 증오의 키스를 한 다음 함께 죽어 버립시다!"

지오바니는 격정적으로 외쳤다.

"하늘이시여, 제게 왜 이런 시련을 주시나요? 하늘에 계신 성모 마리아님, 이 상처받은 소녀를 가엾이 여겨 주세요!"

베아트리체가 낮게 신음하며 중얼거렸다.

"당신! 지금 기도라도 하는 겁니까?"

지오바니가 얼굴에서 여전히 경멸의 표정을 지우지 않은 채 물었다.

"지금 그 기도조차도 당신의 입을 통해 나오는 순간 공기를 죽음으로 물들이고 있어. 그래, 그러면 좋소! 우리 함께 기도합시다. 함께 성당에 가 입구에 놓인 성수에 우리의 손가락을 담가 뒤에 오는 사람들을 모두 병들어 죽게 합시다! 손을 들어 공중에 성호를 그읍시다! 공기 속에 우리의 저주가 성스러운 상징이 되어 퍼지게 말이오!"

"지오바니, 왜 그렇게 끔찍한 말들을 하나요? 당신 말대로 나는 끔찍한 존재가 맞아요. 하지만 당신은 이런 나를 향해 한 번

몸서리를 친 다음 이곳을 나가서 다시 세상 사람들과 어울리면 돼요. 이 불쌍한 베아트리체라는 괴물이 정원에서 살고 있다는 사실을 잊고 말이에요."

베아트리체가 침착한 말투로 말했다. 이미 그녀의 슬픔은 격정의 한계를 넘어 버렸던 것이다.

"지금 모른 척하는 겁니까? 보시오! 라파치니의 순결한 딸에게서 내가 얻은 것이 무엇인지를!"

때마침 정원에서 꽃향기가 약속한 꿀을 찾아 날아온 한 떼의 여름 벌레들이 공중을 날아다니다가 지오바니의 머리 주위로 다가왔다. 몇몇 나무들에 이끌렸던 것과 같은 이유로 그에게 이끌렸으리라. 그는 그런 날벌레들을 향해 숨을 내뿜었다. 적어도 스무 마리 이상이 땅으로 떨어져 죽었다. 그는 베아트리체를 향해 씁쓸하게 미소 지었다.

"이제 알았어요! 이제 알았어요! 제 아버지의 치명적인 과학 때문이에요, 지오바니! 저 때문이 아니에요! 절대, 절대로요! 저는 그저 당신을 사랑했고 당신과 함께 있기를 바랐을 뿐이에요. 그리고 이제 당신을 떠나보내야 한다고 생각했어요. 당신의 모습을 영원히 기억하고 싶었어요. 믿어 주세요, 지오바니. 비록 나의 몸은 아버지의 독으로 자랐지만 나의 정신만큼은 신의 자연에서 자랐어요. 아버지예요! 아버지가 우리를 이 끔찍한 인연으로 묶은 거예요. 지오바니, 나를 죽여 주세요! 지오바니, 이제 죽음이 두렵지 않아요! 하지만 이것만큼은 믿어 줘요. 나는 당신에게 아무 짓도 하지 않았어요! 맹세해요!"

베아트리체가 소리쳤다.

이제 지오바니에게는 분노조차 남아 있지 않았다. 그리고 이런 그녀를 보며 그는 다시금 베아트리체와 자신 사이에 존재하는 사랑의 감정에 휩싸였다. 그들은 지금 절대 고독 속에 서 있었다. 아무리 많은 사람들 속에 뒤섞여도 절대로 희석될 수 없는 그런 절대 고독 말이다. 인간성이 제거된 이 황량한 사막에 고립된 한 쌍의 인간을 어찌해야 하는가? 그들은 서로에게 더욱 가까이 서야 했다. 서로가 사랑하지 않는다면 그 누가 그들을 사랑해 줄 수 있겠는가. 지오바니는 이제 세상으로 돌아갈, 특히 베아트리체와 함께 세상으로 돌아갈 희망의 끈을 아직 놓지 않았다. 베아트리체의 순결하고 고아한 사랑을 내치고 홀로 세상으로 돌아가 행복할 수 있다는 것은 망상이었다. 그는 자신이 약하고 이기적이며 비열한 욕심을 부렸다고 생각했다. 하지만 그것은 그의 희망에 불과했다. 지오바니는 알지 못했다. 베아트리체는 이제 그 상처투성이의 가슴을 안고 무거운 발걸음을 뗄 시간의 경계선을 넘어 어느 낙원으로 향할 것이다. 그곳에서 그녀는 치유의 샘물에 자신의 상처를 씻고 불멸의 빛 속에서 자신의 슬픔을 지울 것이다. 그리고 그녀는 그곳에서 평화로이 영원토록 살게 되리라.

"베아트리체."

그가 베아트리체에게 다가가며 그녀를 불렀다. 그녀는 지오바니가 가까이 다가올 때 늘 그랬듯 몸을 움츠렸지만 지금의 움츠림은 예전과 다른 이유에서였다. 지오바니가 말을 이었다.

"사랑하는 베아트리체, 우리의 운명은 그렇게 절망적이지만은 않아요. 이걸 보시오! 한 훌륭한 의사가 우리를 위해 만들어 낸 해독제입니다. 이 약은 당신 아버지가 당신과 내게 내린 저주와 반대되는 성분이지요. 아주 귀한 약초의 즙을 뽑아 만든 것입니다. 우리는 이제 함께 이 약을 마시고 독으로부터 정화되는 겁니다!"

"그 약을 제게 주세요! 제가 먼저 마셔 볼 테니 당신이 결과를 지켜봐 주세요."

베아트리체가 지오바니의 가슴팍에서 꺼낸 작은 은병을 향해 손을 뻗으며 말했다. 그녀는 발리오니가 준 해독제를 입가로 가져갔다. 그런데 바로 그 순간 라파치니가 현관 입구로부터 모습을 드러냈다. 그는 부서진 대리석 분수 쪽을 향해 천천히 걸어오고 있었다. 이 창백한 얼굴의 과학자는 승리에 취한 표정으로 아름다운 남녀를 바라보았다. 마치 예술가가 일생에 걸쳐 완성한 자신의 작품을 보며 짓는 그런 표정이었다. 그는 걸음을 멈추었다. 그리고 굽은 상체를 똑바로 폈다. 그리고 자식을 향해 축복을 내리듯 그들에게 독을 뿌린 손을 다시 뻗어 올렸다. 지오바니는 몸을 떨었고, 베아트리체는 몸서리를 치며 손으로 가슴을 움켜쥐었다.

라파치니가 말을 시작했다.

"나의 딸아, 이제 너는 더 이상 외롭지 않다. 네 동생 나무에서 보석 같이 귀한 꽃을 꺾어 네 신랑에게 그 꽃을 가슴에 달아 달라고 해라. 이제 그것은 더 이상 그에게 해롭지 않으니까 말이다. 나의 과학과 너희의 감정이 그의 몸 안에 스며들어 이제 그는 일반 사람들과 다른 특별한 사람이 된 것이다. 나의 기쁨이자 나의 승리인, 네가 보통 여자들과 다른 것처럼 말이다. 이제 너희는 서로에게 가장 소중한 사랑의 대상으로, 세상 사람들에게는 두려움의 대상으로 이 세상을 살아가게 된 것이다!"

"아버지, 아버지는 대체 무엇 때문에 당신의 자식에게 이런 비참한 운명을 주신 거죠?"

베아트리체가 아직도 가슴에서 손을 떼지 않은 채 희미한 목소리로 자신의 아버지에게 물었다.

"비참하다니!"

라파치니가 외쳤다.

"그게 무슨 말이냐. 그 어떤 것도 대적할 수 없는 위대한 능력을 얻은 것이 비참하다는 것이냐? 아무리 힘센 것도 숨결 하나로 제압할 수 있고 그토록 아름다우면서 동시에 무서울 수도 있는 것이 비참하다는 것이냐? 모든 악에 당하기만 하고 아무것도 못하는 한낱 약한 여인네로 사는 게 좋단 말이더냐?"

"저는 사랑받는 존재이고 싶었어요. 무서운 존재가 아닌……."

베아트리체가 땅에 주저앉으며 중얼거렸다.

"하지만 이제는 괜찮아요, 아버지. 전 아버지가 제 존재와 뒤섞으려고 그렇게 애쓰셨던 악이 꿈처럼 사라질 곳으로 가고 있어요. 이 꽃들의 향기처럼 말이죠. 그 동산에서는 꽃들이 제 숨을 오염시키지 못할 테지요. 지오바니, 잘 있어요……! 당신이 내게 했던 그 증오의 말들이 아직 내 가슴속에 납처럼 무겁게 남아 있지만 내가 천국에 도달할 때쯤이면 모두 사라져 있을 테니 걱정 말아요. 아, 어쩌면 처음부터 당신이 나보다 더 많은 독을 갖고 있던 것은 아니었나요?"

베아트리체에게는—라파치니의 과학적 기술에 의해 자연적인 체질이 완전히 뒤바껴 버린 그녀에게는—독이 생명이었듯 해독제는 곧 죽음이었던 것이다. 인간의 교묘한 재주와 억울함을 견디지 못하는 인간의 본성 그리고 왜곡된 지혜를 향한 그들의 노력이 가진 치명성은 베아트리체를 자신의 아버지와 지오바니의 발아래서 죽어 가도록 만들었다. 그리고 그때 피에트로 발리오니 교수가 창문에서 그들을 내려다보며 승리감과 두려움이 교차하는 목소리로 벼락 맞은 듯 굳어 버린 과학자를 향해 이렇게 소리쳤다.

　"라파치니! 라파치니! 그래, 이것이 바로 자네 실험의 결말인가?"

이선 브랜드
─실패한 모험담 중 하나

어느 해질녘이었다. 거칠고 체구가 큰 석회공 바트람이 얼굴에 숯을 잔뜩 묻힌 채 가마를 지켜보며 앉아 있었다. 그의 어린 아들은 주위에 흩어져 있는 대리석 조각들로 집짓기 놀이를 하고 있었다. 그런데 그때 산 아래쪽에서 큰 웃음소리가 들려왔다. 기쁜 웃음소리가 아닌 숲의 나무를 흔들며 지나가는 바람처럼 진지하고 엄숙한 웃음소리였다.

"아버지, 무슨 소리예요?"

어린 아들이 놀이를 멈추고 아버지의 무릎에 매달리며 물었다.

"술주정뱅이겠지. 마을 주막에서는 지붕이 날아갈까 봐 크게 못 웃다가 여기 그레이록(*미국 매사추세츠 주의 버크셔카운티 북서부에 있는 산.)에 와서야 마음껏 웃는 술꾼들 있지 않느냐."

"하지만 저 사람은 기분이 좋은 것 같지 않은데요? 아버지, 무서워요!"

아이는 둔감한 자신의 아버지와는 달리 섬세하고 예민한 편이었다.

"바보 같기는! 그렇게 해서 어떻게 사내대장부가 되겠느냐? 넌 네 엄마를 너무 닮았어. 나뭇잎만 바스락거려도 놀라는 게냐? 잘 들어 보아라! 이제 기분 좋게 취한 사람 하나가 곧 올라올 테니."

그는 큰 소리로 아들을 꾸짖었다.

바트람과 그의 어린 아들은 다시 석회 가마로 눈을 돌렸다. 이선 브랜드란 사람이 '용서받지 못할 죄'를 찾아 나서기 전 홀로 명상에 잠긴 채 바라보던 바로 그 가마였다. 이선 브랜드는 자신의 어두운 생각들을 가마의 강렬한 불길 속으로 던져 넣었고 그래서 그 모든 생각들은 결국 불길에 녹아 한 가지로 응집되었다. 어쨌든 그 가마는 예전 모습 그대로 이 산에 그렇게 남았다.

가마는 6미터 정도 높이의 크기였다. 거친 돌과 흙으로 이루어진 조잡스러운 둥근 탑 모양 구조물이었다. 가마의 윗부분 중 대부분은 흙더미로 쌓아 올려 다졌다. 그래서 대리석 덩어리와 조각품들을 수레로 끌고 와 위쪽에서 던져 넣을 수 있도록 되어 있었다. 탑 모양 가마의 맨 아래쪽에는 한 사람이 몸을 구부리고 들어갈 만한 크기의 화덕 구멍이 나 있었고 그 입구에는 무거운 철문이 달려 있었다. 이 문은 마치 산 중턱 전체로 들어서는 입구처럼 보였는데, 이 문의 갈라진 틈 사이로 내비치는 불빛은 마치 '즐거운 산'(*영국 작가 존 버니언이 쓴 작품 『천로역정』에 등장하는 산.)의 목동들이 순례자들에게 보여 주며 경고를 던지곤 하던

지옥의 비밀 입구 같기도 했다.

이 지역에는 이런 석회 가마들이 많았다. 주위의 산에서 대리석이 많이 났기에 그것을 굽는 곳이 많이 생겼던 것이다. 그중 몇몇 가마들은 아주 오래전에 만들어져 이제는 버려진 지 오래되기도 했는데, 그런 산기슭의 빈 가마터에는 잡초와 야생화들이 무성하게 자라고 있었다. 이것들은 역사 깊은 유적지처럼 보이기도 했는데 앞으로 몇 백 년 정도가 더 지난다면 온통 이끼로 뒤덮일 것이다. 반면에 석회공들이 밤낮으로 일을 하고 있는 바쁜 가마들은 여행자들에게 즐거운 휴식처였다. 사람들은 통나무나 대리석 조각 위에 걸터앉아 석회공과 이야기를 나누다가 가곤 했다.

석회를 굽는 일은 매우 고독한 일이다. 사색에 빠지기 쉬운 이들에게는 더구나 그랬다. 이 일을 하다 보면 그들은 깊고 깊은 생각의 심연 속으로 빠져들기 십상이었다. 이선 브랜드가 바로 그런 경우였다. 오래전 그는 이 가마의 불꽃 앞에 앉아 깊고 깊은 생각에 빠져 버렸던 것이다. 하지만 지금 이 가마를 지키고 있는 사람은 자신의 직업에 필요한 몇 가지 생각 외의 쓸데없는 생각은 전혀 하지 않는 아주 무던한 감성의 소유자였다. 그는 그저 때에 맞춰 쇠문을 열고 강한 불빛으로부터 얼굴을 돌린 채 큰 참나무 더미를 밀어 넣는 일 그리고 긴 막대기로 불더미를 휘휘 젓는 일 따위를 하는 데에만 집중할 뿐이었다.

땔감을 더 넣기 위해 쇠문을 열자 화로 안의 격렬하게 타오르는 불길과 강한 열기에 타 녹아내리는 대리석이 보였다. 밖에서는 이런 모습이 불길에 대비되어 검게 보이는 오두막집 한 채,

문 옆의 샘터, 건장한 체격의 석회공 그리고 그런 아버지 곁에서 움츠리며 피해 있는 겁먹은 아이의 모습이 그림자처럼 어른거렸다. 가마의 쇠문이 다시 닫혔고 곧 반달이 모습을 드러냈다. 비록 그 달빛은 너무나도 연약하여 풍경을 제대로 밝히지 못했지만 말이다. 계곡 아래쪽에서는 태양이 물러간 지 오래되었지만 아직 장밋빛 황혼에 희미하게 물들어 있는 한 무리의 구름들이 유유히 흘러가고 있었다.

산 중턱을 향해 올라오는 발소리가 들리고 곧 나무 밑동의 관목 숲이 젖혀지며 사람의 모습이 보이자 아이는 아버지 쪽으로 더 붙어 매달렸다.

"어이! 게 누구요? 어서 모습을 드러내쇼! 그러지 않으면 이 대리석 덩어리를 내던져 버릴 테니!"

석회공은 아이의 소심한 모습을 보고 한심해 하면서도 그런 아이 때문에 자신도 영향을 받아 외려 더 큰 소리로 외쳤다.

"이렇게 거칠게 맞이해 주시니 좀 그렇군요. 여기가 원래 내 가마였다고 해서 더 친절한 환영을 바라거나 요구할 생각도 없었지만 말입니다."

음울한 목소리로 대답하는 낯선 자가 모습을 드러냈다.

바트람은 그 사람을 더 자세히 보기 위해 가마의 쇠문을 열었다. 그러자 강한 불빛이 확 쏟아져 나오며 그 사람을 정면으로 비추었다. 그는 언뜻 봐서는 별로 특이한 점이 없었다. 그는 키가 크고 마른 편이었으며 투박한 감색 양복을 입었고 여행자에게 어울리는 튼튼한 신발을 신었으며 손에는 지팡이를 들고 있었다.

그는 가마로 조금 더 다가오며 가마 안의 불빛을 유독 집중하여 바라보았는데, 마치 가마의 불길 안에 뭔가 이상한 점을 보았거나 보기를 원하는 그런 눈빛이었다.

"안녕하쇼. 밤이 늦었소만 어디서 오는 길이요?"

석회공이 물었다.

"무언가를 찾는 모험에서 돌아오는 길입니다. 이제야 끝났지요."

"취했거나 미쳤군. 문제를 일으키기 전에 빨리 쫓아야지."

바트람이 중얼거렸다. 아이는 무서워서 떨었고 얼른 가마의 문을 닫아 달라고 아버지에게 속삭였다. 가마 불빛에 비춰진 나그네의 얼굴을 보기가 두려워서였다. 그런데 그의 얼굴에는 어떤 기묘한 힘도 있었다. 사실 둔한 감각의 석회공조차 그의 헝클어진 머리, 마르고 거친 듯한 형체, 뭐라 설명할 수 없는 깊은 생각에 잠긴 듯한 얼굴, 신비한 동굴 입구에서 홀로 반짝이는 불빛 같은 것을 내뿜는 두 눈이 심상치 않다는 것을 느끼고 있었다. 그는 가마 문을 닫았다. 그러자 낯선 자가 말을 걸어왔다. 꽤나 차분하고 다정한 느낌의 말투였기에 바트람은 곧 그가 이상한 사람이 아닐지도 모른다고 생각했다.

"작업이 거의 끝나가는군요. 삼 일 정도 구웠으니 몇 시간만 더 지나면 곧 석회가 되겠습니다."

나그네가 말했다.

"아니, 당신은 대체 누구쇼? 이 일 좀 해 보신 것 같구려."

석회공이 놀라 물었다.

"그렇소. 아주 오랫동안 바로 여기 이 자리에서 같은 일을 했습니다. 이 지방분이 아니신 것 같은데……. 혹시 이선 브랜드라는 사람에 대해 들어 보신 적이 있으신지요?"

"그 '용서받지 못할 죄'인지 뭔지를 찾아 나섰다는 그 사람 말이오?"

바트람이 물었다.

"내가 바로 그 사람이오. 그리고 그는 자신이 찾는 걸 찾았기에 이렇게 돌아온 것이오."

그자가 대답했다.

"뭐라고? 그럼 당신이 바로 그 이선 브랜드란 말입니까?"

석회공이 놀라 큰 소리로 되물었다. 그리고 이렇게 덧붙였다.

"그렇소, 나는 이 지역에 새로 왔소. 그리고 사람들 말로는 당신이 이 그레이록을 떠난 지 십팔 년이나 되었다던데……. 하지만 아직도 아랫동네 사람들은 이선 브랜드란 사람에 대해 이야기를 하며 그가 가마 앞을 떠난 모험에 대해 말들이 많은 걸로 아오. 그런데 당신은 그 '용서 받지 못할 죄'라는 걸 찾아낸 겁니까?"

석회공이 놀라 물었다.

"그렇소."

나그네가 차분하게 말했다.

"근데 그런 게 진짜 있다면…… 그건 대체 어디에 있답니까?"

바트람이 물었다.

"바로 여기입니다."

이선 브랜드가 자신의 가슴 위에 손을 올리며 대답했다.

그는 자신으로부터 가장 가까이 있다는 사실을 모른 채 그것을 찾아 온 세상을 헤매고 다닌 것이다. 자신의 가슴을 잊은 채 다른 사람의 가슴속에 숨겨진 비밀을 찾느라 애썼던 것이다. 그는 어리석은 모순에 대해 다시금 허탈감을 느꼈는지 서글픈 표정으로 비웃음 같은 것을 터뜨렸다. 조금 전 석회공과 어린 아들을 놀라게 만들었던 바로 그 느리고 무거운 웃음소리였다. 그 웃음소리는 산허리를 감싸 울려 퍼지며 더 음산해졌던 것이다.

적절한 장소와 적절한 때가 아닌 곳에서 울려 퍼지는 웃음은, 인간이 입 밖으로 내는 가장 무서운 말이 될 수 있는 것이다. 잠자는 사람-어린아이일지라도-의 웃음소리, 미친 사람의 웃음소리, 바보의 웃음소리들을 보아라. 언제 들어도 무섭지 않은가? 시인들이 악마나 도깨비가 내는 소리 중에서 가장 많은 공포감을 불러일으키는 소리도 웃음소리라고 말하는 것은 사실인 것이다. 둔한 이 석회공조차 낯선 자가 자신의 가슴팍을 들여다보며 웃음을 터뜨리는 순간 온 신경이 곤두서는 것을 느꼈다.

"조, 마을 주막으로 달려가거라. 그리고 거기 있는 사람들에게 이선 브랜드가 돌아왔다고 알려라. 그리고 그가 '용서받지 못할 죄'를 찾았다고도 전해라."

석회공이 아들에게 말했다.

아이는 곧 집을 뛰어나갔다. 이선 브랜드는 그의 이런 행동에 별 신경을 쓰지 않는 것 같았다. 그는 가마 앞 통나무에 앉은 채 가마의 쇠문을 계속 바라보았다. 아이의 빠르고 가벼운 발소리가 더 이상 들리지 않게 되면서 석회공은 아이를 보낸 것을 후회하기 시작했다. 어린아이의 존재가 자신과 손님 사이에 장벽 역할을 해 주고 있었다는 것을 깨달은 것이다. 그는 이제 하늘이 자비를 베풀어 줄 수 없는 유일한 죄악을 범했다고 고백한 사람과 정면으로 마주 대해야 했던 것이다. 그 죄악은 어두운 그늘을 자신의 위로 드리우고 있는 듯했다. 이제껏 자신이 했던 나쁜 일들이 마음속에 떠오르며 석회공을 혼란스럽게 만들었다. 그 죄악은 타락한 인간의 천성이 생각해 내고 저지를 수 있는 모든 죄악들과 비슷했다. 죄악들은 결국 하나의 뿌리를 가지고 있었다. 그렇게 동족의 죄악들이 그의 가슴과 이선 브랜드의 가슴 사이를 오가며 음침한 첫인사를 나누고 있었다.

그 순간 바트람의 머릿속에 이선 브랜드에 관한 아주 오래된 이야기가 떠올랐다. 그는 너무나 오래전에 떠났던 사람이다. 이제는 땅속에 묻힌 죽은 이들이 그보다 이곳을 더 편하게 느낄 정도로 말이다. 이제껏 그 전설을 재미로만 흘려 넘겼던 바트람은 이제 이 이야기가 무섭게 느껴졌다.

전해져 내려오는 이야기에 따르면, 이선 브랜드는 이 가마의 불길 속에서 타오르는 사탄과 이야기를 나누었다. 이선 브랜드가 모험에 나서기 전, 오랫동안 그가 밤마다 석회 가마의 뜨거운 불길 속에서 악마를 불러내어 '용서받지 못할 죄'에 관해 이야기를 나눴다는 것이다. 이선 브랜드는 악마와 속죄할 수 없거나 용서받을 수 없는 죄악들에 대해 실컷 대화를 나누었다. 그러다가 산 너머로부터 첫 아침 햇살이 비치면 악마는 다시 쇠문 안으로 들어가 뜨거운 불길 속에서 또 다른 밤이 올 때까지 기다린 다음, 다시 어둠이 내리깔리면 인간이 저지를 수 있는 죄악에 대한 이야기를 계속했다고 한다. 석회공이 이런 무서운 생각들과 사투를 벌이고 있는 사이, 이선 브랜드가 통나무에서 일어나 가마의 문을 열어젖혔다. 순간 자신이 생각하고 있던 이야기와 이선 브랜드의 행동이 정확하게 앞뒤가 맞아떨어지자 석회공은 놀라 소리쳤다.

"잠깐! 잠깐!"

그는 떨리는 목소리에도 불구하고 웃음을 잃지 않으려고 애썼다. 무서워하는 자신이 창피했기 때문이었다.

"제발 악마를 불러내는 짓은 하지 말아 주세요!"

그가 부탁했다.

"아니! 내가 여기서 무슨 악마를 불러온다는 말이오? 나는 악마를 떼어 내고 오는 길이오. 아직 악마와 함께인 자들은 당신 같은 사람들이지. 내가 가마 문을 열어서 놀랐다면 사과하리다. 그저 습관이 그렇게 들어서. 나도 한때 석회공이었으니 불이나 좀 조절해 보지요."

이선 브랜드가 진중한 말투로 말했다.

이선 브랜드는 석탄을 이리저리 휘저었고 나무를 더 집어넣기도 하면서 자기 앞의 맹렬할 불빛을 향하여 전혀 거리낌 없이 움직였다. 그리고 화로 안을 들여다보려고 몸을 앞으로 숙였다. 바트람은 앉아서 그런 그를 지켜보고 있었다. 이 이상한 손님이 악마를 부르려는 것은 아님을 믿을 수 있을 것 같았지만 이제는 그가 혹여나 저 불길로 뛰어들려는 것인가 하는 의심이 들었다. 하지만 이선 브랜드는 불로부터 물러난 다음 가마 문을 닫았다. 그리고 이렇게 말했다.

"불로 뜨겁게 달아오른 화로보다도 훨씬 더 뜨겁게 달아오른 인간들의 가슴을 나는 많이 보았소. 바로 죄악의 열정으로 말이지. 하지만 그래도 나는 내가 찾던 것을 발견하지 못했다오. 그 '용서받지 못할 죄'!"

"아니, 대체 그 '용서받지 못할 죄'라는 게 뭡니까?"

석회공이 이렇게 물었다. 그리고 질문의 답에 본능적으로 두려움을 느끼고 몸을 움츠렸다.

"내 가슴속에서 자라던 죄이지."

그는 열정적인 사람들의 특징인 자신감을 가졌다. 허리를 똑바로 세운 그가 담담하게 대답했다. 그리고 이렇게 소리쳤다.

"애먼 곳에서 생겨난 것이 아닌 바로 우리의 가슴에서! 인간에 대한 애정과 신에 대한 존경을 내치고 자신의 강력한 힘에 모든 것을 희생시키는 바로 그 죄악! 영원히 형벌 속에 살아야 마땅한 그 죄악! 내게 다시 그런 기회가 온다 해도 난 그 죄를 다시 범할 것이오! 그리고 그 죗값을 당당히 치를 것이오!"

"미쳤군. 어디 가서 무슨 죄를 짓고 저러는 거지? 미치기도 단단히 미쳤고 말이지."

바트람이 혼잣말로 중얼거렸다.

바트람은 이 황량한 산속에서 이선 브랜드와 단둘이 있음에 불안했다. 그래서 멀리서부터 사람들의 말소리가 들려오고 숲속의 덤불을 헤치는 바스락거리는 소리가 가까워지는 것을 알아챘을 때 매우 반가웠다. 곧이어 늘 마을 주막에서 진을 치고 있는 게으른 사람들 한 무리가 오두막에 모습을 드러냈다. 그들 중에는 이선 브랜드가 떠난 이후로 겨울 내내 술집 난롯가에 앉아 술을 마시고 여름 내내 술집 현관에 걸터앉아 파이프 담배를 피우며 세월을 보내온 사람도 있었다. 바트람은 사람들과 이선 브랜드가 서로를 잘 알아볼 수 있도록 가마 문을 약간 열어 공터로 불빛이 흘러나오게 했다.

이선 브랜드의 옛 친구들 중에, 요즘에는 그렇지 않지만 예전에는 번창하는 시골 마을의 호텔에서 어김없이 만날 수 있던, 거의 모든 사람이 아는 자도 있었다. 바로 역마차 사무관이었다. 하지만 그는 술집의 구석에 자리를 잡고 앉아 20여 년 전에 불을 붙인 여송연을 피우며 세상으로부터 잊혀진 지 아주 오래되었다. 그는 놋쇠 단추가 달린 짧은 갈색 코트를 입었는데 늘 그렇듯 오늘도 담배 연기에 휩싸여 있었다. 얼굴에는 주름이 깊게 패였으며 코가 빨갰다. 그는 탁월한 유머 감각으로 소문이 났던 사람이다. 어쩌면 그의 농담보다 그의 몸과 생각과 표정 전반에 배인 담배 연기와 칵테일 때문이었는지도 모르겠지만 말이다.

또 한 명의, 여전히 이선 브랜드의 기억에 생생한 사람이 있었다. 비록 조금 낯설게 늙어 버리긴 했지만 그는 분명 자일즈 변호사—사람들이 예의상 아직 그를 이렇게 불러 주고 있었다.—였다. 그는 지저분한 셔츠와 허름한 삼베 바지를 입었다. 이 가련한 노인은 한때 동네의 모든 송사를 맡아 훌륭히 처리하는 유능한 변호사였다. 하지만 그는 플립(*맥주와 브랜디에 향료를 넣고 만든 음료.), 슬링(*독한 술에 과즙을 넣어 만든 음료.), 토디(*독한 술에 설탕과 뜨거운 물을 넣어 만든 술.) 그리고 칵테일에 빠져 결국 더 이상 지적 노동을 할 수 없게 되었고 그래서 이제는 육체 노동으로 살아가고 있었던 것이다. 그는 '비누통 속에 미끄러져

205

내려 허우적거린다.'라고 자신을 표현했는데, 그의 말도 맞는 것이 그는 비누 공장에서 일하고 있었기 때문이다. 그러는 동안 그는 발의 일부가 도끼에 잘려 나가고 한 손은 기관차 바퀴에 잃은 불구가 되었다. 하지만 그는 육체적 손을 잃었어도 정신적 손은 그대로 남아서 자신이 아직도 엄지와 다른 손가락들 모두를, 보이지 않는 손의 감각을 생생하게 느낀다고 말하고 다녔다. 그러나 이렇게 비참한 노년을 살고 있는 가엾은 전직 변호사를 무시하거나 경멸하는 사람은 아무도 없었다. 그는 여전히 용감무쌍하고 강인했으며 남에게 빌어먹지 않았고 자신에게 남은 왼팔 하나로 가난과 고난과 싸우며 자신의 삶을 살아갔기 때문이었다.

이런 자일즈 변호사와 비슷한 사람이 또 한 사람 있었다. 바로 나이가 오십 정도 된 이 동네의 의사였다. 이선 브랜드가 미쳤다는 소문이 돌 때 즈음 사람들은 그에게 이선 브랜드를 진찰해 달라고 부탁했었다. 그는 예전의 젊은 시절 모습이 많이 남았지만 그래도 얼굴이 많이 검붉고 거칠고 투박해져 있었다. 그의 몸짓과 태도는 매우 거칠고 무신경했다. 브랜디라는 술은 악령처럼 그를 사로잡아 영혼을 빼앗고 그를 짐승과도 같은 야만인으로 만들어 버렸던 것이다. 하지만 여전히 사람들은 그를 뛰어난 의사라고 믿었다. 그리고 그것은 사실일지도 몰랐다. 그는 여전히 오만한 태도로 왕진을 다녔고 여러 동네를 돌아다니며 환자들을 치료했다. 그리고 여전히 가끔씩 죽어가는 사람을 기적처럼 살려 내기도 했다. 물론 원래의 명줄보다 몇 해나 앞당겨 환자를 저세상으로 보내기도 했지만 말이다.

그는 파이프 담배를 입에서 떼지 않았다. 사람들이 수군거리는 것처럼 어쩌면 그 파이프 안에 채워진 것은 담뱃불이 아닌 지옥의 불이었는지도 모르겠다.

어쨌든 이 세 사람은 각자 이선에게 오래전 친구가 돌아온 것을 환영하는 인사를 했다. 그리고 마시라면서 검은 병 하나를 내밀었다. 이 병에 든 것을 마시면 '용서받지 못할 죄'보다 훨씬 더 가치 있는 것을 발견하게 될 것이라고 말이다. 지금 이선 브랜드는 오랜 시간의 열성적이고도 고독한 명상을 끝낸 후 어떤 숭고한 열정의 상태에 올라 있었다. 그런 그였기에 이런 천박한 조우를 견딜 수 없었다. 그는 이런 자신을 보며 의심했다. 자신이 정말 '용서받지 못할 죄'를 발견한 것이 맞는지 그리고 그것이 정말 자신의 가슴속에 있는지 말이다. 이제 자신의 힘겨웠던 전 생애를 바쳤던 문제가 그저 한낱 망상이 아니었을까 하고 의심스러워졌다.

"날 좀 내버려 둬, 이 짐승 같은 사람들아! 그 독주로 영혼을 망쳐 짐승이 되어 버려 놓구선! 자네들과 나 사이는 이미 오래전에, 자네들 가슴속을 다 뒤져 봐도 거기에서 내가 찾던 것을 못 찾았을 때, 그때 끝났어! 모두 돌아가!"

"아니, 이런 못된 놈이 있나!"

의사가 소리쳤다. 그리고 이렇게 덧붙였다.

"고향 친구들이 반갑다고 달려왔건만 이렇게 대하는 법이 어디 있나? 넌 저기 있는 어린아이 조랑 다를 바가 하나 없어. '용서받지 못한 죄'를 아직도 못 찾았단 얘기지. 넌 그냥 미친 거야. 이십 년 전에도 내가 그렇게 말했던 것처럼 넌 그냥 미쳤을 뿐이야. 여기 이 험프리 노인의 친구일 뿐이라고!"

의사가 가리킨 자는 허름한 옷차림을 하고 긴 흰머리와 마른 얼굴의 불안한 눈빛이 두드러지는 노인이었다. 오래전 딸을 잃어버린 그는 여러 해 동안 마주치는 사람들을 붙들고 자신의 딸에 대해 물으며 산골을 헤매고 다녔다. 소녀는 아마 서커스단 사람을 따라가 버린 것 같았다. 이 마을에도 가끔씩 그 딸에 대한 소식인지 소문인지가 들려왔다. 말이나 줄을 타며 묘기를 부리던 딸을 봤다는 사람들이 간간히 있었기 때문이다.

이선 브랜드가 자신에게 다가오자 노인의 눈빛은 더 불안하게 흔들렸다.

"다, 당신은 세상천지를 다 돌아다녀 봤다던데 그렇다면 내 딸을 못 보았소? 모두 내 딸이 부리는 묘기를 구경 간다고 하던데. 혹시 이 늙은 애비에게 무슨 말을 전하지 않습디까? 언제 돌아온답디까? 돌아오기는 한다고 하더이까?"

노인이 두 손을 쥐어짜며 간절히 물었다.

이선 브랜드는 노인을 똑바로 보지 못했다. 그는 그 딸을 알고 있었다. 이 노인이 애타게 기다리는 그 딸을, 이선 브랜드는 자신의 목적을 위해 냉혹하고 무자비한 실험에 이용했다. 그래서 그 실험이 진행되는 동안 그녀의 영혼은 피폐해지고 어쩌면 영원히 파괴되었다. 그녀의 이름은 에스더였다.

"그래, 망상이 아니다. '용서받지 못할 죄'는 반드시 있다."

이선 브랜드는 백발의 방랑자로부터 몸을 돌리며 이렇게 중얼거렸다.

이런 일이 벌어지고 있는 동안 오두막집 옆 샘터에는 자신이 어렸을 때부터 즐겨 듣던 전설의 주인공 이선 브랜드가 돌아왔다는 소문을 듣고 찾아온 젊은이들로 북적거리기 시작했다. 하지만 그들은 평범한 옷차림과 더러운 신발을 신은 채 생각에 잠겨 불속을 들여다보고 있는 그 손님에게 특별한 점을 찾지 못했고 이내 지루해졌다.

그런데 그때 좋은 구경거리 하나가 생겼다. 한 독일계 유대 인 노인이 등에 디오라마(*배경 위에 모형을 설치하여 하나의 장면을 만드는 장치.)를 메고 산길을 건너 마을을 향해 들어서다가 한 무리의 사람들이 올라오는 것을 보고 혹 장사를 할 수 있지 않을까 싶어 그 대열에 합류해 따라왔던 것이다.

"독일 할아버지! 정말 괜찮다고 맹세할 수 있어요? 그럼 그것들을 좀 보여 주세요!"

한 젊은이가 소리쳤다.

"어이쿠, 그러믄요, 대장님. 아주 근사한 그림들을 보여 드립지요!"

유대 인 노인이 얼른 대답했다.

그는 상술 때문인지 본인의 성격 때문인지 누구에게나 대장님이란 호칭을 붙이는 듯했다. 어쨌든 그는 상자를 평평한 위치에 고정시킨 다음 젊은이들을 불러 모았다. 그리고 기계의 유리 구멍을 통해 그 속의 그림들을 보라고 했다. 그런데 정작 그가 훌륭한 명작이라며 보여 주는 그림들은 매우 형편없었다. 그 어떤 장사꾼도 이처럼 뻔뻔할 수 없을 정도였다. 더구나 그림들은 너무 낡은 나머지 여기저기 주름지고 찢어지고 변색되어 있었다. 그 그림들은 여러 세계의 도시와 공공건물 그리고 폐허가 된

유럽의 성이었다.

나폴레옹의 전투 장면과 넬슨의 해전 장면이라는 것도 있었다. 그런데 모든 그림들에게서 털이 덥수룩한 큰 갈색 손이 보였는데 다름 아닌 그림을 가리키며 역사적인 해설을 늘어놓는 장사꾼의 손이었던 것이다. 비록 형편없는 구경거리였지만 어쨌든 사람들은 즐거워했다. 모든 영상이 끝나자 독일 노인은 어린 조더러 상자 속에 머리를 넣어 보라고 했다. 확대경을 통해 아이의 얼굴을 보자 티탄(*신화 속에 등장하는 거인.)처럼 보여 기이했다. 아이는 이 놀이가 아주 재미있는 듯 활짝 웃었다. 그런데 그 아이의 얼굴이 갑자기 새파래지면서 공포에 떠는 것이 아닌가? 아이는 유리 구멍을 통해 자신을 바라보고 있던 이선 브랜드와 눈이 마주쳤던 것이다.

"대장님 때문에 아이가 겁을 먹었나 봅니다."

독일계 유대 인이 구부리고 앉은 자세를 유지한 채 얼굴을 들어 이선 브랜드를 보며 말했다.

"다시 보시겠습니까? 이번에는 아주 근사한 것을 보여 드리겠습니다. 장담하지요!"

이선 브랜드는 상자 안을 들여다보았다. 그러더니 곧 화들짝 놀라며 뒤로 물러난 다음 그 독일인을 바라보았다. 그는 무엇을 본 것일까? 그 안에는 아무것도 없었던 것 같다. 한 호기심 많은 청년이 이선 브랜드와 함께 그 안을 들여다보았는데 그가 빈 화폭밖에 보지 못했다고 말했기 때문이다.

"이제야 당신이 기억나는군."

이선 브랜드가 장사꾼을 향해 중얼거렸다.

"아, 대장님. 이 상자 속에 넣어 가지고 다니기에는 좀 많이 무겁습니다. 이 '용서받지 못할 죄' 말입니다. 하루 종일 이걸 메고 산을 여행했더니 아주 죽겠습니다, 대장님."

장사꾼이 음흉한 미소를 지으며 이선 브랜드에게 속삭였다.

"그만해! 아니면 자네를 저 화로 속에 던져 버릴 테니!"

이선 브랜드가 호통을 쳤다.

이 유대 인의 쇼가 막 끝나던 참에 어디선가 큰 늙은 개 한 마리가 나타났다. 주인 없는 개 같았다. 이 개는 이제 자신이 사람들의 관심의 대상이 되겠다는 듯 사람들 사이를 돌아다녔다. 그리고 머리를 들이밀고 사람들이 자신의 머리를 쓰다듬는 것을 즐겼다. 차분하고 온순한 늙은 개의 전형적인 모습이었다. 그런데 이 점잖던 짐승이 갑자기 돌변했다. 자신의 꼬리를 쫓아 빙빙 돌기 시작한 것이다. 개의 꼬리는 유난히도 짧은 편이어서 그 모습이 더욱 우스꽝스러워 보였다.

이 개는 도저히 잡을 수 없는 목표물을 향해 미친 듯이 돌았다. 그 짐승의 한쪽 끝인 머리는 도저히 용서할 수 없는 원수를 쫓듯 다른 한쪽 끝인 꼬리를 격렬하게 쫓았다. 개는 거칠게 짖고 큰 소리로 으르렁거렸는데 이렇게 끔찍한 동물의 울음소리를 들어 본 사람은 아무도 없었다. 개는 점점 더 빨리 돌았다. 그러면 그럴수록 그의 짧은 꼬리는 점점 더 빨리 달아났다. 그리고 당연히, 분노로 들끓은 개의 울음소리가 점점 더 크고 사나워졌다. 개는 결국 완전히 지친 채 처음 그 행동을 시작했을 때처럼 갑작스럽게 멈추었다. 그리고 개는 사람들의 쓰다듬을 받던 차분하고 온순하며 점잖은 노견(老犬)으로 돌아왔다.

예상대로 사람들은 이 구경거리에 박수와 환호를 보냈고 앙코르를 외쳤다. 이 연기를 보인 개는 자신의 짧은 꼬리를 열심히 흔들며 환호에 응대했다. 하지만 이 성공적인 쇼를 다시 할 수 없을 만큼 완전히 지쳐 버렸다.

이선 브랜드는 이 쇼를 통나무 위에 앉아 지켜보았다. 그리고 허탈하고 음침한 웃음을 터뜨렸다. 제 자신을 쫓는 개와 자신에게서 어떤 공통점을 발견한 것이다. 이 웃음이 터진 순간 사람들의 놀이는 모두 끝이 났다. 그 불길한 웃음소리는 지평선을 향해 울려 퍼져 나갔고 산들은 그 웃음소리를 되받아 천둥처럼 크게 되돌려 보냈다. 사람들은 이 두려운 웃음소리가 영원히 멈추지 않을지도 모른다는 생각이 들어 겁에 질린 채 굳어 버렸다. 그리고 그들은 이제 시간이 늦었다고, 8월은 밤에도 상당히 춥다고 서로를 향해 중얼거리더니 석회공과 그의 아들을 낯선 손님과 함께 남겨 둔 채 오두막을 떠났다.

세 사람을 제외한다면 이제 산 중턱의 이 장소는 어두운 숲의 고독 속에 잠겼다. 가마에서 흘러나오는 희미한 불빛 덕분에 산속 소나무들의 당당한 몸통과 검은 솔잎들이 어렴풋이 보였다. 참나무, 단풍나무, 포플러 나무들은 그보다 더 밝은 초록색으로 함께 뒤섞인 채 서 있었다. 낙엽에 덮인 흙 위에서 썩어 가는 나무의 잔해들도 보였다. 조는 겁이 많고 상상력이 풍부한 아이였다. 조는 지금 이 숲이, 어떤 끔찍한 일이 일어나기 직전에 숨을 죽이고 있다고 느꼈다.

이선 브랜드는 불 속으로 나뭇더미를 한 번 더 집어넣고 가마의 문을 닫았다. 그리고 석회공과 그의 아들을 돌아보며 명령조에 가까운 말투로 이렇게 말했다.

"잠이 올 것 같지 않군. 생각하고 명상해 봐야 할 것도 있고. 불은 내가 봐주리다. 옛날에 늘 했던 일이니."

"그러면서 불에서 다시 악마를 불러내려는 것은 아닌지요? 하지만 원한다면 그렇게 하시죠. 악마들을 불러내든지 말든지. 나야 푹 잘 수 있으니. 가자, 조!"

아버지를 따라 오두막집으로 들어가던 아이는 뒤돌아서 이 손님을 바라보았다. 아이의 눈에 눈물이 고였다. 그가 스스로 세상으로부터 자신을 가둔 채 받아들이는 끔찍한 고독을 느꼈기 때문이었다. 그들이 들어간 다음 이선 브랜드는 타닥타닥 나무가 타는 소리를 들으며 철문 틈으로 새어 나오는 불길을 바라보았다. 한때 너무나 익숙했던 이 불길을 바라보며 그는 모험을 통해 서서히 그러나 많이 달라진 자신의 변화들을 떠올려 보았다. 그는 소박하고 다정한 사람이었다. 가마에 불을 피우고 불이 타는 동안 명상을 즐겼다. 그리고 소리 없이 내리던 밤이슬과 어두운 숲이 수군거리던 소리와 자신에게 쏟아져 내리던 별빛을 사랑하던 사람이었다.

그는 자신이 이상한 생각에 사로잡히기 전에 갖고 있던 인간에 대한 연민과 정 그리고 인간의 죄와 슬픔에 대해 품었던 안타까움이 떠올랐다. 그때 그는 인간의 가슴은 본래 성스러운 것이며 세상에서 아무리 타락한다고 해도 신성함은 여전할 것이라고 믿었다. 그는 인간의 마음을 경외했다. 그는 그 후에도 자신이 이 모험에 성공하지 못하고 '용서받지 못할 죄'를 발견하지 않기를 기도했었다. 하지만 그는 이 모험의 과정을 통해 정신과 가슴 사이의 균형을 무너뜨린 깨달음을 얻어 버렸다. 그래서 이 깨달음을 계속해서 발전시키고 그 힘을 키워 나갔다. 무식한 노동자의 수준에서, 높은 학문적 지식을 갖춘 지상의 유명한 철학자들도 오를 수 없는 그런 경지까지 말이다.

그의 지혜에 대해서는 이정도만 이야기하도록 하자! 그러나 그의 심장은 어떻게 되었나? 그의 심장은 모든 사람들의 맥박과 함께 뛰기를 멈추었다. 그리고 자석으로 서로에게 달라붙어 있는 인간과의 고리를 잃었다. 그에게는 더 이상 인간의 공통적인 본성의 방 혹은 감옥을 열 수 있는 열쇠가 없었다. 그는 이제 인간을 그저 실험의 대상으로만 보았다. 그리고 자신의 연구에 필요한 죄악들을 저지르게 하였다. 그는 이제 인간이 아닌 냉혹한 인간의 관찰자가 되어 버렸고 악마가 되어 버렸다. 마음이 지적인 힘에 맞추어 성장하는 것을 멈춘 순간부터 말이다. 그리고 이제 그는 자신의 노력과 그렇게 해서 얻은 - 꽃처럼 아름답고 풍성하며 다디단 열매와 같은 - 결과인 '용서받지 못한 죄'를 만들어 낸 것이다!

"이제 더는 찾을 것이 없다. 더는 이룰 것도 없다. 나의 일은 끝난 거야. 아주 성공적으로 말이지!"

이선 브랜드가 스스로에게 말했다.

그는 통나무에서 일어나 석회 가마 주위에 쌓아 올린 흙 언덕을 지나 가마의 꼭대기를 향해 가벼운 걸음걸이로 올라갔다. 꼭대기의 한쪽 끝에서 다른 한쪽 끝까지는 3미터 정도의 공간이 있었다. 그 속을 통해 가마에서 타고 있는 대리석 조각들의 윗부분이 보였다. 많은 양의 대리석 덩어리와 대리석 조각들이 불길에 휩싸인 채 벌겋게 달아올라 있었다. 그리고 그 불길은 마치 마술의 원 안에서 현란한 춤을 추며 노니는 듯 다양한 모습으로 솟아올랐다가 가라앉았다가 하며 훨훨 타올랐다. 고독한 사나이는 그 무시무시한 불더미 위로 몸을 굽혔다. 그러자 강한 열기가 그를 순식간에 태워 버릴 듯 치솟았다. 이선 브랜드는 다시 허리를 펴고 섰다. 그리고 두 팔을 높이 들어 올렸다. 그는 끔찍한 고통 속으로 뛰어들기 직전의 악마와 같은 표정을 짓고 있었다. 너울거리는 푸른 화염이 그의 얼굴 위로 빛을 쏟아 내며 기묘한 풍경을 연출했다.

"오, 대지의 어머니여! 더 이상 나의 어머니가 아닌 대지의 어머니여! 나의 몸은 당신의 가슴팍에서 썩을 수 없다는 것을 압니다! 오, 인류여! 형제애를 버리고 내가 그대의 가슴을 발로 짓밟았구나! 오, 하늘의 별들이여. 우리의 길을 밝히고 나의 미래를 밝혀 주려던 별들이여! 모두들 안녕, 영원히 안녕! 자, 이제 오너라. 내가 너에게 그랬듯 이제 나를 안아 데려가거라!"

그가 큰 소리로 외쳤다.

그리고 이 외침은 석회공과 그의 어린 아들의 잠 속으로 무겁게 스며들었다. 희미한 형체의 공포와 고뇌가 그들의 꿈에 나타나 밤새 그들을 괴롭혔던 것이다. 그리고 이 공포의 기운은 아침이 되어 그들이 눈을 뜬 후에도 여전히 남아 있었다.

"아들아, 일어나거라! 어서!"

석회공이 아들을 바라보며 소리쳤다.

"감사합니다, 하늘이시여. 이렇게 아침이 밝았습니다! 그렇게 고통스러운 꿈을 꾸며 자느니 차라리 일 년 동안 깬 상태로 가마 불을 지켜보는 게 낫겠어. 그 이선 브랜드란 사람이 '용서받지 못할 죄'니 뭐니 헛소리를 해 가며 내 가마를 봐준다고 했지만 결국 날 더 힘들게 만들었지 뭐야!"

석회공이 이렇게 말하며 아들을 데리고 오두막집을 나섰다. 이른 아침의 햇살은 이미 산꼭대기에 황금빛 햇살을 붓고 있었다. 계곡은 아직 어두웠지만 햇살을 기다리며 기쁨을 노래했다. 아래에 내려다보이는 마을은 주변의 산들에 둘러싸여 마치 신의 커다란 손 안에서 보호를 받는 느낌이었다. 마을에는 교회가 두 개 있었다. 하늘을 향해 세워진 이 교회의 작은 첨탑들은 도금한 풍향계에 반사된 햇빛에 비쳐 반짝였다. 술집은 벌써 문을 열었다. 여전히 담배를 물고 있는 늙은 전 역마차 사무관의 모습이 술집 입구 아래로 보였다.

황금빛 구름은 영광스럽게 우뚝 솟은 그레이록 산을 휘감고 있었다. 그리고 아침 구름은 주위의 낮은 산을 둘러싸고 있었다. 그들은 태양이 선사하는 황금빛 아침 햇살 속에서 계곡 아래나 산꼭대기를 향해 천천히 움직였다. 산에 걸린 구름과 산 위에 떠 있는 구름들을 이리저리 밟고 올라가면 결국 천국에 도달할 수 있을 것만 같았다. 그렇게 땅과 하늘이 아름답고도 오묘하게 맞닿아 있었고 그 모습은 마치 백일몽을 꾸는 듯 환상적이었다.

이런 자연의 거대한 매력에 취해 있다 보면 으레 우리에게 친숙한 장면이 하나 나타나기 마련이다. 역마차가 덜컹이는 소리를 내며 산길을 따라 내려오고 있었다. 마부가 분 나팔 경적이 메아리가 되어 산등 곳곳에 부딪치며 여기저기 울려 퍼졌다. 그

소리들 중 어떤 것이 제일 먼저 난 소리인지는 알 수 없었다. 그렇게 산들은 화음을 이루며 아름다운 협주곡을 연주했다. 어린 조의 얼굴이 환하게 밝아졌다.

"아버지, 그 이상한 사람이 안 보여요. 그래서 이렇게 하늘과 산이 기뻐하는 걸까요?"

아이가 깡충거리며 말했다.

"그런 것 같다. 하지만 그자는 불을 꺼뜨렸어. 오백 부셸(*곡물이나 과일의 무게를 잴 때 사용하는 단위. 1부셸은 약 28킬로그램.) 정도 되는 대리석을 건지기는 했지만, 만나기만 해 봐라! 불 속에 던져 넣어 버릴 테니!"

석회공이 으르렁거렸다.

그는 긴 막대기를 들고 가마 꼭대기로 올라간 다음 아들을 불렀다.

"이리 올라오거라, 조!"

어린 조는 언덕으로 뛰어올라 아버지 옆에 섰다. 다 탄 대리석이 눈처럼 흰 석회로 완벽하게 변해 있었다. 하지만 그 석회의 가장 위쪽 표면에 역시 눈처럼 하얗게 변한 사람의 뼈가 보였다. 그 뼈는 마치 힘든 시간을 끝내고 편히 쉬기 위해 누운 사람의 자세 같았다.

그리고 믿기 힘든 말일지 모르겠지만 갈비뼈 안쪽으로 인간의 심장 같은 것이 여전히 남아 있었다.

"그 친구 심장은 대리석으로 만들어졌단 말인가!"

바트람은 이 괴기한 현상에 놀라 외쳤다.

"어쨌든 질 좋은 석회처럼 타 버렸군. 그리고 이 뼈를 다 합치면 반 부셸 정도가 되겠어. 평소 가마에서 나오던 양보다 더 많이 나왔으니 어쨌든 잘된 일이야."

석회공은 들고 있던 막대기로 타 버린 뼈대를 부수어 나머지 석회 위에 흩어지게 했다. 이선 브랜드의 마지막 잔해는 이렇게 산산조각이 나 석회 가루와 한데 뒤섞여 사라졌다.

대지의 번제

어느 먼 옛날, 혹은 먼 훗날에―이 일이 일어난 때가 과거인지 미래인지는 중요하지 않다.―이 넓은 세상도 세월에 쌓인 물건이 너무 많아져 감당을 하기 어려워진 때가 왔다. 사람들은 큰 불을 피워 모든 것을 태우자고 결정했고 장소를 물색했다. 보험 회사들이 모여 회의를 한 후에 결정된 그 장소는 지구의 가장 중심에 있으면서도 서반구 전체를 통틀어 가장 넓은 평원이었다. 사람들에게 그 어떤 피해를 입히지 않으면서도 많은 사람들이 모여 구경하기에 적합한 장소를 찾은 것이다.

나는 구경하는 걸 좋아하는 편이기도 하고 한편으로 이 거대한 불길이 타오르며 지금까지 감춰졌던 인류의 어떤 비밀스러운 진실을 볼 수 있지 않을까 하는 기대 때문에 그곳에 가기로 했다. 내가 현장에 도착했을 때 그 저주의 쓰레기 더미는 그다지 크지 않았는데 이미 불을 붙여 놓은 상태였다. 저녁 어스름이 내려앉은 끝없는 평원에서 희미한 빛이 떠올랐고, 그것은 창공에 홀로 뜬 별처럼 아득하게 빛나고 있었다. 아무도 그 희미한 빛이 그토록 강렬한 불길로 번지리라 예상하지 못했을 것이다. 내가 도착한 후에도 사람들은 끊임없이 밀려들었다. 여인들은 앞치마를 두른 채 그리고 남자들은 말이나 수레나 마차 등을 타고 멀거나 가까운 곳에서 짐을 한가득 싣고 속속 도착했다.

"불은 무엇으로 붙였나요?"

내가 옆에 서 있는 사람에게 물었다.

나는 일이 진행되는 과정을 세세하게 알고 싶었다. 나의 질문을 받은 사람은 쉰 살 정도의 중년 남자였으며 나와 같은 구경꾼인 것 같았다. 한눈에도 인생의 여러 문제를 깊게 생각해 본 듯한 그래서 이제는 세상에 대한 평가에 관심이 없는 사람처럼 보였다. 그는 점점 커져 가는 불에 비춰진 내 모습을 잠시 바라보더니 이렇게 대답했다.

"잘 타는 가연성 물질들이지요. 옛날 신문, 잡지의 과월호들 그리고 작년에 떨어진 낙엽 같은 것들 말이오. 이제 거기에 해묵은 지난날의 쓰레기들이 더해지겠지요."

그가 이렇게 말하는 사이 거칠게 생긴 남자 몇몇이 불 가장자리로 다가가 문장국(*국가 기관.)에서 가져온 온갖 물건들을 던져 넣었다. 방패의 문장, 유서 깊은 가문의 문양들과 족보와 조상의 훈장들 그리고 자수 깃들이 보였다. 지금의 사람들에게는 하찮고 쓸데없는 것들이겠지만 한때는 그들이 목숨을 걸고 지키려 했던 것들이리라. 물건들은 계속해서 한 무더기씩 불 속으로 던져지고 있었다. 유럽의 군주들과 기사들의 훈장이 보였다. 나폴레옹의 레종 도뇌르 훈장과 생루이 훈장이 서로 끈이 얽힌 채 불 속에서 타들어 갔다. 미국의 신서너티 훈장도 있었다. 이것을 받은 독립 전쟁의 유공자들에 의해 그 권력이 세습될 뻔했다는 이야기도 있었다. 독일 백작과 남작, 스페인의 대공 그리고 영국 귀족의 신분증도 보였다. 고대의 것으로 정복자 윌리엄이 서명한 벌레 먹은 문서 꾸러미에서부터 근대의 빅토리아 여왕이 직접 손으로 건넸다던 귀족의 최신 양피까지 보였다. 거대하게 쌓인 지상의 영예 더미는 이제 매캐한 연기와 선명한 불꽃과 한데 뒤섞여 있었다. 사람들이 환호하며 갈채를 보냈다. 같은 흙으로 빚어진 영물이면서도, 같은 피조물의 영적 약점을 지니고서도, 하늘의 총애를 받으며 온갖 특권을 누렸던 사람들에 대한 오랜 억눌림으로부터 그들이 승리하는 순간이었다.

그때였다. 어디선가 다부진 체격을 가진 반백의 남성이 튀어나와 화염에 휩싸인 쓰레기 더미를 향해 달려가기 시작했다. 그의 웃옷 가슴팍에는 신분의 표식이 강제로 뜯겨져 나간 흔적이 보였다. 그러고 보니 그에게는 태어나면서부터 사회의 상위층에 속했으며 지금 이 순간까지도 그 사실에 대해 한 치의 의심도 없는 태생적이고도 일상적인 어떤 우월감과 위엄이 느껴졌다.

"여러분! 대체 왜 이러십니까! 여러분은 지금 여러분이 야만인이 아니라는 증거 그리고 다시 야만인이 되는 것을 막아 주는 그런 모든 것을 없애고 있는 겁니다! 우리들은 여러 시대를 지나오면서도 기사도 정신과 품격과 지성 그리고 숭고하고 멋진 삶을 지켜 왔습니다. 귀족을 없애는 것은 시인과 화가와 조각가들 그리고 세상의 모든 아름다운 예술 자체를 없애는 것과 마찬가지입니다. 대체 누가 지금까지 예술을 후원하고 예술가들을 위한 환경을 지켜 왔습니까? 상위 계층이 없는 사회에는 품위만 없을 뿐 아니라 안정 또한 없을 것입……!"

이 몰락한 귀족의 호소를 막은 건 여기저기서 터져 나오는 조롱과 경멸과 분노에 찬 야유였다. 그는 결국 반쯤 타 버린 자기 가문의 족보를 절망스러운 눈으로 바라보다가 그저 자신의 목숨을 부지한 것에 위안을 삼기로 결정한 듯 군중 속에 섞여 사라져 갔다.

"저 불길에 함께 던져 넣지 않은 것을 운명의 별에 감사하라고나 전해! 그리고 앞으로는 감히 그 누구도 곰팡내 나는 양피지를 앞세워 자신이 우리보다 우월하다 할 수 없어! 팔 힘이 강한 사람은 인정하지. 그것도 하나의 우월성이니까 말이야. 재치나 지혜나 용기가 뛰어난 사람 또한 우월한 사람들이야. 하지만 이제 그 누구도 자신의 썩은 조상의 뼈를 내세워 지위와 차별을 요구할 수는 없는 거야! 그런 어불성설이 통하는 시대는 이제 완전히 끝났다고!"

어느 거친 사람이 꺼져 가는 잉걸불을 발로 차며 소리쳤다.

"그리고 그때가 바로 지금이란 말이지! 말도 안 되는 헛소리를 지껄이는 사람이 또 나타나지만 않는다면 말이야! 하지만 어쨌든 이제 그런 헛소리는 안 통한다고!"

이 귀중한 쓰레기 더미 앞에서는 무언가를 논하거나 윤리를 생각하기가 사실 어려웠다. 쓰레기들이 절반도 타기 전에 바다 건너에서 또 한 무리가 왕가의 자색 예복 및 황제와 왕들의 왕관, 보주, 홀을 들고 왔기 때문이다. 이것들이 도착하자 사람들은 이것들이 모두 쓸데없으며 어린애들의 장난감이나 어린아이들에게 세상을 가르칠 때 쓰는 물건일 뿐이라는 그리고 이제 성숙한 우리 인류는 더 이상 이런 것에 모욕당할 필요가 없다는 비난을 쏟아 냈다. 이런 왕권에 관한 징표들은 최근 너무나 심하게 비난을 받아 왔는데, 심지어 얼마 전 드루리 레인 극장에서 왕을 연기했던 배우가 썼던 천박한 빛을 번쩍이는 도금된 가짜 왕관마저도 사람들의 열화와 같은 성원과 함께 불길 속으로 던져졌다. 세상에서 실제로 왕 노릇을 하는 그 누군가들을 향한 조롱이었다.

신기하게도 불길 속에서 타오르는 영국 왕관의 보석들은 구별이 되었다. 일부는 색슨 족 통치 시대부터 전해져 내려오던 것이고 다른 것들은 수입한 것이거나 힌두스탄 소국(*15~16세기 인도의 북부 지역에 존재했던 왕국.)에서 죽임을 당한 왕들의 이마에서 떼어 낸 것들이다. 이것들은 찬란한 빛을 발하며 굉장한 기세로 타올랐다. 마치 별이 떨어져 산산조각이 나는 듯 눈부셨던 것이다. 몰락한 군주제의 화려함은 타오르는 보석들로만 기억되고 있었던 것이다.

이제 이 이야기는 그만해야 할 것 같다. 오스트리아 황제의 망토가 재로 변하고 프랑스 옥좌의 기둥들이 숯으로 변하는 과정을 일일이 설명할 필요는 없을 것 같기 때문이다. 다만 폴란드 망명인 하나가 러시아 황제의 지휘봉으로 불길을 휘젓다 그것까지 불길 속으로 훅 던져 넣었다는 이야기는 덧붙이고 싶다.

"옷 타는 냄새가 엄청 고약하지 않소? 바람 반대편으로 가서 불의 저쪽 편에는 무슨 일이 있는지도 좀 봅시다."

바람이 불어와 왕의 예복들이 타는 연기가 밀어닥치자 새로 사귄 나의 친구가 이렇게 제안했다.

주변을 돌다가 우리의 눈에 들어온 것은 거대한 행렬의 워싱턴 사람들-금주 운동을 주장하던-이었다. 매튜 신부 또한 수천 명의 제자와 함께 많은 양의 땔감을 가지고 오는 것이 보였다. 그들은 술통들을 굴리며 평원 너머로부터 걸어오고 있었다.

"여러분, 이제 한 번만 더 밀면 됩니다. 모두 멀리 물러나시어 악마가 자신의 술을 어찌 처리하는지 두고 봅시다!"

매튜 신부가 불 가장자리까지 다가왔을 때 자신의 행렬을 향해 이렇게 소리쳤다.

그의 말에 따라 행렬은 술통을 불길 가까이까지 최대한 굴려 넣은 다음 뒤로 물러났다. 불길이 치솟았다. 그 불길은 구름을 지나 하늘까지 닿아 전부 태워 버릴 듯 타올랐다. 증류주들이 만들어 내는 이 거대한 불꽃은 너무나 당연한 일이었다. 이 술들은 세상에 남은 모든 술꾼들의 눈에 광기의 불꽃을 붙이는 대신 하늘로 솟아올라 하늘에 불을 붙였다. 수많은 고급 와인 병들 또한 불꽃을 향해 던져졌다. 이 불길은 와인의 맛을 음미하듯 와인을 집어삼키며 술꾼 같이 격렬하게 요동쳤다. 악마의 모습을 한 불꽃은 술에 대한 탐욕을 실컷 채웠다.

유명 애주가들의 술들 또한 모였다. 바다에 던져 햇빛에 익힌 후 깊은 땅속에 묻어 저장한 술들, 가장 까다로운 포도밭에서 생산된 희기도 하고 노랗기도 하고 붉기도 한 액체들이었다. 토케이(*프랑스 알자스 지방의 유명한 백포도주 생산지.)의 한 해 생산량의 전체나 될 법한 양이 모여 싸구려 술집의 술들과 한데 섞였다. 그리고 그렇게 불길은 더 높이 타올라 거대한 첨탑처럼 하늘로 솟구쳐 별들과 어울려 너울거렸다. 그것을 보며 환호하는 군중의 소리가 넓은 대지 위에서 울려 퍼졌다. 오랜 저주에서 풀려났음을 자축하는 소리였다.

하지만 모두가 이런 기쁨에 차 있던 것은 아니었는데, 어떤 사람들은 저 짧은 불꽃이 끝난 후에 자신에게 닥칠 불행을 생각하고 있었다. 개혁가들이 환호하는 동안 코가 붉어진 채 너덜너덜한 구두를 신은 신사와 불 꺼진 난로 같은 얼굴을 한 어느 지저분한 사내 등 서넛이 모여 불만을 토로했다.

"이제 세상은 끝났구먼? 이제 난 뭘 즐기지도 못하고 살겠지? 슬픔의 구렁텅이에 빠진 나 같은 사내는 대체 뭐로 위로를 받지? 이렇게 춥고 적막한 세상에서 무엇으로 몸을 덥히란 말이야? 난롯가에 앉아 술을 나누지 않고 어떻게 옛 친구들을 만나나? 개혁? 하! 모두 망해 버려라! 슬픈 세상, 차가운 세상, 이기적인 세상, 어리석은 세상! 그리고 정직한 사람들은 살아갈 가치도 없는 세상! 나의 동지는 이렇게 영원히 가 버리는구먼!"

이 세상 최후의 술꾼이 소리쳤다.

이런 그의 열변은 그곳에 모인 사람들에게 큰 웃음을 주었다. 하지만 나는 어리석을지 모르겠지만 이 최후의 술꾼의 말에 연민을 느꼈다. 술친구들이 하나둘씩 줄어 가고 이 불쌍한 사내는 함께 술을 마실 친구가 이제는 없는 것이다. 뭐, 이제는 마실 술도 없지만 말이다. 아, 하지만 나는 그가 불길에서 튀어나온, 8분의 1도 채 남지 않은 브랜디 병을 주워 호주머니에 찔러 넣는 모습을 보았다.

어쨌든 세상의 모든 증류주와 발효주는 그렇게 사라졌다. 이제 차와 커피 차례였다. 개혁가들은 전 세계에서 생산된 차와 커피를 상자째, 자루째 불길에 던지기 시작했다. 잠시 후 버지니아 주에서 온 농장 주인들이 담배 작물을 가득 싣고 나타났다. 그것까지 합해 놓으니 이제 쓰레기 더미는 산과 같았고, 그것들이 타면서 담배 연기가 자욱하게 주변을 메워 숨이 막힐 지경이었다. 무엇보다 애연가들의 절망이 컸다.

"사람들이 내 파이프를 꺼 버렸네……."

한 노신사가 얼굴을 찌푸린 채 손에 들고 있던 파이프를 불길에 던지며 말했다.

"말세야! 삶에 양념이 되는 여러 활력소들을 전부 쓰레기라 치부한 채 태워 버리다니 말이지. 정작 이 불길에 태워 없애야 할 것들은 저 개혁가들일세!"

"기다려 보시지요. 결국은 그렇게 될 것입니다. 우리를 먼저 집어넣고 다음에는 저들 스스로 불길 속에 뛰어들겠지요."

옆에 있던 보수주의자가 말했다.

이제 이 개혁의 전반적인 이야기에서 화두를 돌려 조금 다른 이야기를 해 보겠다. 나는 사람들이 던져 놓는 개인 물품들을 살펴보다가 아주 흥미로운 물건을 많이 발견했다. 한 불쌍한 남자는 빈 지갑을 던져 넣기도 했고, 어떤 이는 위조되었거나 해서 이제는 사용 가치가 없는 지폐와 수표들을 던지고 있었다. 멋쟁이 여성은 유행 지난 보닛 모자와 함께 리본, 레이스를 던져 넣었다. 그녀는 그것들 외에도 낡은 옷가지들을 많이 던져 넣었는데 그것들은 그 어떤 유행보다 더 빠른 속도로 불길 속에서 사그라졌다. 수많은 사람들—버림받은 청춘 남녀들이나 사랑이 식어 헤어진 사람들—이 자신의 연인에게서 받은 연애편지들과 사랑의 시들을 던져 넣었다. 일자리를 잃은 늙은 정치가는 자신의 틀니를 던졌다. 시드니에서 온 스미스라는 이름의 목사는 쓴웃음을 지으며 불길에 다가가 국가의 보증 인장이 찍혔으나 이제 지급할 필요가 없어진 채권들을 던져 넣었다. 그는 이 목적 하나를 위해 대서양을 건너온 것이다. 다섯 살 먹은 사내아이가 의젓한 태도로 장난감들을 던져 넣었다. 대학생들은 졸업장을, 약사는 의약품을, 의사는 서재의 모든 책들을, 목사는 자신의 설교 모음집을, 어느 보수파 신사는 후손들에게 물려주기 위해 쓴 예의범절에 관한 책을 던졌다.

나는 재혼을 결심한 과부가 슬그머니 전남편의 초상화를 던져 넣는 것도 보았다. 연인에게 버림받은 청년 하나는 절망에 찬 심장을 꺼내 불 속으로 던지고 싶었으나 그것을 몸 밖으로 꺼낼 방법이 없어 괴로워했다. 대중의 관심을 받지 못한 미국 작가 하나는 펜과 종이를 불길에 던져 넣고 더 나은 직업을 찾아 떠나기도 했다. 한 무리의 숙녀들은 드레스와 속치마들을 불길에 던지며 이제부터 자신들도 남자와 똑같은 사회적 자유와 권리와 직업과 책임감을 갖겠노라 외쳐 깜짝 놀랐다.

이런 일들을 하나하나 모두 설명하고 싶지만 나는 갑자기 나타난, 정신이 반쯤 나간 상태의 한 가엾은 여인에게 시선을 빼앗기고 말았다. 그녀는 이승과 저승 사람들 모두를 통틀어 자신이 가장 쓸모없는 존재라며, 세상의 쓰레기들이 타고 있는 불길로 직접 뛰어들려 했던 것이다. 남자 하나가 그녀를 구하려고 달려들었다.

"참아요, 아가씨! 참고 하늘의 뜻에 순종해요. 당신의 영혼이 살아 있다면 이제 모든 것이 처음의 깨끗한 상태로 돌아갈 수 있어요. 이런 인간의 환상이 만들어 낸 물질들은 시간이 지나면 태우는 게 마땅하지만 당신의 삶은 영원합니다!"

남자는 이렇게 말하며 파멸의 천사의 강력한 손아귀로부터 그녀를 떼어 냈다.

"그래요. 그렇지만 그건 해가 뜨지 않는 날들이잖아요!"

그녀의 격렬했던 광기는 이제 절망으로 바뀐 채 깊게 가라앉고 있었다.

그즈음 구경꾼들 사이에서는 이제 곧 폭약을 제외한—폭약은 이미 바다 밑으로 가라앉혔다.—모든 무기와 군수품을 태울 것이라는 소문이 돌기 시작했다. 그런데 이것에 대해 사람들의 의견이 엇갈렸다. 박애주의자들은 이것을 새로운 세상의 시작이라고 여겼고, 인류를 불도그와 같은 종족으로 분류하는 사람들은 이제 예전과 같은 강인함과 열정과 고귀함과 관대함은 모두 사라질 것이라고 일축했다. 이런 것들을 유지하기 위해서는 피가 반드시 필요하기 때문이라고 주장하며 말이다. 그들은 여전히 전쟁은 없어지지 않을 것이라고 굳게 믿었는데 이런 믿음은 곧 사라졌다.

멀리서 오랫동안 전쟁 통에 울리던 온갖 종류의 대포들—무적함대의 대포, 발버러의 대포, 서로 맞서 싸웠던 나폴레옹과

웰링턴의 대포 등등—이 수레에 실려 불길을 향해 다가오고 있었다. 마른 물건들이 계속해서 더해지자 불길은 걷잡을 수 없이 거대해져서 이제는 놋쇠와 철도 쉽게 집어삼킬 정도가 되었다.

잠시 후 군대의 군악대가 개선 행진곡을 울리며 이 불길로 다가왔다. 그들은 총과 검을 던져 넣었다. 기수들은 총탄을 맞아 너덜너덜해진 승전지의 이름이 적힌 깃발을 마지막으로 올려다보고는 허공에 한 번 휘둘러 보았다. 불길은 순식간에 그 깃발을 집어삼켜 버렸다. 이 의식이 끝나자 이 세상에 남은 무기는 하나도 없었다. 아마 옛 왕의 무기와 녹슨 검들 그리고 훈련소 안에 보관된 독립 전쟁 때의 전승 기념품 정도가 여기저기 남아 있을 뿐이리라. 북소리와 나팔 소리가 울려 퍼졌다. 이제 온 인류가 영원한 평화의 시대를 맞이하게 되었다는 선포였다. 더 이상 피 위에 세워진 영광은 없을 것이고, 인류는 항상 평화를 유지하며 지낼 것이며 오늘의 이 평화 협정은 후세에 길이길이 남아 영광이 될 것이라는 선언식이 시작된 것이다. 이 소식은 멀리멀리 퍼져 나갔다. 그동안 전쟁으로 인해 공포와 불행을 겪었던 사람들은 기쁨의 눈물을 흘렸다.

하지만 나는 어느 위엄 있는 노(老)장군의 얼굴에 순간적으로 떠올랐던 어두운 미소를 보고야 말았다. 그는 전장에서 단련된 체격과 화려한 군복을 입고 있었는데 마치 나폴레옹의 최고 사령관이라도 되는 분위기였다. 그는 모든 군인들처럼 지난 50년간 언제나 자신의 오른손 안에 있었던 검을 불에 던지려 하고 있었다.

"옳지, 옳지! 얼마든지 선언해 보아라. 결국 이런 어리석은 짓이 무기와 대포 회사들의 배를 더 크게 불릴 것이니."

그가 말했다.

"아니, 장군님. 인류가 다시 칼을 만들고 대포를 쏘아 대는 그런 광기 서린 과거로 돌아갈 것이라고 생각하시는 겁니까?"

내가 놀라 물었다.

"그럴 필요도 없을 테지. 카인이 동생을 죽이려 했을 때 무기가 없어 못 죽였던가? 두고 보면 알게 되겠지. 나의 판단이 잘못된 것이 아니라면, 무기를 버리면 버릴수록 더 빨리 전쟁이 찾아오겠지. 전쟁은 저 순수한 신사 양반들이 생각하는 것보다 훨씬 더 뿌리가 깊은 인류의 숙명이야. 사람들 사이에 들끓는 그 작은 싸움들은 어쩌지? 국민들의 억울함을 풀어 줄 법정은? 전장은 그런 것들을 해결하는 유일한 법정이지."

인류를 향한 사랑도, 믿음도 없는 장군이 조롱하듯 대답했다.

"장군님, 잊으신 게 있습니다. 이 정도로 발전한 단계의 문명 사회에서는 이성이라는 것도 있고 박애주의라는 것도 있지요. 아마 이 둘이 합쳐져 법정 역할을 할 것입니다."

내가 말했다.

"아, 그럴 수도!"

이렇게 말하며 노장군은 발을 절뚝이며 자리를 떠났다.

이제 그 어떤 것보다 더 중요한 것을 태울 차례였다. 개혁가들 중 일부는 온 나라를 돌아다니며 사형 집행에 사용되었던 기계를 모아 왔다. 끔찍한 기계들이 차례로 불길 앞에 세워졌다. 사람들은 몸서리를 쳤다. 그리고 심지어 불길마저 잠시 움츠러들었는데 덕분에 우리는 그 기계들을 조금 더 자세히 볼 수 있었다. 인간은 얼마나 끔찍한 법을 만들어 내었던가. 저 무자비하고 소름 돋는, 괴물 같은 기계들은 그동안 얼마나 많은 사람들을 죽여 왔는가. 인간보다 더 사악한 종류의 인간이 만들어 냈다고밖에 설명할 수 없는 그 물건들이 우리의 눈앞에 놓여 있었다. 왕족과 귀족들의 피가 묻어 녹슨 망나니의 도끼가 천한 평민들의 목숨 줄을 끊어 놓은 교수대 밧줄과 한데 묶여 불길 속으로 던져졌다. 피범벅이 되어 파리 거리를 굴러다니던 단두대 차례가 되자 군중들이 함성을 질렀다.

그리고 곧이어 더 커다란 함성이 일었는데 바로 교수대가 들어왔을 때였다. 사람들은 이제 우리가 완벽히 속죄하였음을 천명하듯 하늘을 향해 고함을 질러 댔다. 그때였다. 파리한 모습의 사내 하나가 소리를 지르며 개혁가들을 가로막고 서서 번제의 진행을 방해했다. 그가 누군지 알고 보니 이해가 되었다. 자신보다 우월한 자들에게 죽음을 가함으로써 자신의 밥벌이가 되어 준 그 기계에게 안녕을 고하는 것이 힘들었음을 이해할 수 있었다. 하지만 사형 집행자가 아닌 이 세상의 지도층이었으면서도 이 전직 사형 집행자와 같은 의견을 가진 사람들이 있다는 것은 주목할 만한 사실이었다. 군중들 중 하나가 이렇게 외쳤던 것이다.

"그렇습니다! 멈춰야 합니다, 나의 형제여! 이것은 잘못된 박애주의요. 교수대는 하늘이 정한 도구이니 원래의 장소에 갖다 놓으셔야 할 게요. 그렇지 않으면 이 세상은 순식간에 다시 어지러워질 것이오!"

"전진! 계속 전진! 인간의 무자비함을 상징했던 도구를 불길 속으로! 교수대가 주요 상징인 채로 법이 어떻게 선행과 사랑에 대해서 말할 수 있단 말입니까, 여러분! 이제 한 번만 더 밀면 우리는 우리가 저지른 최대의 오류에 대한 굴레를 벗어던질 수 있습니다!"

개혁의 지도자가 소리쳤다.

그 기계에 손을 대는 것조차 두려워했던 사람들까지 팔을 걷어붙이고 나섰다. 그들은 이 불길한 기계를 포효하며 무시무시한 열을 내뿜는 불길의 한복판까지 최대한 깊숙이 밀어 넣었다. 악하고 무자비한 교수대의 검은 몸체가 석탄처럼 벌겋게 달아오르다가 서서히 잿덩이로 변해 갔다.

"잘하셨습니다!"

내가 소리쳤다.

"그래요, 잘한 일이지. 이것으로 끝낼 수 있는 일이기만 하다면. 하지만 사형은 말이오, 인류가 가장 순수했던 원시 시대 때부터 존재했던 그리고 그때부터 없애려 노력했던 그런 제도란 게 마음에 걸리는군요. 어쨌든 이런 시도를 다시 해 보는 것도 나쁘진 않지요."

여전히 내 옆에 있던 친구가 대꾸했다.

"더 뜨겁게! 더 뜨겁게!"

이미 타고 있는데도 젊은 피를 가진 개혁의 지도자는 더욱더 불길을 재촉했다.

"우리의 지성뿐 아니라 심장도 목소리를 내게 해야 합니다. 더 성숙해져야 합니다! 더 진보적이어야 합니다! 우리 인류가 가장 선하고 가장 고귀하며 가장 높은 일을 해야 할 때는 지금입니다! 잘못된 것도 없습니다! 잘못된 시기도 아닙니다!"

현장의 상기된 분위기 때문인지, 불길을 에워싼 이 착한 사람들이 정말로 깨우침을 얻은 건지는 알 수 없었지만 어쨌든 사람들은 열정적으로 이 개혁에 참여했다. 어떤 사람은 혼인 신고서를 불길 속으로 내던지며 지금까지 이루어졌던 결혼보다 더 신성하며 고아한 결합을 이루겠노라고 외쳤다. 어떤 사람들은 은행으로 달려가 부자들의 금괴에서 빼낸—부자들은 할 수 없이 열어 주었다.—지폐 뭉치들을 모두 가져와 불에 태우고 몇 톤씩이나 되는 동전들을 불 속에서 녹였다.

사람들은 이제 인류를 향한 '보편적 사랑'이 돈의 역할을 대신할 것이라고 했다. 이 같은 소식에 금융 종사자들과 주식 투자자들은 할 말을 잃었고, 사람들의 돈을 훔쳐 밥벌이를 하던 소매치기는 실망감에 발작을 일으키며 쓰러졌다. 몇 명의 사업가들은 거래 장부와 채무 증서를 비롯한 여러 가지 빚의 증거를 급히 태워 버렸다. 많은 사람들이 돈과 관련된 불편한 기록들을 모두 불태워 이 개혁에 동참했다. 그러자 이제는 사람들 사이에서 모든 부동산 관련 서류를 태우고, 부당하게 착취되어 일부 개인들이 소유하고 있던 공공의 땅을 모두에게 돌려주어야 한다는 주장이 제기되었다. 어떤 사람들은 이제 그럴 것이 아니라 헌법과 법령과 규정집 그리고 인간의 도장들이 찍혀 있는 모든 서류를 파기해 모두가 태초처럼 자유로운 몸으로 돌아가야 한다고 주장하고 나섰다.

이런 주장들이 어떻게 결론지어졌는지는 잘 모르겠다. 그때 내가 더 마음이 쓰이는 일이 일어났기 때문이었는데, 별로 책을 좋아하지 않았던 듯한 친구 하나가 소리쳤던 것이다.

"여기요! 여기 좀 봐요! 책과 소책자들이 이렇게나 많아요! 이 불은 이제 더 활활 타오를걸요!"

"바로 그거야!"

한 철학자가 맞장구를 쳤다.

"지금 살아 있는 지성인들을 압박하며 우리를 속박했던 죽은 자들의 생각들 따위는 이제 모두 폐기 처분해야 돼! 잘했네, 젊은이들! 모두 불태워 버리게! 그것이야말로 진정한 계몽이지!"

"그러면 이제 저는 뭘 먹고 살라고요!"

한 서점 주인이 당황하며 소리쳤다.

"자신이 팔던 물건들과 같은 신세가 되는 거지! 아주 고귀한 땔감이 될 거요!"

누군가의 대답이었다.

이제 인류는 최고의 진보 단계에 이르렀다. 그들에게는 이제 선조들이 뽐냈던 고귀한 지혜가 쓰인 책들을 쌓아 둘 필요가 전혀 없었다. 곧 전 세계의 서점과 도서관과 서재 그리고 심지어 외딴 시골집의 난로 앞의 작은 선반까지 샅샅이 수색해 인쇄물이란 인쇄물은 모두 수거되어 더 높은 불길을 위한 제물로 사라지게 되었다. 사전 연구가, 주석가, 백과사전 저자들이 많은 시간을 바친 두껍고 무거운 책들은 불길 속으로 툭툭 떨어졌고 순식간에 연기를 뿜으며 잿덩이로 변해 버렸다.

금박 장식이 된 프랑스의 작고 예쁜 고서들―볼테르(*프랑스의 철학자이자 역사가, 문학가였던 계몽주의 운동가다. 『백과전서』로 유명하다.)의 책 100권이 포함된—은 화려한 불꽃들을 터뜨리며 불길 속에서 계속해서 타들어 갔다. 프랑스 현대 문학 서적들도 붉고 푸른빛을 내며 타올라 구경꾼들의 얼굴이 마치 악마처럼 알록달록하게 빛나도록 했다. 독일의 소설책 한 권이 탈 땐 지독한 유황 냄새를 풍겼다. 영국의 고전 문학 작가들의 책은 마치 튼튼한 참나무를 태우는 것처럼 아주 좋은 땔감 노릇을 톡톡히 했다. 특히 밀턴(*셰익스피어에 버금가는 영국의 대(大)시인이며 「실낙원」이라는 작품으로 유명하다.)의 작품은 불길에 들어가자마자 강렬한 불꽃을 한 번 터뜨리더니 서서히 빨갛게 변해 갔다. 다른 책들보다 더 오래 땔감 역할을 해 줄 수 있을 것 같았다. 셰익스피어의 책들 위로 눈부신 불길이 치솟았는데 마치 한낮의 태양 같은 광채를 내뿜었다. 사람들은 얼른 눈을 가렸다. 셰익스피어를 연구했던 논문집들이 들어갔을 때도 비슷한 현상이 이어졌다. 나는 사실 그것들은 지금도 변함없이 격렬한 빛을 발하며 타오르고 있을 것이라 믿고 있는 중이기도 하다.

"저 영광의 불길로 시인이 램프에 불을 붙이고 그 불빛 아래서 시를 쓴다면 엄청난 명작이 탄생하겠군."

내가 중얼거리며 말했다.

"그건 이미 많은 현대 시인들이 자주 해 본 아니, 적어도 한 번쯤은 시도한 일입니다. 어쨌든 이번 일의 최고 이점은 작가들이 햇빛이나 별빛으로 램프에 불을 붙여야 한다는 사실이지요."

한 평론가가 대답했다.

"그렇게 높이까지 닿을 수 있을까요? 거인이 필요하겠군요.

하늘의 별을 끌어다 줄 거인. 모든 사람들이 프로메테우스(*그리스 신화에 나오는 거인으로서 제우스에게서 불을 훔쳐 인류에게 전달했다고 전해진다.)처럼 하늘에서 불을 훔쳐 올 순 없겠지만 누군가 한 번만 그 일을 해 준다면 그 불로 천 개의 난로에 불을 지필 수 있지요."

내가 말했다.

작가들이 쓴 작품의 분량과 이것이 타는 데 걸리는 시간이 별 차이가 없다는 것은 나를 놀라게 만들었다. 지난 세기뿐만 아니라 현 세기를 통틀어 말이다. 4절판의 책들 모두 『마더구스의 노래』(*영국과 미국에서 구전으로 전해지는 동요를 총칭하는 말.)가 담긴 금박 표지의 작은 어린이책과 타는 시간이 비슷했다. 『엄지동자 톰』이 타는 시간은 말버러(*영국의 군인으로 몬머스 공의 반란을 진압한 것으로 유명한 장군이다.) 위인전보다 더 오래 탔는데, 어느 열두 편의 기나긴 서사는 종이 한 장에 담긴 옛 담시가 절반도 타기 전에 흰 재가 되어 버리기도 했다.

사람들의 칭송을 받았던 시집들은 타오르기는커녕 자욱한 연기만 풀풀 만들다 사라져 버렸지만, 사람들에게 인정받지 못하고 신문 한 귀퉁이에 잠시 실렸다가 사라진 어느 무명 시인의 시집 하나는 하늘의 별을 향해 솟구치더니 별만큼이나 밝게 빛난 경우도 있었다. 각각의 책들마다 다른 불길이 일었는데, 셸리의 시는 그 어떤 작품보다 더 밝고 순수한 빛을 발했고 바이런 경의 작품집들은 어두운 불길을 변덕스럽게 튀기며 뭉글뭉글한 검은 연기를 만들어 냈다. 토머스 무어의 작품집들 중 몇 권은 향초 같은 냄새를 풍기며 타들어 갔다.

나는 미국 작가들의 책이 타는 것에 특별한 관심이 있었기 때문에 그들의 낡은 도서들이 잿더미로 변하는 데 걸리는 시간을 손목시계로 정확히 쟀다. 이것에 관한 비밀을 밝히는 것은 위험하진 않아도 그리 기쁜 일은 아닌 것 같다. 그저 사람들에게 가장 많은 사랑을 받던 작가들의 책이 타는 모습이 꼭 가장 아름답지만은 않더라는 정도로 설명을 끝내려고 한다. 인상적이었던 것은 엘러리 채닝의 얇은 시집들이 이상하게 잘 타지 않았던 것이다. '쉬식, 퓌식' 하는 불쾌한 소리가 오래도록 났던 것으로 기억한다. 국내 및 해외 작가 몇 명의 책들은 더 이상했는데, 어떤 책들은 큰 불길이 자체적으로 일어나기도 했고 어떤 책은 타는 대신 한순간에 얼음 녹듯 녹아내리기도 했다. 내 책에 대해 잠시 언급하는 것이 괜찮다면, 나는 잃어버린 자식을 찾는 아버지의 심정으로 내 책을 계속 찾아보았지만 결국 찾지 못했다는 것을 고백한다. 아마 그것은 열기에 닿자마자 증기로 변해 버렸을 것 같다. 그저 나의 책들이 그런 조용한 방법으로나마 그날 저녁의 영광에 희미한 불꽃 한두 점을 보탰으면 좋겠다고 바랄 뿐이다.

"아아! 이렇게 슬플 데가! 세상은 이제 완전히 파괴된 거야! 더 이상 살 이유가 없어! 내 인생의 의미를 모두 빼앗겼다! 아무리 노력해도 책 한 권을 구할 수가 없어!"

초록색 안경을 쓴 진지한 얼굴의 신사가 한탄했다.

"완전히 책벌레지. 죽은 생각들을 갉아먹으며 사는 사람. 옷이 온통 도서관의 책 먼지로 뒤덮인 거 보이시오? 스스로 생각하는 방법을 아예 모르는 사람이야. 쌓아 둔 책들을 모두 가져갔으니 이제 저 사람은 어떻게 살지? 뭐라 위로해 줄 말이 생각나는 것 없소?"

옆에 있던 침착한 구경꾼이 내게 말했다.

나는 그 책벌레에게 다가가 이렇게 말했다.

"저기요, 선생님. 자연은 어떻습니까? 그 어떤 철학의 체계보다 인간의 감정이 더 깊지 않나요? 우리들의 인생에는 과거의 작가들이 적어 둔 말보다 더 큰 가르침을 주고 있지 않습니까? 힘내시지요. 시간이라는 위대한 책이 아직도 우리 앞에 펼쳐져 있지 않습니까? 제대로 읽을 수만 있다면 이것은 영원한 진리의 책이 될 것입니다."

소용없었다. 희망을 잃은 책벌레는 계속해서 이렇게 외쳤다.

"아아, 책들아. 나의 책들아. 내 소중한 책들아! 내 유일한 현실은 책이었어. 그런데 이제 소책자 쪼가리 하나도 모조리 사라져 버렸다고요!"

실제로 지난 모든 세기의 문학들은 이제 신세계의 인쇄기가 찍어 낸 소책자의 더미 같이 쌓여져 불길 위로 떨어지고 있었다. 그것들 역시 순식간에 사라졌다. 카트무스(*그리스 신화에 나오는 페니키아의 왕자이며 그로 인해 알파벳이 탄생했다고 알려져 있다.) 시대 이후 처음으로 우리는 그 많은 책들로부터 벗어났던 것이다.

"자! 그럼 이제 거의 끝난 건가요? 지구마저 태우고 저 광활한 우주로 날아갈 게 아니라면 더 이상 개혁할 건 남은 것 같지 않군요."

확신은 없었지만 어쨌든 나는 사람들에게 이렇게 물었다.

"친구, 완전히 잘못 짚으셨구먼."

내 곁에 있던 구경꾼이 말했다.

"내 말을 믿으시오, 이 불은 그리 쉽게 꺼지지 않을 게요. 오만 가지 것들을 다 잡아먹고 있으니 말이오. 아마 여기 사람들을 엄청나게 놀라게 하는 일이 벌어지기 전에는 꺼지지 않을 게요."

하지만 개혁은 잠시 휴식 시간을 가졌다. 아마 개혁가들이 다음에 무엇을 할지 논의하고 있는 듯했다. 그동안 한 철학자가 자신이 세운 이론을 불길에 집어넣었다. 주변에 있던 몇몇 학자들의 말에 따르면 그것은 이제까지 태운 것 중 가장 주목할 만한 것이었다. 하지만 연소할 때 특별히 빛이 아름답게 타오르거나 하는 일은 없었다. 어떤 열정적인 사람들은 이 모든 것이 시간 낭비라고 말하더니 숲에서 낙엽과 나뭇가지들을 모아 가지고 왔다. 불길은 한없이 거세졌다. 하지만 더 큰일이 우리를 기다리고 있었다.

"내가 말했던 새로운 연료가 오고 있어."

아까 그 친구가 말했다.

나는 그것들을 보고 놀라 기겁했다. 사람들이 가져온 것은 사제복과 주교관, 주교장 그리고 교황과 개신교 목사의 상징물들이었다. 그들은 그것을 '믿음의 행위'라고 여겼다. 옛 성당의 첨탑에서 떼어 낸 십자가들이 무자비하게 불더미 속으로 던져졌다. 수 세기 동안 사람들은 그 아래를 지나가며 그 상징물들을 우러러보고 경배를 올렸을 것이다. 아이들이 신에게 바치던 세례반과 신사들이 엄숙하게 성수를 모시던 신성한 제기들 또한 불에 태웠다. 이 성물들 중 가장 안타까웠던 것은 뉴잉글랜드 지역 교회에서 뜯어 온 것이 분명한, 소박한 성찬 탁자의 부러진 부분들과 장식 없이 검소한 연단들이었다.

성 베드로의 거대한 건축물에서 나온 수많은 성물들은 어쩔 수 없다 치더라도 뉴잉글랜드의 소박한 예배당에서 나온 성물들 만큼은 그대로 놔둘 수 없었던 걸까. 하지만 결국 나는 이것들이 그저 껍데기일 뿐이며 종교의 깊은 의미를 깨우친 영혼들은 가장 중요한 것이 무엇인지 기억하고 있으리라 믿는 것으로 스스로를 위로했다.

"잘되었습니다. 숲길이 교회의 복도가 되고 하늘은 지붕이 되는 겁니다. 신과 예배자들 사이에 지붕이 대체 왜 필요했나요? 신앙심이 확실하다면 믿음의 장신구들은 필요 없겠지요. 이런 단출함은 우리에게 진정한 믿음의 기회를 줄 것입니다."

내가 밝은 목소리로 말했다.

"맞소."

옆에 있던 사람이 말했다. 그런데 그는 이렇게 덧붙였다.

"하지만 그들이 여기서 멈추지는 않을 거요."

그의 말에는 근거가 있었다. 아까 내가 설명했던, 책들을 태우는 과정에서 한 가지 태우지 않은 성스러운 책이 있었다. 인류의 모든 책들과 구별되면서 그 책들의 가장 위에 있는 책 말이다. 하지만 개혁의 티탄 거인─천사와 악마의 성질을 동시에 지니고 있어 양쪽 모두의 편에 이로운 일을 할 수 있다고 알려진─은 처음에는 낡고 썩은 것들만 흔들었지만 결국 도덕적이고 영적인 건물을 떠받치고 있는 기둥들에게까지 끔찍한 힘을 가한 듯했다.

현재의 인류는 너무 많이 알아 버렸다. 말로 신앙을 정의 내리고 영적인 것과 물질적인 것을 비교하기 시작했다. 하늘 아래 몸을 사리던 진리들은 이제 우리가 유년기에 들었던 우화일 뿐이다. 인간이 범한 오류의 마지막 제물로서 이제 그 책은 불더미 속으로 던져질 것이다. 지난날에는 천상의 계시였지만 현대에는 구시대적 헛소리나 외치는 목소리에 지나지 않게 되어 버린 바로 그 책 말이다. 그리고 그 일이 거행되었다! 오류들과 이제는 필요 없어진 낡은 진리가 쌓여 타 버린 불더미 속으로, 묵직한 성서가 툭 떨어졌다. 연단의 쿠션 위에 오래도록 놓인 채 안식일이 돌아올 때마다 성직자들의 엄숙한 목소리를 통해 세상에 읽혔던 그리고 오래전에 죽은 우리의 조상들이 기쁠 때나 슬플 때나 난로 앞이건 여름날 나무 그늘 아래서건 자신의 자녀들에게 읽어 주고 그들에게 물려주었던 성경책들이 우수수 불 속으로 떨어졌다. 어떤 이가 끝까지 가슴 속에 품고 있던 성경책도, 삶과 죽음이 준 고난을 불멸에 대한 믿음 하나로 이겨 낸 '흙의 아이'가 영혼의 동반자로 삼고 용기를 얻었던 작은 성경책도 불길 속으로 떨어졌다.

이제 모든 책들이 사나운 불길 속으로 완전히 사라졌다. 평원 저편에서 거대한 바람이 서글프게 울부짖으며 불어닥쳤다. 천국의 빛을 잃은 지구가 외치는 탄식이었다. 바람은 이 거대한 화염의 피라미드를 흔들어 놓았다. 반쯤 탄 혐오스런 재들이 구경꾼들을 향해 흩날렸다.

"끔찍하군요!"

내가 외쳤다.

나는 얼굴이 파랗게 질려 버렸다. 주위 사람들도 마찬가지였다.

"아직 용기를 잃지 마시오."

지금까지 계속 함께 있어 준 친구가 내게 말했다.

그는 자신은 그저 구경꾼일 뿐이라는 듯 차분하게 이 혼란의
광경을 지켜보았다. 그리고 재차 말했다.

"용기를 잃으면 안 됩니다. 또한 너무 기뻐하는 것도 안 됩니
다. 이 불길은 좋은 쪽이건 나쁜 쪽이건 믿을 수 없을 만큼 우리
에게 아무런 영향도 끼치지 못할 테니까 말입니다."

"그게 무슨 말씀이세요?"

나는 놀라 물었다.

"아직도 태울 게 더 남아 있다는 말씀입니까? 이 세상에서 인
간적인 것이건 신적인 것이건 저 불이 삼키거나 녹이지 않은 게
아직도 남았단 말씀이에요? 이제 내일 아침이면 타다 만 잉걸불
몇 가닥과 산더미처럼 쌓인 재 말고 우리에게 남은 것은 하나도
없을 텐데요?"

"있지요. 내가 장담합니다. 내일 아침 이 모든 것이 타고 끝
나 버렸을 때 이곳에 다시 와 보시오. 그럼 그중에 진짜 귀중한
것을 발견하게 되리다. 나를 믿어 보시오. 내일의 세상은, 오늘
우리가 없애 버린 황금과 다이아몬드를 다시 쌓기 시작할 것이
오. 그 어떤 것도 다시 만들거나 캐낼 수 없을 만큼 철저하게 파
괴되었거나 깊이 묻히지 못했으니까."

이 말에 이상한 안도감이 들었던 것은 왜일까? 나는 그 말을
믿고 싶었다. 특히 너울대는 불길 속에서 성경책 한 권이 타지
않고 불완전한 인간의 손자국만을 정화한 채 눈부신 흰빛을 띠

며 오롯이 살아남은 것을 보았을 때 나는 더욱 그렇게 믿고 싶었다. 종이 가장자리마다 적힌 주석과 해설들은 이 시험의 뜨거운 불길 속에 무참히 사라졌지만 영성에 의해 쓰인 글귀들은 그대로 남아 있었다.

"네, 그리고 그 말씀에 대한 증거도 있어요!"

나는 그에게 말했다.

"하지만 악한 것들이 불에 타 없어졌으니 저 불꽃은 무한한 가치가 있는 겁니다. 당신은 저걸로 세상의 기대가 실현되는 것에 회의가 있으시지요?"

"저 사람들이 하는 말을 들어 봐요."

그가 타오르는 불더미 앞에 있는 한 무리를 가리켰다.

"어쩌면 저들이 하는 말 중에 당신에게 꼭 필요한 말을 들을 수 있을지 모릅니다."

그쪽에는 교수대를 막아섰던 사납고 촌스러운 사형 집행인과 최후의 도둑과 최후의 살인자 그리고 최후의 술꾼이 있었다. 술꾼은 마지막에 훔쳐 낸 술을 그들에게 나누어 주었다. 이 작은 환락의 무리는 한데 모여 자신들의 신세를 한탄했다. 새롭게 정화되어 부활할 내일의 세계는 지금까지의 그들의 세상과 다를 것이었다. 그러므로 당연히 이 세상은 이제 적막하고 낯선 장소가 될 것이다.

"우리에게 제일 좋은 방법은 이 술병을 비우자마자 내가 근처 나무에 자네들을 목매달아 편안하게 떠나도록 도와준 다음 나 역시 같은 나무에 목을 매 죽는 거지. 우리는 이런 세상에서 살아갈 수 없잖아?"

"어이, 이보시오들!"

낯선 사람 하나가 그들에게 다가가며 외쳤다. 얼굴이 매우 검었으며 눈은 화염보다 더 붉게 빛나고 있었다.

"실망할 것 없소. 앞으로 더 좋은 시절이 올 테니 말이오. 저 얼간이들이 깜박 잊고 불에 던져 넣지 않은 게 있다 이 말입니다. 그래서 이 모든 건 헛수고가 되어 버렸소. 그걸 안 넣으면 이 지구 전체를 태웠대도 아무 소용이 없는 거요."

"그게 뭐지?"

최후의 살인자가 들떠 물었다.

"인간의…… 심장!"

검은 얼굴을 한 낯선 사내는 의미심장한 웃음을 지어 보이며 외쳤다.

"저자들이 그 음흉한 동굴을 정화하기 전까지는 아무리 이런 대단한 일을 벌인다 하여도 똑같은 잘못들이, 똑같은 불행들이, 그 동굴 속에서 곧 다시 기어 나오는 것이오. 예전과 같거나 아니면 더 나쁜 모습을 띤 채 말이오. 오늘 밤 내내 여기서 이 일을 지켜보며 난 아주 기뻤지. 장담컨대 옛날 같은 시대는 다시 오고야 말 것이오! 하하하!"

이 말은 충격적이었다. 이게 사실이라면 이 모든 노력이 치명적인 오류 하나로 인해 악의 조롱거리가 되어 버렸다는 것이다. 이 얼마나 슬픈 일인가! 심장이었다, 심장. 작지만 무한성을 지닌 그 물건 안에 본질적 부조리가 있었다. 이 세상의 범죄와 불행은 그저 모두 그것이 만들어 낸 소산물일 뿐이었던 것이다. 그 물건을 정화해야만 우리는 우리가 진정으로 원하는 것을 얻을 수 있을 것이다. 그러면 모든 것이 해결될 것이다. 하지만 우리는 지성이라는 것 하나만을 믿은 채 이 일을 진행했던 것이다. 그래서 이 모든 것은 그저 한낱 꿈에 불과한 것이 되었다. 그렇다면 내가 지금까지 이토록 성심을 다해 설명한 이 모든 사건과 그 거대했던 불길이 우리의 손가락을 지지는 진짜 불이었건 그저 인광이나 우리들 마음속의 환상이었건 그것은 아무 상관이 없지 않겠는가?

인간의 본성과 삶의 본질을 향한 위대한 사유

미국 개척자의 후손

너새니얼 호손은 미국으로 이주해 온 청교도인의 다섯 번째 후손으로서 영국계 미국인이다. 뉴잉글랜드 지역의 세일럼이라는 도시에서 태어났는데 그곳은 세계의 여러 나라와 무역을 하는 항구 도시였다. 너새니얼 호손과 그의 작품을 이해하기 위해서는 먼저 그의 작품 배경이 되었던 뉴잉글랜드가 어떤 곳인지 그리고 호손 문학의 바탕에 내재되어 있는 청교도적 세계관이 무엇인지 이해할 필요가 있다. 뉴잉글랜드라 함은 미국 북동부의 메인·뉴햄프셔·버몬트·매사추세츠·코네티컷·로드아일랜드 주를 통틀어 말하며, 뉴잉글랜드라는 명칭에서 짐작할 수 있듯 전통적으로 영국계 이주민이 대거 정착한 곳이다. 1620년 메이플라워호를 타고 온 100여 명의 영국 청교도인들이 첫 개척자였기 때문에 청교도 정신을 뼈대로 한 사회가 발전하였다. 청교도는 개신교의 첫 세대를 일컫는 말이다. 16세기 후반 영국의 국교회에 반대하여 종교 개혁이 일어났고 그 개혁자들이 미국으로 건너왔던 것이다. 그래서 미국의 개척 역사에 있어 청교도라는 개념은 매우 중요하다. 청교도는 순결하고 철저한 신앙생활과 근면함과 검소함을 강조하였으며 성경이 모든 신앙생활의 기초가 된다고 가르쳤다. 그리고 이러한 시대적 기본 이념은 호손을 비롯한 거의 모든 17~19세기 미국 문학의 바탕이 되었다.

미국 낭만주의 문학의 거장

이러한 큰 틀에서도 너새니얼 호손은 문학적으로 조금 더 특별하고 화려하게 당대의 대표 작가로서 자리매김하였다. 바로 미국 낭만주의 문학을 대표하게 된 것이다. 낭만주의란 근대적 계몽주의에 반대하여 엄격한 형식이나 질서의 구속에 대항하고 대신 자연과 삶의 신비에 관심을 더 기울이며, 합리적 사고방식이나 이성보다는 인간의 마음속에서 우러나오는 본성과 감정에 대해 탐구하는 이념이다. 이러한 낭만주의 작품을 문학적 용어로 '로맨스(우리가 흔히 사랑이나 연애라고 생각하며 변형되어 온 것과는 다른 조금 의미이다.)'라고 부르는데 19세기까지 문학사에서 '로맨스'는 '소설'과 구별되어 왔다. 조금 더 사실적이고 현실적인 이야기에 허구성을 보태어 지어진 이야기를 '소설(novel)'이라고 칭했던 반면 비현실적이고 기괴하며 신비로운 분위기를 자아내는 모험 이야기를 '로맨스(Romance)'로 구별했던 것이다. 미국 낭만주의 문학의 시작은 청교도 체제가 차츰 희석

되고 국토 개발이 시작되어 나라가 급속도로 발전하기 시작하던 시기로 본다. 낭만주의 문학은 개척지들이 급속하게 성장하고 풍부한 자원이 발견되면서 함께 성장했다가 과학이 발전하고 미국의 존위가 안정기에 접어들면서 쇠퇴하였다.

미국 낭만주의 문학의 3대 거장은 너새니얼 호손, 에드거 앨런 포, 허먼 멜빌이다. 이 작가들은 전통적으로 답습했던 고전주의적 세계관과 새롭게 얻은 감성과 자유가 가능해진 세계관의 충돌 속에서 방황하는 인간의 모습, 인간의 의식 체계와 무의식 체계가 충돌하는 모습 그리고 그로 인해 무언가를—새로운 땅이든 새로운 이념이든—찾아 모험을 하는 사람들의 모습을 그렸다. 전통이 강한 영국에서 이주하여 미국이란 거대한 대지 위에서 자신들의 자아를 찾아야만 했던 그들의 고뇌와 모험심이 그대로 녹아 있다고 보면 될 것이다. 너새니얼 호손이 특히 탁월한 작가로 칭송받는 이유는 그의 작품들이 매우 긴밀하고 촘촘한 짜임새를 자랑하며 개성과 속도감이 뛰어나기 때문이다. 그리고 청교도 전통에서 자라 원죄나 죄의식, 법과 양심에 대해 깊은 통찰력을 보이고 비유와 상징을 매우 탁월하게 사용하기 때문이다.

일반적으로 우리에게 너새니얼 호손의 대표작은 장편소설 『주홍 글자』라는 관념이 굳어져 있다. 하지만 호손은 사실 그 어느 작품에서도 보여 주지 않았던 인간에 대한 놀라운 상상력과

깊은 통찰력을 자신의 단편소설에서 마음껏 펼쳐 내었던 작가
다. 이 책에 실린 열한 편의 작품은 낭만주의 문학의 정점을 보
여 준다. 첫째, 지식과 부를 성공이라 여겼던 계몽사상에 대해
저항하여 새로운 깨달음을 탐구했으며 둘째, 과학의 발전이 시
작되는 시기에 인간이 행했던 모험과 실패와 진보의 과정을 비
판했고 셋째, 인간의 원죄와 구원에 관한 성찰과 이해 그리고 깨
달음을 가르치고 있기 때문이다.

인간과 삶에 대한 사유

　낭만주의 문학의 첫 번째 특성은 지식과 부를 성공이라 여겼
던 계몽사상에 대한 저항을 통하여 깨우침을 얻는다는 점이다.
너새니얼 호손의 대표작 중 하나인 「큰 바위 얼굴」은 이러한 작
가의 메시지를 농축시킨 작품이다. 호손의 단편소설 중 가장 널
리 알려진 「큰 바위 얼굴」은 내용에서 예상할 수 있듯 호손이 노
년기에 쓴 작품이다. 이상적인 인간상과 지도자의 자격이 무엇
인지에 대해 호소하고 있는데, 호손은 이 작품을 통해 순수하고
소박하면서도 거룩하고 위대한 인물은 과연 어떤 사람인가에 대
해 설명하고자 하였다.

　한 마을 근처의 산에 자연이 새겨 놓은 사람 얼굴을 닮은 바
위가 있었다. 그리고 이 마을에는 거룩한 표정의 바위 얼굴을 닮
은 위대한 인물이 나타날 것이라는 전설이 존재했다. 마을 사람

들은 수백 년째 그를 기다렸다. 부호·장군·정치가·시인이 나타나 위대한 사람인 것 같은 착각을 불러일으켰지만 모두들 큰 바위 얼굴처럼 선하면서도 고귀한 사람은 아니었다. 마을 사람들 중 어니스트라는 소년은 큰 바위 얼굴의 인자하면서도 장엄한 얼굴을 바라보며 한평생을 살았고 선하고도 위대한 마음에 대한 가르침을 받았다. 결국 사람들이 그토록 기다리던 위대한 인물은 유명인이 아닌 어니스트였다는 사실이 밝혀진다. 이렇게 호손은 위대한 사람이란 돈·명예·권력·지성 등 세속적인 것으로 결정되는 게 아니라고 말한다. 진정으로 위대한 인물을 가늠하기 위해서는 그의 생각이 얼마나 선하고 순수한지, 선하고 위대한 것에서 얼마만큼 영향을 받았는지, 지속적인 자기 성찰을 통해 얻은 신념대로 살았는지가 중요하다는 메시지를 전한다.

「데이비드 스완」은 너무나 놀랍고 충격적인 작품이다. 호손은 이 작품을 통해 인간의 삶이 얼마나 신비로운 힘에 휩싸여 있는지를 피력한다. 과연 우리는 우리 스스로의 삶에 대해 어느 정도나 알고 있는가? 과연 얼마나 짐작하고 자각할 수 있는가? 작가는 데이비드 스완이라는 젊은이가 짧은 낮잠을 자고 있는 사이에 일어난 일들을 보여 주며 우리에게 이러한 질문을 던진다.

「웨이크필드」는 인간이 얼마나 기이한 행동을 저지를 수 있는지에 대한 실험 정신이 빛나는 작품이다. 이 작품에서 웨이크필드라는 남성은 느닷없이 일상을 버리고 자신의 삶에서 떠나 버린다. 그리고 그는 돌아갈 길을 찾지 못한 채 아주 오랜 세월을 방황한다. 이 작품은 어쩌면 허무맹랑하기까지 한 인간의 숨겨진 본성을 끄집어내 적나라하게 그리고 있다. 그리고 인간을 사회학적, 심리학적으로 분석하며 독자가 인간이라는 존재를 더욱 깊숙이 들여다볼 수 있도록 돋보기를 씌워 준다.

「야망이 큰 손님」에 등장하는 '손님'은 야망이 아주 큰 사내로 자신의 이름을 온 세상에 떨친 후 죽고 싶다는 커다란 포부를 갖고 있다. 하지만 이 젊은이는 결국 한순간에 흙더미에 묻혀 죽게 된다. 이러한 젊은이의 느닷없고도 허무한 죽음은 '명예는 무엇인가? 인간의 욕심은 무엇인가? 인간의 운명은 이처럼 느닷없으며 예상할 수도, 짐작할 수도 없는 것인가?' 등의 질문을 던진다. 호손 또한 작품의 끝머리에서 이렇게 한탄하지 않았는가.

오, 지상에서 영원히 이름을 남기기를 꿈꾸던 고매한 정신의 청춘이여! 당신의 존재는 영원한 미상으로 남아 버렸습니다. 당신의 삶, 당신의 계획은 영원한 수수께끼가 되어 버렸습니다. 심지어 그 누구도 당신의 생사를 알 수 없습니다. 당신이 겪었던 그 죽음의 고통은 대체 누구의 몫이었단 말입니까?(본문 129쪽)

「히긴보텀 씨 살인 사건」은 매우 기괴하고 신비로운 작품이다. 한 여행자가 우연히 히긴보텀이라는 사람이 살해당했다는 소식을 접하게 된다. 하지만 모든 정황상 히긴보텀 씨는 아직 살해당하지 않은 것이 분명했다. 결국 젊은이는 이 사건의 진위를 추적해 나가는 과정에서 살해당하기 직전의 히긴보텀 씨를 발견하여 극적으로 구출하게 된다. 어떻게 이런 일이 가능했을까? 호손은 인간의 영적 능력과 예지력의 신비로움에 대하여 마음껏 상상의 나래를 펼쳤다. '실제와 상상에는 얼마나 큰 간극이 있을까? 이런 신비로운 운명의 장난이 존재할 수도 있는 것 아닐까? 삶이란 그리고 운명이란 본래 이토록 기이하고 신비로운 가능성들로 가득 차 있는 것이란 말인가?' 이러한 질문들을 전제로 말이다.

과학의 발전을 향한 시대의 열망

미국 낭만주의 문학의 두 번째 특성은 자연 철학이다. 즉 과학 발전을 탐했던 인간의 도전과 실패를 비판하는 것이다. 이 책에 실린 작품 중 「모반」과 「라파치니의 딸」이 바로 그러한 작품들이다. 이 두 작품은 각각 에일머와 라파치니라는 과학자의 광기 어린 실험과 연구에 대한 열정을 그렸다. 두 과학자는 각각 자기 아내의 얼굴에 난 점을 없애기 위해, 자기 딸을 불의에 정복되지 않는 완벽한 여성으로 만들기 위해, 신의 권위에 도전했고 두 여인을 실험 대상으로 가차 없이 활용했다. 이 과학자들은 과학을 향한 열정으로 인해 가장 사랑하는 아내와 딸을 파멸로 몰아넣게 된다. 호손은 두 과학자의 실험 동기·과정·결과를 보여 주며 과학의 한계와 과학자로서의 도덕적 가치에 대해 비판한 다. 과학이 발전하면서 자연의 섭리가 파괴되는 상황과 그 대가 를 깊고 날카로운 사유로 풀이하고 있는 것이다.

인간의 원죄와 구원 그리고 희망

「결혼식에 울린 조종」, 「목사의 검은 베일」, 「이선 브랜드」, 「대지의 번제」는 인간의 원죄와 구원에 관한 작가의 소름끼치는 통찰력이 드러난 작품들이다. 이것은 낭만주의 문학의 세 번째 특징이기도 하다. 「결혼식에 울린 조종」은 인간이 서로에게 짓 는 죄와 용서에 대해 이야기한다. 그리고 인간의 삶과 죽음에 대 한 숙명적 과정과 결혼이라는 제도의 진정한 의미를 되짚어 보 자는 메시지 또한 담고 있다.

마찬가지로 「목사의 검은 베일」은 인간의 원죄와 구원에 대 해 질문을 던지는 작품이다. 후퍼 목사가 쓰고 있는 검은 베일은 인간이 그토록 감추려고 애쓰는 죄의 상징이자 우리가 갖고 있 는 결점들의 상징이다. 그리고 후퍼의 검은 베일은 모든 사람들 에게 공포감을 안겨 준다. 왜냐하면 베일은 모든 인간에게 원죄 가 존재함을 알려 주고, 자신의 내면에 숨긴 죄를 깨닫게 만들기 때문이다. 목사가 죽기 전에 남긴 말은 우리에게 이런 메시지를 던진다. '우리는 얼마나 많은 죄를 지으며 사는가? 그리고 그 죄를 얼마나 숨기고 있는가? 그러면서 우리는 다른 이의 죄를 비판하면서 살아가는데 과연 그럴 권리가 있는가?'

 "서로에게 두려워하시오! 고작 이 검은 베일 때문에 남자들은 나를 피하고 여자들은 동정을 하고 아이들은 소리를 지르며 달아났지요. 이 천 조각을 그처럼 무섭게 만든 것이…… 알 수 없는 기묘함 말고는 대체 뭐가 있단 말이오……. 친구에게, 가장 사랑하는 연인에게, 자신의 속마음을 다 보여 줄 수 있을 때나 그렇게 하시오! 남몰래 자신들의 죄를 쌓으며 주님 앞에서 움츠러들지 않을 수 있을 때나 그렇게 하란 말이오……! 그렇지도 못한 사람들이, 내가 평생을 쓰고 살았으며 이제 쓴 채로 죽을 것인 이 상징물 하나 때문에 나를 괴물 보듯 대했단 말이오. 나는 지금 내 주위에 있는 당신들의 얼굴을 가린 검은 베일이 보이오……!" (본문 149~150쪽)

 「이선 브랜드」에서 이선 브랜드란 석회공은 '용서받지 못할 죄'라는 것을 찾아 나선다. 오랜 세월 동안 석회를 굽던 그는 인간에 대한 깨달음을 얻고 인간의 원죄에 대해서 탐구한다. 호손은 이 작품을 통해 인간의 본성을 가장 깊은 곳까지 탐험한다. 그리고 인간의 이상이 추구하는 본질이란 얼마나 얻기 힘들며 허망한 것인지 토로한다.

 마지막으로 「대지의 번제」는 인간 세상의 나쁜 것들을 모조리

태워 없애고 싶은 인간들의 바람을 다룬 작품이다. 흥미롭게도 이 일을 도모했던 사람들은 자신들이 악하다고 여겼던 모든 것을 태우고 나서야 깨닫는다. 세상의 모든 것 중 가장 악한 것이 인간의 심장이며 그 본질을 없애지 않는 이상 악은 계속해서 탄생할 것이라는 사실을 말이다. 호손은 인간이 지니고 있는 악한 마음을 나무라고 싶었던 것 같다.

인간의 본성과 삶의 본질을 깊이 파고든 작가

호손은 인간 내면의 본질, 무의식의 심리적 세계, 인간의 본성이 지닌 죄와 악의 근본적 문제를 집요하게 탐구했던 작가다. 그리고 이런 여정을 통해 인간의 본질을 사회적 · 철학적 · 심리적 측면에서 파헤친 위대한 작가다. 그는 이러한 부분을 탐험하는 데에서 그치지 않고 인간의 내면이 만들어 낸 문제들을 지적함으로써 우리에게 값진 교훈을 전한다. 인간의 본성에 대해 조금 더 깊이 이해하고 싶다면 호손의 작품들을 읽어 보는 것이 가장 좋은 방법 중 하나일 것이다. 그리고 바로 이것이 너새니얼 호손 문학의 가장 큰 가치라고 말할 수 있겠다. 이 가치는 변하지 않는다. 왜냐하면 「대지의 번제」를 통해 호손이 증언한 것처럼 인간의 존재와 삶이란 불변의 것이기 때문이다.

심장이었다, 심장. 작지만 무한성을 지닌 그 물건 안에 본질적 부

조리가 있었다. 이 세상의 범죄와 불행은 그저 모두 그것이 만들어
낸 소산물일 뿐이었던 것이다. 그 물건을 정화해야만 우리는 우리가
진정으로 원하는 것을 얻을 수 있을 것이다. 그러면 모든 것은 해결
될 것이다.(본문 244~245쪽)

그리하여 인간에 대한 직관과 삶에 대한 무한한 상상력으로
무장한 너새니얼 호손은 오랜 세월이 흐른 지금에도 이토록 날
카롭고 정확하게 인간의 본성과 삶의 본질의 가장 깊숙한 곳을
보여 줄 수 있는 것이다. 풍부한 상상력을 소유한 철학자이자 동
시에 날카로운 통찰력이 빛났던 판사로서 그는 우리에게는 어떤
조언과 판결을 내려 줄 수 있을까?

― 옮긴이 한지윤

《너새니얼 호손 연보》

1804년 7월 4일 미국 매사추세츠 주 세일럼에서 태어남.

1808년 아버지가 황열병으로 세상을 떠나자 호손의 가족들은 외가였던 매닝 가로 들어가 살게 됨.

1814년 원인 불명의 병을 앓아 다리를 절게 됨. 그래서 야외 활동보다는 독서를 더 즐기게 되었고 성격도 내성적이 됨.

1821년 보든대학교에서 공부함. 훗날 유명한 시인이 되는 롱펠로, 대통령이 되는 프랭클린 피어스와 절친하게 지냄.

1828년 첫 장편소설 『펜쇼』를 익명으로 자비를 들여 출판함. 그러나 작품이 미숙하다고 여겨 만족하지 못하고 출간된 책들을 회수하여 스스로 불태워 없앰.

1830년 〈세일럼 가제트〉 지에 단편소설을 발표하기 시작함.

1831년 단편소설 「나의 친척, 몰리네 소령」, 「로저 맬빈의 매장」을 발표하며 문학성을 인정받고 명성을 얻기 시작함.

1835년 단편소설 「젊은 굿맨 브라운」을 발표.

1836년 〈아메리카 매거진〉 지에 편집자로 일하기 시작함.

1837년 첫 번째 단편소설집 『두 번 들은 이야기』를 출간함. 문단으로부터 좋은 평가를 받았지만 많은 판매가 되지는 않았음.

1839년 보스턴 세관 계량사로 일하기 시작함. 단편소설집 『얌전한 아이 : 세 번 들은 이야기』 출간.

1841년 계량사 일을 그만두고 세일럼으로 돌아옴. 이상주의자들이 주축이 된 공동체 농장인 '브룩 농장'에 참가함.

1842년 소피아 피바디와 결혼하여 콩코드에 보금자리를 마련함. 당시 콩코드에는 많은 사회사상가와 철학자들이 거주하고 있었고 호손은 이들과 교류하며 친분을 쌓음.

1846년 세일럼 항구에서 수입품 검사관으로 일하기 시작함. 단편소설집『옛 목사관의 이끼』출간.

1850년 장편소설『주홍 글자』를 출간하면서 미국의 대표 작가로 자리매김함. 버크셔 산맥 근처의 레녹스로 이사하여 허먼 멜빌과 친교를 나눔. 멜빌은 그해 말에 출간한 장편소설『모비 딕』을 호손에게 헌정할 정도로 우정이 깊어짐.

1851년 장편소설『일곱 박공의 집』출간. 어린이와 청소년들이 쉽게 읽을 수 있도록 개작한『그리스 로마 신화』출간.

1852년 친구 프랭클린 피어스가 대통령 후보가 되자 선거용 자서전인『프랭클린 피어스 전기』를 출간함.

1853년 프랭클린 피어스가 미국 제14대 대통령에 취임함. 호손은 영국 리버풀과 맨체스터 영사로 취임함.

1857년 영사직을 사임하고 유럽 각지를 여행함.

1860년 미국으로 돌아와 장편소설『대리석의 목신상』출간.

1864년 5월 19일 프랭클린 피어스와 함께 뉴햄프셔 지역을 여행하던 중 세상을 떠남.

너새니얼 호손 1804년 7월 4일 미국 매사추세츠 주 세일럼에서 태어났다. 1821년 메인 주에 위치한 보든대학교에서 공부하기 시작하며 작가의 꿈을 키웠다. 이 시기에 훗날 유명한 시인이 되는 롱펠로, 미국 제14대 대통령이 되는 프랭클린 피어스와 우정을 쌓았다. 1828년 자신의 첫 장편소설 『펜쇼』를 자비로 출간했지만 미숙한 완성도에 실망하기도 했다. 하지만 여러 지면을 통해 꾸준히 단편소설을 발표하여 문학성을 인정받기 시작했다. 또한 첫 번째 단편소설집 『두 번 들은 이야기』가 에드거 앨런 포의 극찬을 받으며 평단과 독자들로부터 주목받는 작가로 떠올랐다. 대표작으로 장편소설 『주홍 글자』, 『일곱 박공의 집』, 『대리석의 목신상』 등이 있으며 에드거 앨런 포, 허먼 멜빌과 함께 미국 낭만주의 문학의 3대 거장으로 꼽힌다. 1862년 건강이 급격하게 악화되었고 2년 뒤에 뉴햄프셔 지역을 여행하던 중 세상을 떠났다.

한지윤 1984년 대전에서 태어나 중학교 때 캐나다로 건너갔으며, 브리티시 컬럼비아대학교 영문학과를 졸업했다. 한국문학번역원의 번역가 과정을 거치며 문학 번역을 시작했다. 옮긴 책으로 『나는 자유다』, 『노인과 바다』, 『셜록 홈즈 걸작선』, 『위대한 개츠비』, 『너새니얼 호손 단편선』 등이 있다.

클래식 보물창고에는
오랜 세월의 침식을 견뎌 낸
위대한 세계 문학 고전들이 총망라되어 있습니다.
세대와 시대를 초월하여 평생을 동반할 '내 인생의 책'을
〈클래식 보물창고〉에서 만나 보세요.

1. 이상한 나라의 앨리스 루이스 캐럴 지음 | 황윤영 옮김

특유의 유쾌한 상상력과 말놀이, 시적인 묘사와 개성적인 캐릭터, 재치 넘치는 패러디와 날카로운 사회 풍자로 아동청소년문학사와 영문학사에 큰 획을 그은 루이스 캐럴의 환상동화.

★ BBC 선정 영국인 애독서 100선   ★ 학교도서관사서협의회 추천도서

2. 키다리 아저씨 진 웹스터 지음 | 원지인 옮김

서간문이라는 독특한 형식과 소녀적 감성이 결합된 성장기이자 로맨스 소설! 20세기 초 사회의 모순을 고발하고 개혁을 주장했던 진보적인 사상은 페미니즘 문학으로서의 의미를 더한다.

★ 학교도서관사서협의회 추천도서

3. 보물섬 로버트 루이스 스티븐슨 지음 | 민예령 옮김

인간이 가진 절대적인 선과 악을 그린 세계 최초의 해양모험소설. 영국 빅토리아 시대의 흥미진진한 꿈과 낭만을 대변하는 동시에 선악의 경계를 아슬아슬하게 줄타기하는 인간의 욕망을 고찰한다.

★ BBC 선정 영국인 애독서 100선

4. 노인과 바다 어니스트 헤밍웨이 지음 | 민예령 옮김

헤밍웨이 문학의 총 결산이자 미국 현대문학의 중추로 일컬어지는 걸작. 생애의 모든 역경을 불굴의 투지로 부딪쳐 이겨 내는 인간의 모습을 하드보일드한 서사 기법과 절제미가 돋보이는 문체로 형상화했다.

★ 노벨 문학상 수상작가   ★ 퓰리처상 수상작   ★ 노벨연구소 선정 세계문학 100선
★ 대학수학능력시험 출제 작품

5. 하늘과 바람과 별과 시 윤동주 지음 | 신형건 엮음

우리나라 사람들이 가장 많이 애송하는 '민족 시인' 윤동주의 문학 세계를 엿볼 수 있는 시와 산문을 한데 모았다. 시대의 아픔을 성찰하며 정면으로 돌파하려 한 저항 정신은 물론이고 인간 윤동주의 맨얼굴을 만날 수 있다.

★ 연세대 필독도서 200선

6. 봄봄 동백꽃 김유정 지음

어려운 현실을 풍자와 해학으로 극복한 한국 근대소설의 정수, 김유정의 대표작을 모았다. 원전을 충실하게 살려 아름다운 우리말을 풍요롭게 담고, 토속적 어휘는 풀이말을 달아 이해를 도왔다.

7. 거울 나라의 앨리스 루이스 캐럴 지음 | 황윤영 옮김

『이상한 나라의 앨리스』보다 한층 탄탄해진 구성과 논리적인 비유를 통해 보다 깊고 넓어진 재미와 감동을 선사하는 후속작. 현실 속의 정상과 비정상, 논리와 비논리, 의미와 무의미의 경계를 고찰한다.

★ BBC 선정 영국인 애독서 100선   ★ 명사 101명이 추천한 파워클래식   ★ 학교도서관사서협의회 추천도서

8. 변신 프란츠 카프카 지음 | 이옥용 옮김

현대인의 고독과 불안을 그림으로써 20세기 실존주의 문학의 발전에 커다란 영향을 끼친, 20세기 문학계에서 가장 난해한 '문제작가'로 꼽히는 프란츠 카프카의 대표작을 모았다. 원전에 충실한 번역으로 특유의 문체가 지닌 묘미를 만끽할 수 있다.

★ 서울대 권장도서 100선   ★ 연세대 필독도서 200선   ★ 미국대학위원회 SAT 권장도서

9. 오즈의 마법사 L. 프랭크 바움 지음 | 최지현 옮김

영화, 뮤지컬, 온라인 게임 등 다양한 장르로 재생산되어 지구촌 대중문화를 견인함으로써 문화 콘텐츠가 가지는 파급력의 정도를 생생하게 보여 주는 세기의 고전. 짜릿한 모험담 속에 담긴 치유의 기운이 마법 같은 순간을 선물한다.

★ 학교도서관사서협의회 추천도서

10. 위대한 개츠비 F. 스콧 피츠제럴드 지음 | 민예령 옮김

미국 현대 문학의 거장으로 꼽히는 F. 스콧 피츠제럴드의 대표작. 미국에서만 한 해 30만 부 이상 팔리는 스테디셀러로, 재즈 시대를 살았던 젊은이들의 욕망과 물질문명의 싸늘한 이면을 담아 낸 명실공히 미국 현대 문학의 최고작.

★ 〈타임〉지 선정 100대 영문 소설　★ 미국대학위원회 SAT 권장도서
★ 〈뉴스위크〉지 선정 100대 명저　★ BBC 선정 꼭 읽어야 할 책

11. 오 헨리 단편선 오 헨리 지음 | 전하림 옮김

평범한 소시민의 일상과 삶의 애환을 따뜻한 시선으로 그린 오 헨리 문학의 정수로 손꼽히는 작품을 모았다. 인도주의적 가치관 위에 부조된 작가적 개성의 특출함을 만끽할 수 있다.

12. 셜록 홈즈 걸작선 아서 코난 도일 지음 | 민예령 옮김

세기의 캐릭터와 함께 펼치는 짜릿한 두뇌 게임. 치밀한 구성과 개연성 있는 전개, 호기심을 자극하는 독특한 설정이 포진되어 있음은 물론, 추리의 과정부터 카타르시스가 느껴지는 결말이 펼쳐져 있는 매력적인 소설.

13. 소공자 프랜시스 호즈슨 버넷 지음 | 원지인 옮김

사랑의 입자를 뭉쳐 만들어 놓은 것 같은 캐릭터를 통해 사랑의 선순환을 형상화한 소설. 순수한 직관과 무한한 잠재력을 지닌 동심의 세계를 느낄 수 있다.

14. 왕자와 거지 마크 트웨인 지음 | 황윤영 옮김

대중성과 작품성을 겸비해 '미국 현대문학의 아버지'로 평가받는 마크 트웨인의 대표작으로 '뒤바뀐 신분'이라는 숱한 드라마의 원조 격인 소설. 부조리하고 불합리한 사회상에 대한 날카로운 비판과 통쾌한 풍자 속에 역사적 지식과 상상력을 담아 냈다.

15. 데미안 헤르만 헤세 지음 | 이옥용 옮김

자신의 내면세계를 향해 고집스럽게 걸음을 옮긴 주인공 싱클레어의 성장을 그린 영원한 청춘의 성서. 철학, 종교, 인간을 끊임없이 탐구했던 작가의 깊이 있는 시선과 인간 내면의 양면성에 대한 치밀한 묘사가 시선을 사로잡는다.

★ 노벨 문학상 수상작가

16. 말괄량이와 철학자들 F. 스콧 피츠제럴드 지음 | 민예령 옮김

재즈 시대의 자유분방한 젊은이들의 풍속도를 그린 F. 스콧 피츠제럴드의 소설집. 1920년대 고동치는 젊은이의 맥박을 생생하게 전달했다는 평가를 받는 작품들을 모았다.

17. 벤자민 버튼의 시간은 거꾸로 간다 F. 스콧 피츠제럴드 지음 | 민예령 옮김

70세의 노인으로 태어나 결국 태아 상태가 되어 삶을 마감하는 벤자민 버튼의 일생을 그린 환상소설을 비롯해 『위대한 개츠비』의 전신이라고 할 수 있는 F. 스콧 피츠제럴드의 작품들을 모았다. 실험적이고 혁신적인 화법으로 생생하게 형상화한 재즈 시대를 만끽할 수 있다.

18. 이방인 알베르 카뮈 지음 | 이효숙 옮김

출간과 동시에 하나의 사회적 사건으로까지 이야기된 알베르 카뮈의 대표작. 부조리하고 기계적인 시스템 속에서 인간이 부딪치게 되는 절망적 상황을 짧고 거친 문장 속에 상징적으로 담아낸, 작품 자체가 '이방인'인 소설.

★ 노벨 문학상 수상작가 ★ 노벨연구소 선정 세계문학 100선

19. 크리스마스 캐럴 찰스 디킨스 지음 | 민예령 옮김

영국의 대문호 찰스 디킨스의 작가 정신과 개성이 고스란히 담겨 있는 대표작. 19세기 영국 사회의 구조적 모순과 크리스마스 정신, 인간성의 회복을 그린 영원한 고전이자 크리스마스의 상징이 되어 버린 소설.

★ BBC 선정 영국인 애독서 100선 ★ 학교도서관사서협의회 추천도서

20. 이솝 우화 이솝 지음 | 민예령 옮김

2,500년 동안 이어져 온 삶의 지혜와 철학을 담은 인생 지침서이자 최고(最古)의 고전! 오랜 세월 인류가 축적해 온 지식과 철학이 함축되어 있으며 남녀노소 누구나 읽을 수 있는 인류의 고전이라 할 수 있다.

21. 수레바퀴 아래서 헤르만 헤세 지음 | 함미라 옮김

작가의 자전적 경험이 녹아들어 있는 헤르만 헤세의 대표적인 성장소설. 총명한 한 소년이 개인의 자유와 개성을 억압하는 딱딱한 교육 제도와 권위적인 기성 사회의 벽에 부딪혀 비극으로 치닫는 이야기를 섬세하게 그리고 있다.

★ 노벨 문학상 수상작가 ★ 서울대 선정 고전 200선 ★ 국립중앙도서관 청소년 권장도서

22. 너새니얼 호손 단편선 너새니얼 호손 지음 | 한지윤 옮김

『주홍 글자』로 유명한 호손은 에드거 앨런 포, 허먼 멜빌과 더불어 미국 낭만주의 문학의 3대 거장으로 꼽힌다. 이 책은 45년간 우리나라 교과서에 실리기도 했던 『큰 바위 얼굴』을 비롯해 호손 문학의 대표 단편소설 11편을 실었다.

＊'클래식 보물창고'는 끝없이 이어집니다.